VON SCHATTEN UND LICHT

ANNE-LAURE BONDOUX

VON SCHATTEN UND LICHT

Aus dem Französischen von Maja von Vogel

CARLSEN

Außerdem von Anne-Laure Bondoux bei Carlsen:
Die Zeit der Wunder
Der Mörder weinte

Auf S. 7 wird aus »Brucia Troia« von Sandro Veronesi zitiert.
Erschienen im Verlag Bompiani, 2007.

Auf S. 349 wird aus dem Gedicht »Souffles« von Birago Diop zitiert.
Aus: »Leurres et lueurs«, erschienen bei Éditions Présence Africaine, 1960

Beide Texte übersetzt von Maja von Vogel.

MIX
Papier aus verantwortungsvollen Quellen
FSC® C014496

Carlsen-Newsletter: Tolle Lesetipps kostenlos per E-Mail!
Unsere Bücher gibt es überall im Buchhandel und auf carlsen.de.

Originalverlag: Éditions Gallimard Jeunesse
Originaltitel: Tant que nous sommes vivants
Umschlaggestaltung: formlabor
Umschlag- und Innenillustration: Hélène Divert © Gallimard Jeunesse
Aus dem Französischen von Maja von Vogel
Lektorat: Brigitte Kälble
Herstellung und Innengestaltung: Björn Liebchen
Satz: Dörlemann Satz, Lemförde
Druck und Bindung: GGP Media GmbH, Pößneck
ISBN: 978-3-551-55667-7
Printed in Germany

Für die Arbeiterinnen und Arbeiter meiner Familie.
Für die Generationen von Frauen und Männern,
von denen ich abstamme.

»Ein brennendes Feuer verbrennt einen, aber ein erloschenes Feuer lässt einen nicht verlöschen.«

Brucia Troia, Sandro Veronesi

PROLOG

Wir hatten Jahrhunderte der Größe, des Reichtums und der Macht erlebt. Heroische Zeiten, in denen unsere Fabriken auf Hochtouren produzierten, unsere Städte sich bis zum Fuß der Berge ausdehnten und ihre Brücken über die Flüsse spannten. Damals quoll der Reichtum aus unseren Häusern und ließ unsere Augen, Bäuche und Taschen anschwellen, während unsere Kinder schon als Neugeborene übersättigt waren.

In diesem hehren Moment unserer Geschichte fürchteten wir uns vor nichts und niemandem. Um uns herum erstreckte sich fruchtbares Flachland, so weit das Auge reichte. Unsere Fahnen flatterten selbstbewusst auf den hohen Türmen, die wir gebaut hatten, und geblendet vom Glanz unseres eigenen Triumphs glaubten wir, jeder Stein würde bis in alle Ewigkeit auf dem anderen bleiben.

Aber eines Tages drehte sich der Wind und trug unseren Ruhm mit sich fort.

Riesige Summen wanderten von einer Hand zur anderen, tausendmal pro Sekunde. Imperien, die wir für unerschütterlich gehalten hatten, brachen zusammen, während andere neu entstanden, weit weg von den Grenzen unseres Landes. Das Vermögen, das wir erworben zu haben glaubten, entglitt uns mit unvorhergesehener Schnelligkeit.

Unsere einst so fetten Städte wurden dürr und hässlich.

Unsere Fabriken stoppten eine nach der anderen die Produktion und entließen Heerscharen von Arbeitern mit leeren Händen auf die Straße.

In unseren Häfen und Bahnhöfen standen die Frachter und Züge still.

Erst schlossen unsere Banken, dann die kleinen Geschäfte, die großen Hotels, Stadien und Theater.

Bald litten unsere Kinder Hunger, und weil jeder fürchtete das wenige, das ihm noch blieb, zu verlieren, hüllte uns die Angst mit ihrem eisigen Atem ein. Keine Fahnen mehr, keine Wünsche, keine Träume. Unser inneres Feuer war erloschen und unsere Gemeinschaft kapselte sich von der Außenwelt ab.

Ein neues Zeitalter begann. Eine Epoche ohne Schwung und Pläne, in der niemand (nicht einmal der alte Melkior) vorhersehen konnte, was die Zukunft bringen würde.

Wir warteten auf etwas, aber wir wussten nicht, worauf.

Diejenigen, die noch Arbeit hatten, standen jeden Morgen genauso müde auf wie am Vortag und schliefen jeden Abend sofort ein. Unsere Atmung und unser Herzschlag hatten sich verlangsamt, als wären wir von der Kälte betäubte Tiere. Wir lebten nur noch halb.

Doch inmitten der allgemeinen Entbehrungen besaßen manche die Kühnheit, sich zu verlieben.

Bo und Hama gehörten dazu.

Diejenigen, die bei ihrer ersten Begegnung dabei waren, erinnern sich noch gut daran, ihr braucht sie nur zu fragen. Dann werden sie euch von dem seltsamen Gefühl erzählen, das uns alle ergriff, als Bo eines Wintermorgens die Werkshalle betrat.

ERSTER TEIL

1

LÄRM UND STILLE

Gerade hatte das Heulen der Sirene den Tagesanbruch verkündet. Hundert Arbeiter, Männer und Frauen, bereiteten sich auf ihre Schicht vor, während hundert andere, die die ganze Nacht gearbeitet hatten, langsam ihre Maschinen verließen.

Unsere Fabrik, die einzige im Umkreis von mehreren Tausend Kilometern, die noch in Betrieb war, stellte Kriegsgerät her. Dort herrschte ständiger Lärm: Eisenträger wurden mit Hämmern bearbeitet, durchbohrt und zugeschnitten, Winden und Flaschenzüge knirschten, es entwich pfeifend Druckluft und Motoren brummten. All diese Geräusche hallten von den Pfeilern wider, auf denen das riesige gewölbte Dach der Werkshalle ruhte.

Welchen Sinn hatte unsere Arbeit? Welcher Krieg profitierte davon? Wir wussten es nicht.

Wir gehorchten lediglich verworrenen Regeln und liehen die Kraft unserer Arme unsichtbaren Großindustriellen, die nicht unsere Sprache sprachen. Das Einzige, was zählte, war der Lohn, den wir am Ende der Woche einstrichen.

Hama gehörte zur Nachtschicht. Sie hatte gerade ihre Handschuhe ausgezogen und den Schutzhelm abgenommen, das Gesicht grau vor Müdigkeit, mit steifen Händen und schmerzendem Nacken, als Bo den Mittelgang entlangkam, zwischen den Reihen von Schleifmaschinen und Walzwerken hindurch. Sie erstarrte, während er auf sie zuging, groß und kräftig und mit diesem lässigen Gang, den wir damals noch nicht kannten. (Bo war erst einen Tag zuvor eingestellt worden. Später erfuhren wir, dass er aus dem Norden kam und einer dieser Gemeinschaften von Schmieden angehört hatte, die von der Armut auf die Straße getrieben worden waren.)

Als sie einander gegenüberstanden, schien der Lärm nachzulassen, als wären die Öfen, Brückenkräne, Gießpfannen und Strangpressen plötzlich von Schnee bedeckt. Niemand stanzte mehr Löcher, niemand passte etwas an oder schweißte. Wir hatten Watte in den Ohren.

Vor unseren Augen berührten sich ihre Hände.

Ein kindliches Lächeln erhellte Hamas Gesicht und Bos große Gestalt erschauderte. Wir hätten geschworen, dass sie sich nicht zum ersten Mal trafen.

Es dauerte nur einen Moment, einige zerbrechliche, anmutige Sekunden, die wir den lähmenden Zwängen der Fabrik gestohlen hatten. Doch es genügte, um uns an etwas Wichtiges zu erinnern: Das Feuer, das im Bauch unserer Hochöfen loderte, brannte immer noch in unseren Adern. Auch wenn wir etwas anderes gedacht hatten, wir waren nicht tot.

So sahen sich Bo und Hama jeden Morgen beim Schichtwechsel wieder. Kaum war die Sirene verklungen, betrat Bo mit seinem Werkzeug und dem Helm die Halle. Er rannte fast. Hamas nächtliche Müdigkeit verflog augenblicklich, sobald sie sich zu ihm umdrehte und ihn mit einer Umarmung begrüßte.

Ihre Gesichter strahlten so sehr, dass wir geblendet die Augen schließen mussten.

Als man die beiden zum ersten Mal sonntags zusammen sah, gingen sie am Fluss spazieren. Sie liefen Hand in Hand unter einem vom Regen reingewaschenen Himmel entlang und Hamas zarte Gestalt lehnte an Bos Schulter. Ein streunender Hund hatte sich an ihre Fersen geheftet. Sie lachten. Ihre Gesten verrieten, dass sie die Nacht im selben Bett verbracht hatten, und ihre Augen, dass sie nicht viel zum Schlafen gekommen waren.

Am nächsten Sonntag sahen wir sie auf dem Großen Platz, immer noch gefolgt von dem streunenden Hund, ein kleiner Kläffer mit kohlrabenschwarzem Fell und nur einem Ohr.

Der Nordwind ließ die Pfützen zu Eis erstarren. Am selben Morgen hatte man zwei erfrorene Männer in einem Hauseingang gefunden. Die meisten Fabrikarbeiter waren vor der Kälte in die Cafés rund um den Platz geflohen. Dort saßen sie Seite an Seite am Tresen, tranken Wein, spielten Karten, schlossen Wetten ab oder warfen Pfeile an die Hinterwand. Auf der anderen Seite der Fensterscheiben bewegten sich Bo und Hama in ihrer eigenen Welt.

Frei und ohne Mützen hatten sie den Großen Platz zu ihrem Spielplatz auserkoren, ohne sich um Kälte und Wind zu kümmern. Sie wirbelten im Kreis herum, hielten einander umschlungen und ließen sich wieder los, bevor sie sich erneut umarmten, während der Hund kläffend von einem zum anderen sprang. Hamas dunkler Mantel schien mit Bos roter Jacke zu tanzen.

Dann kletterte Bo auf den Sockel der Statue, die in der Mitte des Platzes stand. Hama war stehen geblieben und beobachtete ihn.

Die Statue, von der niemand mehr Notiz nahm, stellte einen bewaffneten Reiter dar, irgendeinen General mit gezücktem Säbel auf seinem Pferd, der seit langer Zeit von einer dicken Schicht Vogeldreck bedeckt war. Flink und geschmeidig kletterte Bo bis ganz nach oben. Auf den Schultern des Generals richtete er sich auf, hielt die Hände trichterförmig vor den Mund und schrie Hamas Namen in den Wind. Seine Stimme war bis in den hintersten Winkel der Cafés zu hören, sie übertönte den Lärm der Kaffeemaschinen und Zapfanlagen. Sie traf uns bis ins Mark.

»Hamaaa, Hamaaaa …«

Hama, klein und zierlich und mit leuchtenden Wangen, hüpfte vor Freude am Fuß der Statue auf und ab.

Plötzlich verlor Bo das Gleichgewicht. Hama machte

einen Satz und streckte ihm die Arme entgegen, als ob sie den Fall eines solchen Kraftprotzes mit ihrem schmalen Körper hätte dämpfen können.

Bo hielt sich am Säbel des Generals fest und schaukelte einen Moment spielerisch durch die Luft, bevor er losprustete. Hama schimpfte beleidigt vor sich hin und tat, als würde sie schmollen. Aber Verliebte streiten sich nie lange. Auch dieses Zerwürfnis ging so schnell vorüber wie ein Frühlingsschauer.

Schließlich kletterte Bo wieder herunter. Sanft glitt er an dem grauen Stein hinab und seine Jacke leuchtete wie eine rote Träne auf der Wange des Pferdes.

In diesem Moment spürte der alte Melkior, der am Tresen ein Bier trank, wie seine Augen unter den struppigen Brauen zu brennen begannen. Er hustete, spuckte aus und klopfte mit seinem Stock auf den Boden. Zwei Mal.

Banges Schweigen legte sich über den Raum. Einen Augenblick wagten die Pfeilspieler nicht, sich zu rühren.

»Hör auf damit, Melkior!«, schimpfte der Cafébesitzer. »Als du uns das letzte Mal eine Katastrophe angekündigt hast, ist nichts Schlimmeres passiert als sonst auch.«

Er beugte sich zu dem Alten hinüber und stellte ihm noch ein Bier hin.

»Verdirb uns nicht den Sonntag«, riet er. »Er ist alles, was uns noch bleibt.«

Melkior lehnte seinen Stock gegen den Tresen. Seine Augen verloren jeden Glanz, sie brannten nicht mehr, aber seine Hände zitterten, als er nach dem Bierglas greifen wollte.

»Erst Lärm, dann Stille. Das eine entsteht aus dem anderen … ihr werdet schon sehen!«, murmelte er.

Dann wandte er sich mit rätselhafter Miene zum Fenster und blieb so sitzen, den Blick auf den staubigen Himmel gerichtet.

Als Bo und Hama den Großen Platz verließen, brach die Nacht herein und die Luft war bläulich. Morgen würde die schlafende Fabrik wieder erwachen und uns mit ihrem Lärm die Luft abdrücken und das Blut aussaugen. Ein Nebel der Traurigkeit legte sich über die Gäste. Einige begannen sentimentale Lieder zu summen, während sie bedauerten, selbst nicht auch verliebt zu sein. In diesen düsteren Zeiten waren wir nicht mehr an das Glück gewöhnt. Wir waren kaum fähig davon zu träumen.

Kurze Zeit später beschloss Titine Eisenbein ihr Varieté wiederzueröffnen.

Die Wirtin war nicht mehr ganz jung und ihr Etablissement, das seit mindestens zehn Jahren geschlossen war, hätte ein bisschen frische Farbe dringend nötig gehabt. Aber Titine hatte sich ihren Geschäftssinn bewahrt. Als sie spürte, dass wir uns amüsieren wollten, wischte sie den Boden feucht auf, klopfte die Teppiche aus, polsterte ein paar Sessel neu, trommelte eine Handvoll arbeitslose Künstler zusammen und ließ die Leute wissen, dass der *Lustige Biber* ab sofort täglich von sieben Uhr abends bis zum Morgengrauen seine Pforten öffnen werde – außerdem sollte es jeden Sonntagnachmittag einen Tanztee geben.

Die Neuigkeit machte in der Fabrik im Handumdrehen die Runde. Gleich am ersten Abend drängten sich die Arbeiterinnen und Arbeiter der Tagesschicht in der kleinen gepflasterten Straße vor dem Eingang des *Bibers*.

Bo, der Hama bei ihrer Maschine zurückgelassen hatte, ließ sich mit den anderen bis zum Schaufenster treiben. Er ertrug es immer weniger, so lange von Hama getrennt zu sein, diese ganzen Wochen ohne sie und das leere Bett, in das er sich zurückzog, während er auf den nächsten Sonntag wartete, an dem er sich endlich wieder an sie schmiegen konnte. Er hatte den Vorarbeiter gefragt, ob er die Schicht wechseln könne, aber dieser hatte nur geantwortet, die Regeln der Fabrik seien nicht dazu da, um Liebenden zu gefallen. Deshalb schlurfte Bo lustlos über das Kopfsteinpflaster, die Hände in den Hosentaschen, als zwei seiner Kameraden ihn am Ärmel zogen.

»Los, Bo, komm mit!«

»Wir gehen uns amüsieren! Hama würde es genauso machen, wenn sie könnte.«

Bo lächelte, wie es seine Art war, doch er hatte diesen abwesenden Gesichtsausdruck, wie immer, wenn er von Hama getrennt war.

»Danke, Jungs, aber ich hab keine Lust. Ich gehe lieber nach Hau…«

Ness und Malakie hatten Bo ins Herz geschlossen. Sie würden ihn auf keinen Fall in dieser trüben Stimmung allein lassen. Bevor er seinen Satz beenden konnte, bugsierten sie ihn durch den Vorhang des *Lustigen Bibers*.

»Du brauchst ja nur ganz kurz zu bleiben«, sagte Ness. »Wir essen etwas, trinken ein Bier und danach kannst du tun und lassen, was du willst.«

»Du bist frei wie ein Vogel«, bestätigte Malakie. »Setz dich dort hin und hör auf zu seufzen.«

Bo war zu erschöpft, um weiteren Widerstand zu leisten. Also quetschte er sich zwischen seine Freunde auf eine Bank aus rissigem Leder, während eine Kellnerin drei Biergläser vor sie auf den Resopaltisch stellte.

Bo war noch nie in einem Varieté gewesen (dort, wo er herkam, gab es nichts, um sich zu amüsieren) und er sah sich neugierig um. Es war eng und warm. Der Raum wurde von einem uralten Kronleuchter erhellt, der im Luftzug schaukelte und die halbe Decke herunterzureißen drohte. Die Bretter des Holzfußbodens knarrten unter den wiegenden Schritten der Kellnerinnen, vier oder fünf Tänzerinnen im Ruhestand, die bei Titine aushalfen und zwischen den wackeligen Tischen hin und her liefen. An den Wänden hingen Plakate und Fotos von Schauspielern mit zu weißen Zähnen, Topfpflanzen standen herum und ganz hinten verbarg sich hinter einem schlaffen Vorhang eine kleine Bühne.

»Auf Titine Eisenbein!«, rief jemand über das Stimmengewirr hinweg.

Bo machte es wie Ness und Malakie, die ihre Biergläser hoben, und der ganze Saal stieß gut gelaunt auf die Wirtin an.

»Ti-tine! Ti-tine! Ti-tine!«, riefen die Alten im Chor und klatschten in die Hände.

Die Wirtin ließ sich nicht lange bitten. Ein immer größer werdender Lichtkegel fiel auf die Bühne und hinter dem Vorhang erschienen die Umrisse einer Gestalt. Als sich der Vorhang öffnete, wurde Bo klar, woher Titine Eisenbein ihren merkwürdigen Spitznamen hatte. Eine Frau im Pelzmantel und mit mehr Schminke im Gesicht als ein Zirkusclown trat ins Licht. Ihr Alter war schwer zu schätzen. Ihre Beine steckten in hohen Metallschienen, die an den Knien beweglich waren und ihr den Gang eines Automaten verliehen. Sie lächelte wie eine Königin, die von ihrem Balkon herab die Menge grüßt.

»Ah, meine Goldschätze!«, rief sie mit heiserer Stimme. »Ihr habt mir gefehlt! Wenn ihr dachtet, ich würde schon in der Leichenhalle liegen, habt ihr euch getäuscht. Titine ist nicht totzukriegen, merkt euch das!«

Als Beweis hob sie ein Bein und deutete mit mechanischen Bewegungen einen Cancan an, was grölendes Lachen im Publikum zur Folge hatte.

»Meine Goldschätze, ich habe ein paar sehr unterhaltsame Überraschungen für euch vorbereitet«, fuhr sie fort. »Seid herzlich willkommen im *Biber*, vergesst eure Sorgen und sperrt die Augen auf!«

Unter dem Applaus der Zuschauer machte sie einen seltsamen Knicks und verschwand wieder hinter die Bühne. Bo sah ihr mit offenem Mund nach.

»Man erzählt sich, sie sei in ihrer Jugend Akrobatin gewesen«, erklärte ihm Malakie.

»Trapezkünstlerin«, fügte Ness hinzu und trank einen Schluck Bier. »Man nannte sie die Zarin.«

»Die Kaiserin der Lüfte.« Malakie deutete zur Decke.

»Eines Tages hat ihr Partner es nicht geschafft, sie aufzufangen«, erzählte Ness. »So ist aus der Zarin Titine Eisenbein geworden.«

Bo legte seine großen Arbeiterhände flach auf die Oberschenkel und versuchte sich vorzustellen, was es für ihn bedeuten würde, seine Beine nicht mehr benutzen zu können.

»He, mach nicht so ein Gesicht, mein Goldschatz!« Ness lachte. »Trink einen Schluck und amüsier dich!«

Er zeigte zur Bühne, auf der gerade zwei mit Stroh bedeckte Männer aufgetaucht waren, die schmutzige Latzhosen trugen und Heugabeln in den Händen hielten. Sie glichen einander wie ein Ei dem anderen, standen in strammer Haltung vor dem Publikum und machten verblüffte Gesichter. An der Hinterwand hatten sie ein Banner befestigt, auf dem in glitzernden Buchstaben stand: »Die Siam-Brüder, Bauern und Zauberkünstler«.

»Das wird lustig«, flüsterte Ness Bo ins Ohr.

Bo blieb bis tief in die Nacht im *Lustigen Biber*.

Als er endlich nach Hause kam, mit vollem Magen und vom Bier benebeltem Kopf, hatte er das Gefühl, eine Reise in eine Parallelwelt gemacht zu haben. Denn dort, wo er herkam, ging niemand auf Händen und niemand verschluckte seinen Hut und steppte dabei.

Er legte sich angezogen aufs Bett, starrte zur Decke und versuchte sich an alles zu erinnern, was er gesehen hatte, um nur ja kein Detail zu vergessen. Schließlich schlief er mit einem Lächeln auf den Lippen ein wie ein kleines Kind. Die heisere Stimme von Titine Eisenbein begleitete ihn ins Reich der Träume: »Gute Nacht, meine Goldschätze!«

Einige Stunden später begann er seine Schicht in der Fabrik, die Augen noch ganz verquollen vom Schlaf. Der schnelle Kuss, den er mit Hama austauschte, schmeckte noch bitterer als sonst, und als sie in Richtung Umkleideraum verschwand, glaubte er, sein Herz würde ihm aus der Brust gerissen. Er wollte ihren Namen rufen, aber die Halle war schon wieder vom Lärm der Schleifmaschinen erfüllt und die Fabrik erbebte im Takt der Maschinenhämmer.

Bo setzte seinen Helm auf und begann zu singen, um den Krach zu übertönen. Aber es nützte nichts. Das Herz der Fabrik schlug lauter als das der Liebenden.

Am nächsten Sonntag gab sich Bo alle Mühe, Hama die Varieténummern zu beschreiben.

Zuerst sprang er nackt durchs Zimmer und versuchte sich so schnell anzuziehen wie Pan und Vlan, die beiden Verwandlungskünstler. Dann machte er die Verrenkungen des kleinen Schlangenmenschen und die Tanzschritte und Späße des Bauchredners Bretelle nach. Er deutete den Cancan von Titine Eisenbein an, imitierte die verblüfften Gesichter der Zauber-Zwillinge und zerbrach schließlich drei Teller, als er es der jonglierenden Zwergin gleichtun wollte. Hama saß im Bett zwischen den Laken und rief »Bravo!«, während ihr Lachtränen über die Wangen liefen. Trotzdem hatte es nicht denselben Zauber.

»Ich hätte mir die Vorstellung so gerne mit dir zusammen angesehen.« Bo seufzte, kehrte ins Bett zurück und schmiegte sich an sie. »Das ist ungerecht.«

Er küsste ihre Wangen, ihre Stirn und ihren Mund, bevor er sich auf den Rücken drehte und zur Decke starrte.

Hama beugte sich über ihn.

Eine Weile sah sie zu, wie die düsteren Gedanken hinter seiner Stirn vorbeizogen.

Sie hatte ihm auch etwas zu erzählen, aber sie wollte auf den richtigen Moment warten. Und dies war nicht der richtige Moment.

»Warum gehst du nicht mit mir zum Tanztee?«, schlug sie vor. »So sehe ich wenigstens den Saal. Und nachts, wenn ich allein hinter meiner Maschine stehe, kann ich mir vorstellen, wie du dort mit Ness und Malakie sitzt. Was meinst du?«

Bo betrachtete sie. Hamas Schönheit und Jugend verdienten etwas so viel Besseres als den ohrenbetäubenden Lärm der Fabrik! Ihre Liebe verdiente so viel mehr als diese gestohlenen Stunden! Zum ersten Mal in seinem Leben fühlte sich Bo nicht im Einklang mit dem, was man ihm in seiner Gemeinschaft beigebracht hatte: Metall zu gießen, es zu formen, zu schmelzen, zu brennen, zu härten, Bleche zu pressen, Stahlknüppel, Träger ... Er hatte keine Lust mehr, an sechs Tagen in der Woche zu arbeiten. Seine großen Arbeiterhände sehnten sich danach, etwas anderes herzustellen als Teile für Kriegsmaschinen. Sie wollten jonglieren lernen, endlos lange bunte Bänder umherwirbeln und Schmetterlinge zum Leben erwecken!

Und mehr als alles andere wollten seine Hände nie wieder damit aufhören, die Hügel und Täler von Hamas Körper zu erkunden.

Hama kniff ihn in die Wange und murmelte: »Jetzt zeige ich dir mal einen Zaubertrick.«

Sie griff nach der Daunendecke, unter der sie sich umschlungen hielten, und zog sie mit einer theatralischen Bewegung zur Seite.

»Hopp!«, rief sie und warf die Decke zu Boden.

Hama sprang aus dem Bett und zog Bo am Arm.

»Jetzt komm schon! Wir werden unseren Sonntag doch nicht damit vertrödeln, an die Decke zu starren. Ich will tanzen!«

Kurze Zeit später betraten sie den *Lustigen Biber*, ganz außer Atem, nachdem sie durch die Straßen der Stadt gerannt waren. Sie schlüpften durch den Vorhang und wurden von Wärme und Musik eingehüllt.

Auf der Bühne gaben ein dickbäuchiger Tubist, ein Bügelhornspieler, ein Schlagzeuger, zwei Ukulelespieler und ein müder Pianist eine Mischung aus Blaskapellen-Musik und exotischen Sambaklängen zum Besten. Man brauchte diesem fröhlichen Geschrammel nur eine Minute zuzuhören, um zu erkennen, dass Titine Eisenbeins Musiker keine Virtuosen waren (der Pianist arbeitete außerdem als Vorarbeiter in der Fabrik), aber sie waren mit Herzblut dabei und das war die Hauptsache.

Bo zog seine rote Jacke aus, Hama ihren Mantel.

Obwohl Hama in unserer Stadt geboren war, war sie zu jung, um das Varieté aus seiner Glanzzeit zu kennen. Mit leuchtenden Augen betrachtete sie die Theke aus angelaufenem Zink, die wackeligen Tische, die Pflanzen und die vergilbten Plakate. Sie drückte Bos Arm.

»Es ist noch besser, als ich es mir vorgestellt hatte!«

Unterhalb der Bühne drängten sich die Tanzenden, ohne sich um den Kronleuchter zu kümmern, der über ihren Köpfen hin und her schwankte. Als das Orchester gerade einen alten Rock-Klassiker in Angriff nahm, entdeckte Bo Ness und Malakie, die mit hochgekrempelten Hemdsärmeln zwei junge Damen in der Mitte der Tanzfläche herumwirbelten. Er wollte ihnen gerade zuwinken, als der alte Melkior auftauchte.

»Schatten und Licht!«, rief er und schwenkte drohend seinen Stock vor Bos Nase. »Tag und Nacht! Das eine entsteht aus dem anderen!«

Bo versteifte sich. Er mochte Melkior nicht, auch wenn er ihm erst wenige Male begegnet war. Vor allem sein durchdringender Blick war Bo nicht geheuer. Aber Hama, die das verschrobene Wesen des Alten kannte, begann zu lachen. Sanft schob sie den Stock beiseite.

»Wie geht es Ihnen, Melkior?« Sie ging auf ihn zu. »Ich wette, Sie sind in Ihrer Jugend zum Tanzen hergekommen und haben den Mädchen den Kopf verdreht, stimmt's?«, fragte sie mit schmeichelnder Stimme.

Die Augen des alten Mannes änderten ihre Farbe.

»Erzählen Sie mir davon«, bat Hama. »Hatten Sie Verehrerinnen?«

»Verehrerinnen?« Der Alte schien plötzlich besänftigt und brach in Gelächter aus. »Natürlich!«

»Wie viele? Verraten Sie es mir!«

Melkior bedeutete Hama sich zu ihm zu beugen und flüsterte ihr einige Worte ins Ohr, die Bo nicht verstand.

»Oh! So viele?« Hama kicherte.

Der Alte nickte, dann zeigte er auf Bo.

»Ich war fast so gut gebaut wie dein Kavalier«, versicherte er. »Wenn du mich gesehen hättest, wärst du mir glatt um den Hals gefallen.«

Hama legte die Arme um die Schultern des alten Mannes und drückte zwei Küsschen auf seine faltigen Wangen.

»Schon passiert!« Sie lachte. »Lassen Sie uns jetzt vorbei?«

Melkiors Gesicht lief knallrot an. Wahrscheinlich war es lange her, seit ihn ein hübsches Mädchen geküsst hatte. Er stieß einen Seufzer aus und trat zur Seite.

»Recht so, geht tanzen … Die Liebe möge euch beschützen!«

Im Fortgehen murmelte er vor sich hin: »Lärm und Stille … Schatten und Licht … Liebe und Hass … Das eine entsteht aus dem anderen!« Er schwankte zwischen den Tanzenden hindurch und verschwand im hinteren Teil des Varietés.

»Ness und Malakie haben mich gewarnt.« Bo unterdrückte ein Schaudern. »Der Alte ist völlig verrückt!«

»Ach was, er ist harmlos«, beruhigte ihn Hama. »Als ich klein war, hat mein Vater mir erzählt, Melkior habe eine besondere Gabe … Inzwischen soll er sie verloren haben.«

»Hoffentlich«, murmelte Bo.

Wie wir alle hatte Bo seine Geheimnisse sowie traurige Erinnerungen, die er zu vergessen versuchte. Eine ganz besondere Erinnerung, die er am liebsten aus seinem Gedächtnis gestrichen hätte, war durch die Begegnung mit Melkior wieder aufgewühlt worden. Diese Erinnerung reichte weit in seine Kindheit zurück und lastete schwer auf seinem Leben. Es war der Schatten eines Raubvogels.

»Komm schon«, rief Hama, um Bo aus seinen Grübeleien zu reißen. »Lass uns tanzen!«

Bo rieb sich die großen Arbeiterhände, fuhr sich über das Gesicht und lächelte. Dann hob er Hama hoch und trug sie zu Ness und Malakie in die Mitte der Tanzfläche. Der Schatten des Raubvogels war verschwunden.

»Da seid ihr ja endlich!«, rief Ness. »Wir warten schon seit Stunden auf euch.«

»Ihr seht aus wie zwei Murmeltiere, die gerade aus ihrem Bau gekrochen sind«, fügte Malakie mit einem übertriebenen Augenzwinkern hinzu. »Schaut euch diese beiden an! Liebe macht dumm, ich schwör's euch!«

Bo und Hama tauschten ein verschwörerisches Lächeln. Sie hatten sich tatsächlich kaum Zeit zum Haarekämmen genommen und Bos Hemd war falsch geknöpft, aber was machte das schon?

Dem Bügelhorn-Spieler auf der Bühne standen dicke Schweißperlen auf der Stirn, der Schlagzeuger hatte seine Krawatte verloren, der Bauch des Tubisten quoll über seinen Hosenbund und die beiden Männer mit den Ukulelen spielten so entfesselt auf ihren vier Saiten, als wollten sie sie in Brand setzen. Das Fest steuerte auf seinen Höhepunkt zu.

»Hätten Sie die Liebenswürdigkeit, mir diesen Tanz zu gewähren, Fräulein Murmeltier?«, fragte Bo und machte eine tiefe Verbeugung.

»Nur wenn Sie mir nicht auf die Pfoten treten«, antwortete Hama, bevor sie sich ganz der Musik hingab.

An diesem Nachmittag hätte Hama Bo zwischen zwei rockigen Stücken und zwei Biguines beinahe verraten, was sie seit einigen Wochen für sich behielt. Die Wände des Varietés drehten sich vor ihren Augen, in ihren Ohren summte es und sie fühlte sich ein bisschen betrunken. Jedes Mal, wenn sie Bos Oberkörper berührte, klopfte ihr Herz wie verrückt und sie fragte sich: ›Ist dies der richtige Moment?‹ Aber es waren zu viele Menschen um sie herum und sie hätte schreien müssen, um das Getöse des Orchesters zu übertönen. Doch das, was Hama Bo zu sagen hatte, wollte sie ihm lieber ganz leise ins Ohr flüstern.

Außerdem hatte sie ein bisschen Angst.

›Morgen‹, versprach sie sich. ›Ich sage es ihm morgen … Oder nächsten Sonntag. Es eilt ja nicht.‹

So verging eine Woche.

Dann eine zweite und eine dritte, ohne dass Hama etwas sagte.

Kein Moment erschien ihr geeignet und sie erfand tausend Ausreden, um noch zu warten. Einerseits konnte sie es kaum erwarten, ihr Geheimnis mit Bo zu teilen, andererseits erschreckte sie der Gedanke an die Veränderungen, die darauf folgen würden. Solange sie schwieg (glaubte sie), würden die Dinge so bleiben, wie sie waren, in einer beruhigenden Unveränderlichkeit.

Bo stand bei Sonnenaufgang auf, sie bei Sonnenuntergang. Sie lebten in gegenläufigen Rhythmen, während die Fabrik ohne Unterbrechung arbeitete und Tonnen von Metall schluckte, die von den Arbeitern in Granaten, Pilotenkanzeln und Kanonen verwandelt wurden.

Bo war so frustriert, dass er die Fabrik mit einem menschenfressenden Ungeheuer verglich, das alles verschlang, auch ihre besten Jahre. Er wurde wütend auf abstrakte Dinge: das System, das Gesetz, die erdrückende Notwendigkeit des Geldes.

Hama hörte ihm zu und wartete, bis sich der Sturm gelegt hatte, dann fragte sie: »Hast du eine andere Idee, wie wir unser Brot verdienen können?«

Nein, bisher hatte Bo noch keine andere Idee. Aber er suchte danach.

Jeden Abend, wenn Bo von der Fabrik nach Hause kam, fand er kleine Zettel, die Hama hier und dort im Zimmer verteilt hatte.

Auf dem Tisch:

Mach nicht so ein Beerdigungsgesicht, mein Liebster! Auf dem Fensterbrett steht ein Rest Fleischsuppe. Lass es dir schmecken!

Auf dem Kopfkissen:

Ich habe von dir geträumt, mein Herzblatt, und sofort gute Laune bekommen. Ich habe drei Tropfen Parfum auf das Laken gegeben, damit du auch von mir träumst. Gute Nacht!

An den Kragen eines sauberen Hemdes geheftet:

Mein liebster Bo, ich hoffe, du trägst dieses Hemd, wenn du mich am Sonntag zum Tanzen ausführst. Vergiss nicht, dem Hund etwas zu fressen zu geben. Ich weiß nicht, was in letzter Zeit mit ihm los ist. Er ist ständig hungrig!

Seufzend füllte Bo den Napf des kleinen Kläffers mit dem kohlrabenschwarzen Fell, der sich nach und nach von ihnen hatte adoptieren lassen. Dann aß er am Fenster stehend die Suppe und starrte ins Leere. Wenn er endlich zwischen die duftenden Laken glitt, warf er sich stundenlang von einer Seite auf die andere.

Im Dunkeln, mit weit geöffneten Augen, dachte Bo über den Sinn des Lebens nach und fragte sich, was er wirklich wollte. Es ist nie leicht, seine wahren Wünsche herauszufinden, schon gar nicht, wenn man Angst vor den Antworten hat und die Gedanken wie Fliegen gegen die Schädeldecke stoßen.

Wenn Bo es nicht mehr ertrug, machte er wieder Licht.

Mit den Händen ließ er Schattenbilder an den Wänden entstehen. Wölfe, Eulen, Elefanten. Seine Mutter hatte ihm beigebracht, so seine Einsamkeit zu bevölkern, als er noch ein kleiner Junge war. Hasen, Schwäne, Krokodile … Während er die vertrauten Tiergestalten seiner Kindheit zum Leben erweckte, kam er allmählich zur Ruhe. Doch sobald er das Licht löschte, nahmen die Gedanken ihren wilden Reigen wieder auf und an Schlaf war nicht mehr zu denken.

In manchen Nächten gab er es irgendwann auf, erhob sich, zog sich an und ging hinaus, um ziellos durch die Straßen zu laufen.

Aber was er auch tat, seine Füße trugen ihn jedes Mal zu der kleinen gepflasterten Straße und zum Varieté von Titine Eisenbein.

Bo setzte sich in die erste Reihe und beobachtete mit Argusaugen die geschickten Bewegungen des Magiers Cornelio und der Siam-Brüder, um hinter das Geheimnis ihrer Kunststücke zu kommen. Wie schafften sie es, endlos lange Bänder aus ihren Mündern zu ziehen? Wie konnten sie so viele Eier legen und den Karten ihren Willen aufzwingen? Und was war mit den Hüten? Und den Tauben?

»Die haben ihre Tricks«, behauptete Malakie, als er Bo mit konzentriertem Blick in der ersten Reihe antraf.

»Gut, aber was für Tricks?«

Natürlich wusste Malakie nicht mehr darüber als jeder andere.

»Ich möchte das auch können«, sagte Bo.

»Du bist aber kein Zauberer«, erwiderte Malakie. »Du bist nur ein Arbeiter, so wie wir anderen.«

Bo betrachtete seine großen Hände. Sie konnten Metall bearbeiten, schweißen, klammern und abgraten. Sie ließen Schattenbilder an der Wand entstehen. Warum sollten sie nicht auch zaubern können?

»Kannst du dir vorstellen, bis ans Ende deiner Tage in der Fabrik zu arbeiten?«, fragte Bo.

»Die Zeiten sind hart. Wenn wir Pech haben, schmeißen sie uns vorher raus«, antwortete Malakie mit düsterer Miene. »Was sollen wir dann machen?«

»Fortgehen«, sagte Bo, der das schon einmal getan hatte.

»Und wohin?«, wollte Malakie wissen.

»Keine Ahnung … in die Berge? Ans Meer!«

Malakie zuckte mit den Schultern. Er hatte sich noch nie für das Wasser begeistern können und allein beim Gedanken daran bekam er Lust auf ein weiteres Bier.

Als die Nummer mit der jonglierenden Zwergin begann, beendete Bo die Unterhaltung. Fasziniert stellte er sich vor, an Stelle der Artistin zu sein und in den ungewöhnlichsten Körperhaltungen, mit dem Kopf nach unten und den Füßen in der Luft, Kristallgläser oder Seifenblasen durch die Luft zu wirbeln.

»Bei deiner Statur könntest du eher mit Ambossen jonglieren«, zog Ness Bo auf, wenn er ihn im *Biber* traf.

»Warum nicht?«, gab Bo lächelnd zurück.

Ambosse oder Kristallgläser, das machte keinen Unterschied. Was Bo gefiel, war der Einfallsreichtum des Varietés, seine Sorglosigkeit, seine Poesie. Sobald die Artisten im Rampenlicht standen, schienen sie anderen Gesetzen als denen der Schwerkraft zu gehorchen, anderen Notwendigkeiten als denen, die den Alltag der Arbeiter bestimmten. Bo bewunderte ihre aufreizende Freiheit. Und wenn das Bier ihm schließlich das Hirn vernebelte, sah er sich auf einer schwimmenden Bühne, die in einem gelben Ozean dahintrieb, mit Hama im Tänzerinnenkostüm und dem kohlrabenschwarzen Hund, dem sie beigebracht hatten durch Reifen zu springen …

So vergingen die Stunden der Nacht im Takt der Lieder, des Beifalls und des Lachens. Ab und zu tauchte Titine Eisenbein zwischen den Zuschauern auf, die ausrangierte Akrobatin mit den mechanischen Beinen.

»Nun, meine Goldschätze, amüsiert ihr euch?«

Ja, sie amüsierten sich.

Einige fanden sogar den Abend mit der Schlägerei am amüsantesten.

Es war ein Dienstag und der Saal war brechend voll.

Mitten in der Nummer der Verwandlungskünstler waren Schreie hinter den Kulissen zu hören. Plötzlich stürzte der Pianist (der gleichzeitig Vorarbeiter in der Fabrik war) mit blutiger Nase auf die Bühne.

»Haltet diesen Verrückten auf!«, rief er. »Er will mich umbringen!«

Zur Verblüffung aller schoss jetzt auch der alte Melkior mit brennendem Blick hinter dem Vorhang hervor. Pan und Vlan blieb keine Zeit zum Eingreifen. Der Alte machte einen Satz nach vorne und schlug dem verstörten Pianisten mit seinem Stock auf die Finger.

Bo, der wieder einmal in der ersten Reihe saß, sprang auf die Bühne, gefolgt von Ness und Malakie. Zu dritt gelang es ihnen, Melkior festzuhalten, während der Vorarbeiter wimmernd vor Schmerz an seinen Fingern lutschte.

Die Zuschauer im Saal waren unterschiedlicher Meinung. Einige wollten den Alten ins Irrenhaus schicken, andere wiederum freuten sich, den zweitklassigen Pianisten los zu sein. Im Nu kippte die Stimmung. Die Gäste drängten sich vor der Bühne, warfen einander hässliche Schimpfwörter an die Köpfe und Biergläser gegen die Wand mit den Plakaten, ein paar Stühle landeten im Vorhang und eine Topfpflanze flog quer durch den Saal.

Erst als Titine Eisenbein eingriff und drohte den *Biber* unverzüglich zu schließen, wenn der Krawall nicht aufhöre, kehrte wieder Ruhe ein. Dann befahl sie im Ton eines Feldwebels, Melkior hinauszuwerfen.

Bo, der immer noch auf der Bühne stand, schob den Alten zur Tür. Als er ihn nicht besonders sanft nach draußen schubste, strömte ein Schwall eiskalte Nachtluft unter sein Hemd und die feinen Härchen auf seinen Armen stellten sich auf. Bevor er in der Nacht verschwand, drehte sich Melkior zu Bo um und hob seinen Stock.

»Lärm und Stille«, knurrte er vor sich hin. »Bei Sonnenaufgang oder bei Sonnenuntergang … Das eine entsteht aus dem anderen … du wirst sehen!«

Als Bo sich wieder neben Ness und Malakie setzte, war es nicht mehr die kalte Luft, die ihn erschaudern ließ.

»Und wenn dieser verrückte Alte Recht hat?«, murmelte er.

»Recht womit?«, fragte Malakie.

»Man könnte fast meinen, er will uns vor etwas warnen …«

»Unsinn!«, unterbrach ihn Ness. »Er hat uns schon so

oft die schlimmsten Katastrophen vorhergesagt, aber das Einzige, was geschehen ist, war … dass du aufgetaucht bist!«

»Und die Wiedereröffnung des *Bibers*«, fügte Malakie hinzu. »Beides würde ich eher als Segen bezeichnen.«

»Vergiss Melkior«, sagte Ness. »Die Vorstellung geht weiter!«

Um den Zwischenfall endgültig abzuschließen, hatte Titine angeordnet eine Runde Freibier auszuschenken. Die Scherben wurden aufgekehrt und das Bier besänftigte die Gemüter der Gäste. Niemand wollte mehr irgendjemandem die Zähne einschlagen.

Pan und Vlan nahmen ihre Verwandlungskünstler-Nummer wieder auf, allerdings waren sie etwas blasser als sonst.

Was den Pianisten betraf, so kam er mit einem ordentlichen Schrecken, einer geschwollenen Nase und drei gebrochenen Fingern davon.

Während der nächsten Tage ließ sich der alte Melkior nicht mehr blicken. Die Gäste des *Lustigen Bibers* vergaßen seine düsteren Prophezeiungen (Schatten und Licht, Lärm und Stille, was sollte das schon heißen?). Sie wollten sich amüsieren und hatten keine Lust, sich mit alten Ängsten herumzuplagen.

Bo kehrte immer später und immer betrunkener nach Hause zurück.

Manchmal ließ er sich aufs Bett fallen, um eine Stunde

zu schlafen. Aber manchmal blieb ihm auch nur gerade genug Zeit, um sich schnell das Gesicht zu waschen, einen heißen Kaffee hinunterzustürzen, den Hundenapf zu füllen (Hama hatte Recht, der Köter hatte ständig Hunger!) und die Tür hinter sich zuzuschlagen, um rechtzeitig zum Heulen der Sirene in der Fabrik zu sein.

So ging es Tag für Tag, bis zu jenem Morgen, an dem er nicht pünktlich erwachte.

Es war die Zeit der letzten großen Kälteeinbrüche und alle waren erschöpft von einer langen Frostperiode und dem unerbittlichen Nordwind, der sich in die Knochen fraß und Schneewehen an den Bordsteinkanten aufhäufte. Nachts war reichlich Schnee auf die Stadt gefallen und der Atem der Schornsteine wehte schräg über unsere Häuser wie tausend weiße Fahnen, die wir in der Hoffnung auf einen baldigen Waffenstillstand schwenkten. Aber es nützte nichts, der Frühling ließ auf sich warten.

Als Bo aus dem Varieté zurückkam, war er so betrunken, dass er quer durchs Zimmer zum Bett taumelte. Er sah den kleinen Zettel nicht, den Hama mit einer Reißzwecke an einem der hölzernen Bettpfosten befestigt hatte, und zog, ohne nachzudenken, seine Schuhe aus. Er wollte sich einen Moment hinlegen. *Nur einen Moment.*

Er vergrub den Kopf unter dem Kissen und fiel in einen so tiefen Schlaf, dass er weder den Wecker noch das Kläffen des Hundes hörte, der nach seinem gefüllten Fressnapf verlangte.

Der erste Schein der Morgendämmerung ließ das Fenster, das der Frost mit Eissternen verziert hatte, in allen Farben des Regenbogens schillern und eine Pfütze milchiges Tageslicht erreichte das Bett. Bo bewegte sich nicht.

Als die Sirene der Fabrik ihren langen Klageruf in den anbrechenden Tag schickte, schlief er immer noch, weit weg von allem, die Glieder schwer wie Blei.

In der Werkshalle war es Zeit für den Schichtwechsel. Hama hatte ihre Handschuhe ausgezogen und den Schutzhelm abgenommen und wartete wie jeden Morgen mit ausgebreiteten Armen auf Bo. Sie liebte diesen Moment so sehr, in dem er groß und lässig zwischen den anderen Arbeitern erschien. Sie liebte es, wie er seine Schritte beschleunigte und zu ihr lief, um sie zu umarmen. Um nichts in der Welt hätte sie diesen Augenblick verpassen wollen.

Aber an diesem Morgen tauchte Bo nicht auf und Hama wurde allmählich ungeduldig.

Ihre Kollegen von der Nachtschicht suchten ihr Werkzeug zusammen und gingen langsam zu den Umkleideräumen. Einige warfen ihr im Vorbeigehen fragende Blicke zu, auf die sie mit einem Lächeln antwortete. Bo verspätete sich, nichts weiter. Er würde bestimmt jeden Moment erscheinen, mit völlig zerzausten Haaren.

Die Metallformer der Tagesschicht nahmen ihre Plätze ein.

Dann die Blechschmiede, die Schlosser und die Schweißer. Und immer noch kein Bo.

Bisher hatte der Vorarbeiter nichts bemerkt, aber es würde nicht mehr lange dauern, bis ihm auffiel, dass etwas nicht stimmte.

Leicht beunruhigt beschloss Hama auf Bo zu warten und währenddessen weiterzuarbeiten. Schließlich konnte sie seinen Platz nicht unbesetzt lassen. Also setzte sie ihren Helm wieder auf, zog die Handschuhe an und schaltete das Walzwerk ein.

Sie wollte gerade einen Stahlknüppel zwischen die Walzen der Maschine schieben, als sie weiter hinten Männer schreien hörte. Sie verstand nur noch die Worte ›Feuer ausgebrochen‹ und ›Lagerschuppen‹, dann gab es am anderen Ende der Halle eine Erschütterung, etwas Riesiges zersprang in einem Funkenregen, der Boden bebte und eine ungeheure Explosion erschütterte die Fabrik.

Bo erwachte von einem gedämpften Lärm, gefolgt von dem Geräusch von zerberstendem Glas. Scharfe Splitter flogen quer durch das Zimmer und er spürte, wie ihm Dutzende spitze Pfeile die Haut aufrissen. Benommen sprang er aus dem Bett und schnitt sich die Füße an den Scherben, die auf dem Boden lagen.

Die Fenster waren zersprungen. Der Wind blies Schneeböen ins Zimmer, bauschte die Vorhänge auf, ließ die kleinen Zettel, die hier und dort herumlagen, durch die Luft tanzen und brachte einen widerlichen chemischen Geruch mit sich. Der Hund jaulte. In der Ferne hatte sich eine immer größer werdende dunkle Wolke über den Dächern gebildet.

›Die Fabrik!‹, dachte Bo und sein Mund verzog sich zu einem Schrei.

»Hamaaa!«

Er drehte beinahe durch.

Mit nackten, blutverschmierten Füßen lief er zur Zimmertür, stürzte die Treppe hinunter und rannte ins Freie.

Vom Großen Platz bis zum Fluss war alles verwüstet, entwurzelt, zerstört. Bo erkannte die Straßen nicht wieder. Die Außenmauer der Fabrik war eingestürzt und auf dem Schnee türmte sich ein Haufen aus schwarzem Schutt, der den Zugang versperrte. Stahlplatten, die von der Druckwelle in die Luft geschleudert worden waren, hatten sich quer in den benachbarten Häusern verkeilt wie Äxte in einem Holzblock. In einem Nebel aus Qualm versuchten einige Bewohner zu fliehen, während andere wie erstarrt in ihren Küchen standen, unter freiem Himmel, eine Tasse noch warmen Kaffee in der Hand. Manche Gesichter waren voller Blut, andere trugen einen Ausdruck der Verblüffung, der schlimmer war als jede Verletzung. Keine einzige Scheibe war heil geblieben, es regnete Asche und der aus der Fabrik strömende Gestank drehte sogar den Katzen den Magen um.

In diesem Stadium der Katastrophe gab es weder Geschrei noch Tränen. Die Überlebenden wirkten wie aus einem Puppentheater entflohene Marionetten. Nur das

Brausen des Feuers war zu hören und ab und zu das dumpfe Geräusch des von den Dächern rutschenden Schnees.

Als Bo den Eingang erreicht hatte, der vom Schutt versperrt war, blieb er stehen. Seit ihn die Explosion aus dem Schlaf gerissen hatte bis zu diesem Moment, in dem er mit nackten Füßen im schmutzigen Schnee stehend das verwüstete Viertel betrachtete, hatte er nur an Hama gedacht. Erst jetzt wurde ihm klar, dass der Schichtwechsel bereits stattgefunden und der Tag ohne ihn begonnen hatte, dass er sich eigentlich in der brennenden Fabrik hätte befinden müssen statt hier draußen.

Heiße Wut ballte sich in seinem Magen zusammen. Er hatte Hama nicht abgelöst! Er hatte *geschlafen*! Er hatte geschlafen, während die Katastrophe geschehen war!

Ohne sich um die Gefahr zu kümmern, begann er den Schutthügel zu erklimmen. Er schürfte sich die Hände an den mit verbogenen Metallstangen gespickten Betonblöcken auf, rutschte mehrmals ab und brach sich beinahe Knöchel und Handgelenke, aber die Wut war stärker als der Schmerz. Er hatte geschlafen! *Geschlafen*, Herrgott noch mal!

Als er den Gipfel des Schutthaufens erreicht hatte, ertönten die ersten Sirenen in der Ferne und ihr Heulen hallte über die Stadt hinweg. Die Rettungskräfte, endlich!

Bo richtete sich langsam auf, um nicht das Gleichgewicht zu verlieren. Entsetzt sah er, was sich auf der anderen Seite des Gerölls befand: eine Mondlandschaft.

Von unserer Fabrik – der letzten im Umkreis von Tausenden von Kilometern, die noch in Betrieb war – war nichts übrig geblieben als einige Mauerreste, der Fuß eines Kühlturms und, zwischen Himmel und Erde baumelnd wie ein Gehängter an seinem Ast, eine Gießpfanne, die während des Transports mit dem Brückenkran auf halber Strecke stehengeblieben war. Alles andere, das gewölbte Dach der Werkshalle, die Reihen der Schleifmaschinen und Walzwerke, die Umkleideräume und die Lagerhallen, waren komplett zerstört. Zwischen den Brandherden, gestaltlose Haufen, aus denen stinkender Qualm emporstieg, befand sich ein riesiger Krater.

Bo schwankte auf dem Geröllberg. Der Krater befand sich dort unten, direkt vor seinen Augen, wie eine klaffende Wunde in seiner Brust.

»Hama«, murmelte er.

Nach dem ersten Schock geriet die ganze Stadt in Bewegung. Aus allen Richtungen strömten die Bewohner zum Zentrum der Katastrophe, zu den Trümmern der Fabrik, und es bildeten sich Menschenketten, die damit begannen, die Zugänge vom Schutt zu befreien, Stein für Stein. Um das Flammenmeer zu löschen, wurden Eimer voller Schnee weitergereicht. Die Leute suchten in den Kellern der Häuser nach Werkzeugen, Schaufeln, Hacken, Hämmern, alles, was ihnen dabei half eine Rettungsgasse frei zu räumen, durch die ein Krankenwagen passte.

Pumpen und Generatoren wurden am Flussufer angeschlossen. Aus dem Krankenhaus brachte man Tragen, Decken, Blutkonserven und Sauerstoffmasken, während Ärzte und Krankenschwestern zum Ort des Geschehens eilten.

Der Pfarrer einer Kirche in der Nähe ordnete an die Feuerglocke zu läuten.

Bald versammelten sich Kinder, Frauen und Alte vor der zerstörten Fabrik und riefen die Namen ihrer Angehörigen. Die Polizei hatte das Gelände umstellt, damit niemand es betreten konnte. Die Rettungskräfte sollten in Ruhe ihre Arbeit machen, so lange hieß es warten. Aber die verzweifelten Familien wollten nicht warten und ein paar kleinen Kindern gelang es, zwischen den Beinen der Ordnungshüter hindurchzuschlüpfen.

»Finde deinen Vater!«, riefen die Mütter. »Sag mir, dass er am Leben ist!«

Bo stand eine Ewigkeit wie gelähmt vor der Trümmerlandschaft. Was er sah, brannte sich in seine Netzhaut ein: der Krater, die Gießpfanne, die zerklüfteten Überreste der Werkshalle und die umherirrenden Gestalten derer, die Eisenträger wegräumten und Stahlplatten umdrehten. Doch eigentlich lähmte ihn viel mehr das, was er nicht sah: Er konnte Hama nirgendwo entdecken.

Ihre Abwesenheit stürzte ihn in eine so tiefe Verzweiflung, dass er das Gefühl hatte, seinen Körper zu verlassen. Er war nicht mehr der starke, lässige Arbeiter, den wir kannten, sondern ein kleiner Junge von sechs Jahren, der am Wegesrand sitzt und wartet. Ein Kind, das völlig gebannt ist vom Flug eines Raubvogels. Es war dasselbe heftige Gefühl, das ihn jetzt oben auf dem Schutthaufen festnagelte, dasselbe Entsetzen, das ihn zwanzig Jahre zuvor gepackt hatte.

Plötzlich rief eine Stimme nach ihm und er drehte sich um. Ein Mann mit Helm erklomm langsam die Betonblöcke. Er zerrte einen aufgerollten Feuerwehrschlauch hinter sich her.

»Schaffen Sie den auf die andere Seite!«

Bo starrte den Mann verständnislos an.

»Nehmen Sie den Schlauch, Mensch! Und klettern Sie damit runter. Schnell!«

Wie in Trance griff Bo nach dem Schlauch, den der Mann ihm hinhielt. Er entrollte ihn und rutschte damit den Schutthügel auf der anderen Seite hinab, während der Feuerwehrmann, der oben auf dem Geröllhaufen angekommen war, seinen Kollegen Befehle zurief. Kurze Zeit später spürte Bo den Schlauch zwischen seinen Händen vibrieren.

»Direkt auf die Flammen halten«, befahl der Feuerwehrmann. »Und nicht loslassen!«

Die Wucht des Wasserstrahls ließ Bo beinahe hintenüberkippen. Er musste sich hinknien. Einige Dutzend

Meter vor ihm verschlangen die Flammen ein Stück Dachstuhl. Bo stand auf und ging direkt darauf zu, während er den Schlauch fest umklammerte.

Als er sich dem lodernden Feuer näherte, war es, als würde sich seine Haut von den Knochen lösen. Wenn Hama tot war, sagte er sich, konnte er ebenso gut auch sterben.

Bald war der Brand von einem Dutzend Feuerwehrschläuchen umzingelt, die braunes, aus dem Fluss gepumptes Wasser ausspuckten, das sich in schlammigen Pfützen rund um den Ruinen sammelte.

Es begann wieder zu schneien.

Die Blaulichter pulsierten im Takt einer eingefrorenen Zeit und wir fühlten uns, als wären wir der Realität entrissen worden. Wir fürchteten den Moment, in dem die Kinder zu ihren Müttern zurückkehren würden, um ihnen zu sagen, dass sie Witwen waren. Denn dann würde die Zeit weiterlaufen und nichts wäre mehr wie zuvor.

Bo spürte weder seine Füße noch seine Hände, nicht einmal den chemischen Gestank, der aus den beschädigten Tanks strömte. Mit dem Schlauch in den Händen kämpfte er gegen die Flammen und die in seiner Brust brennende Verzweiflung. Zwischen den überfluteten Trümmern suchten die Sanitäter nach Überlebenden. Es war so still wie in einer Kirche. Bo ließ die Männer nicht aus den Augen. Er sah, wie sie zusammenliefen, geschäftig hin und her eilten, eine Trage holten und sie zu einem Zelt brachten, das auf die Schnelle entlang eines Geröllhügels aufgestellt worden war. Jedes Mal, wenn es so weit war, ließ Bo seinen Schlauch im Stich und lief ihnen nach.

Er erblickte Körper, die sich unter Decken abzeichneten. Rußige Gesichter. Versengte Haare. Leere Augen.

Und immer war es wie ein Faustschlag in den Magen: Hatten sie Hama gefunden?

Nein, sie war es nicht.

Also kehrte er zu seinem Schlauch zurück, bis sich die Sanitäter wieder versammelten und eine neue Trage gebracht wurde.

Die Toten wurden vor das Zelt gelegt, wo zwei Freiwillige damit beschäftigt waren, sie in Säcken zu verstauen. Im Inneren des Zeltes lagen dicht an dicht die Verletzten.

Dort entdeckte Bo schließlich Hama, nach einer schier unerträglichen Zeit des Wartens.

Als er sie erkannte, blass und bewusstlos auf der Trage, fiel er auf die Knie. Ihr schwacher Atem ließ ihre Lippen erbeben. Ihr Gesicht war unverletzt.

»Was tun Sie hier?« Eine Krankenschwester stieß Bo an. »Verschwinden Sie! Sie stören!«

»Aber … das ist Hama«, stotterte Bo.

»Sie muss behandelt werden, gehen Sie zur Seite.«

Bo wich zurück. Das Zelt war dunkel, voller Menschen, erfüllt von Matsch und Stöhnen. Er zog sich in eine Ecke zurück, während sich eine Frau im Arztkittel um Hama kümmerte. Es dauerte lange.

Draußen waren Motorengeräusche zu hören und plötzlich breitete sich aufgeregte Hektik unter den Hilfskräften im Zelt aus. Endlich hatten sich die Rettungswagen einen Weg gebahnt!

Als sich die Ärztin wieder aufrichtete, wusste Bo, dass Hama weggebracht werden würde. Er ging auf die Frau im Arztkittel zu, die sich schon wieder über den nächsten Patienten beugte.

»Das junge Mädchen ...«, flüsterte Bo. »Die, die Sie gerade untersucht haben ...«

»Keine Sorge«, antwortete die Ärztin, ohne aufzublicken. »Sie wird leben.«

Das war alles, was er hören wollte.

Er rannte hinter der Trage her und sah sie gerade noch in einem Krankenwagen verschwinden, dessen Türen sich sofort schlossen.

»Sie wird leben«, murmelte er vor sich hin.

Bo sah den Krankenwagen davonfahren und die Tränen, die er seit Stunden (oder Jahren?) zurückhielt, liefen endlich über seine Wangen. Hinter ihm, entlang des Schutthügels, ruhten in einer düsteren Reihe diejenigen, die niemand hatte retten können.

2

LEERE UND FÜLLE

An diesem Tag wurden von den hundert Arbeitern, die zum Zeitpunkt der Explosion in der Fabrik gewesen waren, dreiundfünfzig getötet und fünfundvierzig verletzt.

Die Leichen von zwei Arbeitern, die man für immer verloren geglaubt hatte, wurden acht Tage später am Ufer des Flusses gefunden. Der Druck der Explosion hatte sie mehrere Hundert Meter durch die Luft geschleudert.

Eine Beerdigung folgte auf die nächste.

Wochenlang taten wir nichts anderes, als um unsere Toten zu weinen und ihre Gräber mit Blumen zu schmücken. Jeder von uns hatte eine Mutter, einen Vater, einen Sohn oder eine Tochter, einen Ehemann oder eine Ehefrau, Nachbarn und Freunde verloren. Außerdem hatten wir unsere Arbeit, unseren Lohn und manchmal auch unser Haus verloren. Unseren Alltag und unseren Halt.

Dort, wo sich früher die Schornsteine der Fabrik erhoben hatten, war nichts mehr als ein leeres Stück Himmel. Wir trugen diese Leere in uns, wie einen ständigen

Schwindel. Die Leute wurden plötzlich ohnmächtig oder stürzten ohne ersichtlichen Grund. Einige klagten über Schwerhörigkeit, Blutungen, so heftige Kopfschmerzen, dass sie am liebsten mit dem Kopf gegen die Wand schlagen würden, Zerstreutheit oder Trägheit. Hinter vorgehaltener Hand sprach man von Vergiftungen und seltsamen Krankheiten, die durch das Einatmen chemischer Dämpfe hervorgerufen wurden.

Abgesehen vom Friedhof wurde das Krankenhaus der am häufigsten besuchte Ort der Stadt. Dort traf man sich, suchte Trost, weinte, lachte und tauschte Neuigkeiten von diesem und jenem aus. Manchmal gingen wir mitten in der Nacht dorthin, um ein Leiden behandeln zu lassen, dessen Ursache wir nicht kannten, oder um einen Albtraum zu verscheuchen, der uns die Luft zum Atmen nahm. Ärzte mit müden Augen behandelten unsere Ohren, unsere Füße, unseren Rücken, aber sie konnten nichts gegen die Angst tun, die sich in unseren Herzen festgesetzt hatte.

In den Schulen malten unsere Kinder Monster, Menschen ohne Kopf, riesige Sonnen oder in zwei Teile zerborstene Häuser, die wie überreife Früchte aussahen.

In den Cafés am Großen Platz, deren Fenster bei der Explosion zersprungen waren, wurde niemand mehr bedient. Überall lagen Glassplitter herum und selbst in den Hinterzimmern hatte man das Gefühl, auf Zucker zu laufen. Die Stammgäste und die Pfeilspieler irrten auf dem Platz herum wie verlorene Seelen und sahen ungläubig zur Statue des Generals hinauf, der während der Verpuffung einen Arm und seinen Säbel verloren hatte.

Die besser Informierten erzählten, im Augenblick der Katastrophe sei der Kronleuchter im *Lustigen Biber* herabgestürzt und habe die halbe Decke heruntergerissen. Aber er hatte ja sowieso nur noch an einem seidenen Faden gehangen. Titine Eisenbein hatte ihre Vorhänge zugezogen. Es gab keine Vorstellungen mehr und auch keinen Tanztee. Die beiden Ukulelespieler und der Pianist des Orchesters, der gleichzeitig Vorarbeiter gewesen war, gehörten zu den Opfern. Der alte Schwung war dahin.

Wenn man sich nach Melkior erkundigte, so tat man das nur hinter vorgehaltener Hand, zwischen Tür und Angel und voller Angst, ein neues Unglück heraufzubeschwören. Seit dem berühmt-berüchtigten Abend der Schlägerei hatte ihn niemand mehr gesehen.

Drei Tage nach der Katastrophe öffnete Hama einen Spaltbreit die Augen. Das Morphium dämpfte ihre Schmerzen und sie spürte ihren Körper nicht mehr. Sie fühlte sich, als würde sie in einem Schwimmbecken schweben. Durch ihre Wimpern betrachtete sie die kahlen Wände und lauschte den Geräuschen, die an ihr Ohr drangen. Das Rattern von Rädern, entfernte Stimmen, das Zischen eines Aufzugs, ein undefinierbares Klirren, Schmerzensschreie und Weinen … Dann wurde sie wieder von einem künstlichen Schlaf übermannt, ohne zu verstehen, wo sie sich befand oder was mit ihr geschehen war.

Als sie endgültig aus der Bewusstlosigkeit auftauchte, war es Tag und Bo war bei ihr. Er schlief in einem Sessel, das Gesicht rot und voller kleiner Schnittwunden, die bereits zu vernarben begannen.

»Hast du dich mit einem wild gewordenen Rasiermesser angelegt?«, fragte Hama.

Als er ihre Stimme hörte, schreckte Bo aus dem Schlaf hoch. Er betrachtete Hama mit einer solchen Mischung aus Entsetzen und Erleichterung, dass sie lachen musste.

»Schau mal in den Spiegel«, sagte sie. »Du siehst aus, als hättest du in einem Toaster übernachtet.«

Bo, der seinen Sinn für Humor verloren hatte, wusste nicht, was er antworten sollte. Stumm streckte er die Hände nach Hamas Gesicht aus und seine Tränen sagten mehr als Worte.

»Was hast du?«, fragte Hama verwirrt.

In den Monaten, die sie sich kannten, hatte sie Bo nachdenklich, besorgt, fröhlich oder wütend erlebt, aber sie hatte ihn noch nie weinen gesehen.

Plötzlich bemerkte sie, dass das Bett, in dem sie lag, nicht *ihr* Bett, die Decke, die bis zu ihrem Kinn hochgezogen war, nicht ihre Decke und dieses Zimmer nicht ihr Zimmer war. Sie wollte nach Bos Händen greifen, aber er hielt ihre Arme fest.

»Warte!«, sagte er.

Hama wehrte sich nicht.

Was sie in Bos Blick las, ließ sie vor Angst erstarren.

Bo fragte sich, womit er anfangen sollte. Mit dem Schlimmsten oder mit dem weniger Schlimmen? Und woher sollte er wissen, was das Schlimmste und was das weniger Schlimme war?

»Du lebst«, sagte er und es klang ein bisschen wie eine Frage.

Er lächelte und wiederholte die Worte mehrmals, von Mal zu Mal überzeugter: Du lebst, du lebst, du lebst …

Hama spürte, wie ihre Wangen heiß wurden, aber ihr restlicher Körper blieb gefühllos. Die Gedanken schossen wild durch ihren Kopf. Weshalb war es etwas Besonderes, dass sie lebte? Welchen Tag hatten sie heute? Wo war sie? Und warum …?

»Warte«, bat Bo noch einmal. »Ich werde dir alles erklären, aber vergiss nie das Wichtigste: Du lebst und wir sind zusammen. In Ordnung?«

»In Ordnung«, murmelte Hama.

Bo nahm einen tiefen Atemzug.

»Es hat einen Unfall in der Fabrik gegeben«, begann er.

Er erzählte ihr alles, wie er es erlebt hatte, eins nach dem anderen, beginnend mit dem furchtbaren Lärm, der ihn aus dem Schlaf gerissen hatte, bis zu dem Moment, als er Hama zwischen den Verletzten auf einer Trage entdeckte.

Hama hörte zu, ohne ihn zu unterbrechen. Sie erinnerte sich an fast nichts, nur an ihre Unruhe, als er nicht zum Schichtwechsel erschienen war, und vielleicht an einen Blitz, der die Werkshalle erhellt hatte … Dafür erinnerte sie sich noch sehr gut an die Nachricht, die sie Bo am Vorabend der Katastrophe geschrieben hatte. Darin stand:

Mein Liebster, wenn nur schon Sonntag wäre! Ich möchte dir etwas sagen und dazu wäre ich gern mit dir allein. Wir könnten einen Spaziergang am Fluss machen, statt zum Tanztee zu gehen, was meinst du? Der restliche Auflauf steht auf dem Fensterbrett. Träum was Schönes. Mach dir keine Sorgen.

Sie hatte den Zettel am Bettpfosten befestigt, damit Bo ihn dort fand. Hatte er ihn gelesen?

Sie biss sich auf die Lippen und suchte in seinem Gesicht nach einer Antwort, während er mit ausdrucksloser Stimme weitererzählte.

»Viele Arbeiter sind tot«, sagte er. »Viele andere sind schwer verletzt. Man weiß nicht, wie das Feuer in den Lagerhallen ausbrechen konnte.«

Hamas Gedanken rotierten im Leerlauf, ihr Gehirn drehte durch wie Autoreifen im Schnee.

»Ness und Malakie sind auch hier im Krankenhaus«, fuhr Bo fort. »Sie liegen ein Stockwerk über dir, auf der Station für Verletzte mit schweren Verbrennungen.«

»Und ich?«, fragte Hama schließlich. »Auf welcher Station liege ich?«

Er warf ihr einen langen Blick zu und sah aus wie jemand, der am Rand eines Abgrunds steht und in die Tiefe schaut.

»Welche Station?«, wiederholte Hama lauter.

Doch Bo schaffte es nicht, ihr zu antworten. Also befragte Hama ihren Körper. Wo tat er weh? Wo war er verletzt? Sie senkte den Blick. Unter der Decke, die ihr bis zum Kinn reichte, erahnte sie die Form ihrer Füße und Beine. Sie konzentrierte sich, um sie zu bewegen, und nach einigen Anstrengungen gelang es ihr auch. Sie versuchte ihr Becken, ihren Bauch und ihren Rücken zu spüren und trotz der durch das Morphium hervorgerufenen Benommenheit schaffte sie es, ihre Muskeln anzuspannen. Erst die eine Pobacke, dann die Bauchmuskeln und die andere Pobacke. Als sie die Arme heben wollte, wurde Bo blass.

»Hama …«, rief er und stürzte zu ihr. »Oh … Hama …«

Sie schlug die Decke zurück.

In diesem Moment durchzuckte sie ein stechender Schmerz.

Als die Rettungskräfte Hama aus den Trümmern geborgen hatten, war sie bewusstlos und ihre Hände klemmten zwischen den Walzen des Walzwerks. Es war zu spät, die Maschine hatte ihre Knochen zermalmt. Aber sie hatte sie auch vor der Druckwelle der Explosion geschützt und ihr damit das Leben gerettet. So hatten die Ärzte es Bo erklärt: Es war ›Glück im Unglück‹ gewesen.

Als Bo diese etwas ungeschickte Formulierung wiederholte, fehlten Hama die Worte. Sie schwieg einige endlos lange Sekunden, während sie von einer Woge der Wut erfasst wurde. Plötzlich begann sie zu schreien.

»Meine Hände! Meine Hände!«

Krankenschwestern stürzten ins Zimmer. Hama saß im Bett, völlig außer sich, die Infusionsnadel herausgerissen, und schwenkte ihre verbundenen Handgelenke vor Bos Gesicht.

»Glück im Unglück?«, brüllte sie. »Welches Glück? Sag es mir! Welches Glück?«

Bo stand mit dem Rücken zur Wand und sah Hama an, unfähig zu antworten. Hama reichte ihm kaum bis zur Schulter, sie war stark geschwächt und abgemagert, aber ihre Wut hätte eine ganze Armee in die Flucht schlagen können.

Die Krankenschwestern fassten sie an den Schultern und drückten sie aufs Bett zurück. Hama wehrte sich wie rasend, bis die Tränen sie übermannten.

»Geh weg!«, rief sie. »Geh weg!«

Die Worte drangen wie Messerklingen in Bos Herz. Er ging rückwärts aus dem Zimmer, völlig aufgelöst und überzeugt davon, Hama würde ihn ebenso sehr hassen wie er sich selbst.

Während der folgenden Tage und Wochen vergrub sich Hama in ihrem Schmerz.

Sie wollte nicht sprechen.

Sie wollte nicht essen.

Sie wollte nicht aufstehen.

Sie wollte Bo nicht sehen.

Die Ärzte sagten, es sei eine mögliche Reaktion auf den Schock.

Man müsse ihr Schweigen respektieren und abwarten.

Bo kam jeden Morgen und wartete im Flur auf die Krankenschwester.

»Wie geht es ihr?«, fragte er, sobald sie aus Hamas Zimmer kam.

Die Krankenschwester zeigte ihm die Temperaturkurven und Untersuchungsergebnisse, Zahlen, die er nicht verstand.

»Will sie mich sehen?«

»Sie möchte lieber allein sein«, antwortete die Schwester. »Sie braucht Zeit. Kommen Sie morgen wieder.«

Bo kehrte am Abend zurück, um der Nachtschwester dieselben Fragen zu stellen.

»Wie geht es ihr? Will sie mich sehen?«

Doch die Nachtschwester gab ihm dieselbe Antwort.

»Sie möchte lieber allein sein. Sie braucht Zeit. Kommen Sie morgen wieder.«

Niedergeschlagen verließ Bo das Krankenhaus.

Draußen schluckte er die Tränen hinunter, sah zum

Himmel hinauf und versuchte einfach nur zu atmen. Er hätte Hama so gerne ihren Schmerz abgenommen. Er hätte sich so gerne die Hände abgeschnitten und sie ihr geschenkt. Unverletzt zu sein war für ihn die schlimmste aller Strafen.

Der Frühling kam mit viel Regen und verwandelte unsere Straßen in graue Bäche, in denen Plastikteile, Holzstücke, Stofffetzen, rostige Metallsplitter und Konservendosen schwammen, tausend Bruchstücke, die zu den Gullys strömten. Die Kinder machten sich einen Spaß daraus, diesen farbenfrohen Müll zu sammeln und kleine Boote daraus zu basteln. So fanden in unseren Rinnsteinen lustige Regatten statt, Einbaum-Rennen und Segel-Wettkämpfe nach verrückten Regeln, die uns in dieser düsteren Zeit ein wenig aufheiterten.

Überall in der Stadt wurde improvisiert. Die Familien, die ihre Häuser verloren hatten, schlossen sich zusammen, um zu überleben. Wenn nötig, zwängten sie sich in jeden noch so kleinen Unterschlupf, suchten unter Regenplanen oder in Schuppen Schutz. Man machte Tauschgeschäfte, organisierte sich, züchtete Pilze in den Kellern der verlassenen Häuser, Chicorée, Schwarzwurzeln und Zwiebeln, aus denen man zusammen mit den Nachbarn Suppe kochte. Nachts wurden verbeulte Waschkessel zu Kohleöfen umfunktioniert und Laternen in den Gassen aufgehängt, die unserer Not einen beinahe festlichen Anstrich gaben.

Diejenigen, die noch Arbeit hatten, arbeiteten für die anderen mit, und diejenigen, die keine Arbeit mehr hatten, dachten sich eine aus. So kam es, dass der untätige und unglückliche Bo begann sich bei den Ruinen der Fabrik herumzutreiben.

Das Gelände durfte auf Anweisung der Behörden nicht betreten werden. Es war neuerdings von einem hohen Bretterzaun umgeben und wurde von Sicherheitskräften mit Hunden bewacht. Seit der Explosion hatte Bo keinen Tropfen Alkohol mehr getrunken (und er schwor sich, niemals wieder damit anzufangen), aber die Schlaflosigkeit verfolgte ihn hartnäckiger als eine Meute Bulldoggen. Deshalb verließ er bei Anbruch der Nacht sein Zimmer und machte sich auf den Weg zum Sperrgebiet, auch wenn er dort riskierte, von den Wachhunden angefallen zu werden. Wahrscheinlich brauchte er den Nervenkitzel der Gefahr, um sich lebendig zu fühlen, während Hama litt.

In einem eingestürzten Haus hatte er eine Leiter und ein Schiffstau aufgetrieben, mit deren Hilfe er über den Zaun kletterte. Auf der anderen Seite begann das Abenteuer.

Er lief gegen den Wind, damit die Hunde seine Witterung nicht aufnehmen konnten, und bewegte sich im Zickzack von einem Schrotthaufen zum nächsten. Ohne ein Geräusch zu machen, tastete er sich vorwärts und sammelte Bleche, Metallplatten, Stangen, Gießformen und Kokillen, Stahlkies, Druckfedern, Formkästen, verbogene Nägel und was die Explosion sonst noch an verkohlten Überresten übrig gelassen hatte.

Er wählte jedes Teil sorgfältig aus, im Dunklen mit den Fingerspitzen tastend. Dieser Schrott hatte nicht den geringsten Wert, aber Bo verstaute alles sorgfältig in einer Tragetasche, die er sich auf seinen breiten Rücken lud. Die größeren Metall- und Blechplatten hatte er zuvor darauf festgeschnallt.

Er lauschte so aufmerksam auf die Geräusche der Nacht wie ein gehetztes Tier. Manchmal gingen die Hundeführer nur wenige Meter an ihm vorbei. Er wartete, versteckt in Löchern oder Nischen, ohne zu atmen. Dann ließ er alle Vorsicht fahren und rannte zum Zaun, mit klopfendem Herzen und Angstschweiß auf der Stirn. Er griff nach dem Tau und kletterte daran hinauf, wurde von Holzsplittern verletzt, stieg über die Bretter und fühlte sich, sobald er schwer beladen mit seiner Fracht die andere Seite erreicht hatte, auf seltsame Weise leichter als zuvor.

Er ging nach Hause, um seine Schätze auf dem Boden seines Zimmers auszubreiten, bevor er sich hinlegte und in einen kurzen Schlaf fiel.

Währenddessen versuchte Hama, ganz auf sich zurückgeworfen, den Schmerz und den Verlust zu zähmen. Dieser neue Körper, mit dem sie von jetzt an leben musste, schien jemand anderem zu gehören. Den ganzen Tag betrachtete sie ihre verbundenen Handgelenke. Sie hatte das Gefühl, ihre Handflächen zu spüren und ein Kribbeln in den Fingerspitzen, aber das war nichts als Einbildung, ein grausamer Zaubertrick, mit dem ihr Gehirn sie quälte.

Sie stellte eine Liste mit all den Dingen auf, die sie niemals wieder tun konnte, und es war eine furchtbare, endlose Liste. Ohne ihre Hände war sie nichts mehr.

Sie wusste, dass Bo Tag und Nacht auf der anderen Seite der Tür wartete. Sie stellte sich vor, wie er ganz allein und ratlos auf dem Flur saß. Es brach ihr das Herz, aber wie sollte sie es ertragen, *so* von ihm gesehen zu werden? Sie konnte einfach nicht glauben, dass er sie noch liebte. Deshalb wartete sie lieber, bis er den Mut verlor.

»Und was passiert, wenn er nicht mehr kommt?«, fragte eines Abends die Nachtschwester, während sie eine schmerzstillende Spritze vorbereitete.

»Dann bin ich frei«, antwortete Hama.

»Frei wovon?«

»Frei, um zu sterben!«, hätte Hama am liebsten gerufen. »Lassen Sie mich in Ruhe!«

Die Schwester gab ihr die Spritze und Hama drehte sich zur Wand. Der Gedanke an den Tod erleichterte sie ein wenig. Es war die einzige Möglichkeit, die ihr einfiel, um sich ihrem Schicksal zu widersetzen, sie, die sich niemals beschwert, sondern sich immer mit ihrem Los abgefunden hatte.

Geduldig wechselte die Krankenschwester der Tagesschicht Hamas Verbände. Sie strich ihr über die Stirn und das Haar, wusch sie, fütterte sie, sprach mit ihr. Hama liebte und hasste sie, genauso wie sie ihre eigene Mutter geliebt und gehasst hatte.

»Wo ist Ihre Mutter?«, fragte die Schwester eines Morgens, während sie das Bett frisch bezog.

»Ich weiß es nicht und es ist mir auch egal«, knurrte Hama. »Sie hat uns verlassen, als ich zwölf war. Wir haben sie niemals wiedergesehen.«

»Und Ihr Vater?«, fragte die Schwester weiter, als sie Hama die Haare kämmte.

»Mein Vater …« Hama seufzte. »Er weiß nicht mal mehr seinen Namen. Als ich ihn das letzte Mal besucht habe, hat er mich nicht erkannt.«

Hama gluckste, als ihr klar wurde, dass sie sich selbst nicht mehr kannte.

»Wie der Vater, so die Tochter«, murmelte sie.

»Wenn das so ist, sollten Sie einen Blick in den Spiegel werfen«, riet ihr die Schwester. »Dann sehen Sie, wie hübsch Sie sind.«

Hama hätte sie am liebsten erwürgt. Aber wie, ohne Hände?

Sie durchbohrte die Krankenschwester mit ihrem Blick und drehte sich zur Wand.

»Warum gehen Sie nicht ein bisschen aus dem Zimmer?«, schlug die Nachtschwester vor. »Sie könnten etwas herumlaufen. Schließlich haben Sie immer noch ihre Beine, oder?«

Ihre Beine? Na und? Konnte man mit den Beinen essen? Liebesbriefe schreiben? Metall verarbeiten? Konnte man mit den Beinen zärtlich sein?

Hama hätte die Nachtschwester am liebsten gebissen. Manchmal, wenn die Verzweiflung sie übermannte, biss sie sich die Innenseiten ihrer Wangen blutig.

»Und das Kind?«, fragte irgendwann die Krankenschwester der Tagesschicht. »Denken Sie auch an Ihr Kind?«

Das versetzte Hama den Todesstoß.

In einem Strom von Tränen ließ sie sich endlich gehen. Ihre Wut und ihr Widerstand schmolzen dahin und machten einer maßlosen Angst und einer namenlosen Verzweiflung Platz. Die Krankenschwester wiegte sie in ihren Armen, um sie zu trösten.

»Na, na … Alles wird gut.«

Während sie weinte, dachte Hama an das winzige Leben, das sie seit drei Monaten in sich trug und das sich allen Widerständen zum Trotz in ihrem Bauch festkrallte. Und sie dachte an Bo, der davon keine Ahnung hatte.

»Warten Sie nicht zu lange, bevor Sie es ihm sagen«, riet ihr die Schwester. »Gute Nachrichten sind so selten in diesen Tagen.«

»Es ist keine gute Nachricht«, erwiderte Hama schluchzend.

»Aber natürlich, schließlich ist es ein Kind der Liebe!« Die Schwester lächelte.

Hama beruhigte sich wieder und rollte sich zu einer Kugel zusammen. Solange das Kind in ihrem Bauch blieb, konnte sie es tragen. Aber was war danach?

Je länger Bo seine nächtlichen Ausflüge unternahm, desto mehr ähnelte das Zimmer einer Müllhalde. Von der Küche bis zum Waschraum, überall lagen Metallteile herum: hinter dem Bett, hinter den Türen, auf dem Schrank, unter dem Schrank und sogar im Ofen, in dem Bo nichts mehr zu backen hatte. Der kohlrabenschwarze Hund, dessen gewohnter Tagesablauf durcheinandergeraten war, lief zwischen dem Schrott hin und her und knurrte feindselig, wenn Bo sich ihm näherte.

»Du liebst mich also auch nicht mehr«, stellte Bo ein wenig verbittert fest. »Nun, niemand zwingt dich zu bleiben. Die Tür steht offen!«

Der Hund knurrte starrköpfig weiter und suchte unter dem Bett Zuflucht, offenbar fest entschlossen dort sein Lager aufzuschlagen. Erstaunlicherweise wurde er immer noch dicker. Bo nahm an, dass er sich in der Nachbarschaft etwas zu essen stibitzte.

»Du fragst dich bestimmt, wozu ich all diese Dinge sammle, oder?«, sagte Bo. »Denkst du vielleicht, ich werde verrückt?«

Dabei versuchte Bo in Wirklichkeit nur, sich irgendwie zu beschäftigen. Er sammelte und hortete, um die Leere zu füllen, die Hama hinterlassen hatte.

Aber eines Abends, als er mit schwerem Herzen aus

dem Krankenhaus zurückkam, warf er einen Blick auf all den Krempel und hatte plötzlich genug davon. Mit einer einzigen Armbewegung fegte er alles vom Tisch und verbannte es in eine Ecke.

Er betrachtete seine Hände, auf denen Kälte, Regen, Holzsplitter und Schnittwunden ihre Spuren hinterlassen hatten. Seine Hände, die er Hama so gern geschenkt hätte.

Er erinnerte sich an seine Mutter und ihre Schattenspiele vor dem besagten Tag, an dem er am Wegesrand sitzend den Flug eines Raubvogels beobachtet hatte.

Er erinnerte sich auch an seine Lehrjahre im Dorf der Schmiede, an die Hunderte von Stunden, die er im roten Schein des Feuers damit verbracht hatte, glühendes Metall zu bearbeiten. Er erinnerte sich an die alten Meister, die ihre Geduld, ihr Wissen, die richtigen und präzisen Bewegungen an ihn weitergegeben hatten: die Kunst, mit unbearbeitetem Material wahre Wunder zu vollbringen.

In diesem Moment wusste er, was er zu tun hatte.

Er atmete tief ein und holte sein Werkzeug.

Einige Zeit später wurden zur Erleichterung aller neue Fensterscheiben in die Cafés am Großen Platz eingesetzt und ihre Türen öffneten sich endlich wieder für die Gäste. Die Kartenspieler und Pfeilwerfer versammelten sich in den Hinterzimmern, während sich die Biertrinker an den Tresen drängten. Man hätte meinen können, alles ginge wieder seinen gewohnten Gang, doch ein Blick auf die Statue in der Mitte des Platzes reichte, um zu erkennen, dass dem nicht so war. Der Arm des entwaffneten Generals, der in Höhe des Ellbogens glatt abgebrochen war, war zum traurigen Symbol unserer Machtlosigkeit geworden.

»Wisst ihr noch, wie Bo auf die Statue geklettert ist?«, fragte einer der Biertrinker.

Alle wussten es noch. Es war zu Beginn des Winters gewesen, doch seitdem schien ein ganzes Jahrhundert vergangen zu sein.

»An diesem Tag hat Melkior mit seinem Stock auf den Boden geklopft«, fügte ein anderer Biertrinker hinzu. »Ich war dabei! Ich habe gehört, wie er zum ersten Mal vom Lärm und der Stille geredet hat …«

Ein paar Pfeilspieler nickten ernst.

»Lärm und Stille …«, wiederholte einer von ihnen. »Zum Teufel noch mal! Der Alte hat vorhergesehen, was passieren würde!«

»An diesem Tag trug Bo eine rote Jacke«, erinnerte sich ein ehemaliger Schweißer. »Als er wieder heruntergeklettert ist, sah es fast so aus, als würde das Pferd blutige Tränen weinen.«

»Vielleicht war es ein Zeichen?«, überlegte der Wirt, während er frisches Bier zapfte.

Mehr brauchte es nicht, um die Gemüter rund um die Biergläser zu erhitzen. Es wurden alle Gelegenheiten aufgezählt, an denen Melkior seine finsteren Prophezeiungen ausgestoßen hatte, bis zu dem Abend der Schlägerei bei Titine Eisenbein.

»Es war Bo, der auf die Bühne gestiegen ist und den Alten festgehalten hat«, rief ein Biertrinker mit anklagend erhobenem Zeigefinger.

»Genau!«, bekräftigte ein anderer. »Und er konnte ihn gar nicht schnell genug hinausbefördern. Als hätte er Angst, der Alte könne zu viel sagen.«

Man ging die Geschichte noch einmal in allen Einzelheiten durch und die Aufregung wurde immer größer. Das war besser, als die Teile eines Puzzles zusammenzusetzen! Erst hatten sich Bo und Hama auf den ersten Blick ineinander verliebt. Diese Liebesgeschichte vertrug sich nicht mit den harten Zeiten, sie hatte unsere Herzen erweicht und unseren Blick verschleiert! Dann war der *Lustige Biber* wiedereröffnet worden und hatte uns mit seinen Zauberkunststücken, den Tänzerinnen, Liedern und all den anderen Verrücktheiten vom Wesentlichen abgelenkt. Hinzu kamen noch dieser endlose Winter, die eisige Kälte und der ungewohnte Schnee. Und Melkiors prophetische Ausbrüche … War Bo im Übrigen nicht der Letzte gewesen, der ihn gesehen hatte?

»Genau genommen hatten wir unsere Ruhe, bis zu dem Tag, an dem Bo in der Fabrik aufgetaucht ist«, fasste einer der Kartenspieler zusammen.

»Ich habe nichts gegen Bo«, behauptete der Wirt. »Aber seit er hier ist, läuft nichts mehr normal, das lässt sich nicht leugnen.«

»Am seltsamsten finde ich, dass er zum Zeitpunkt der Explosion nicht an seinem Arbeitsplatz war«, fuhr der Kartenspieler fort. »Es muss ja nicht unbedingt Absicht gewesen sein, aber …«

Die Stammgäste machten nachdenkliche Gesichter.

»Im Grunde wissen wir nichts über ihn«, sagte ein Pfeilspieler. »Abgesehen davon, dass er aus dem Norden kommt.«

»Dort oben sind sie doch alle nicht ganz richtig im Kopf«, bemerkte ein anderer. »Nomaden, Heiler und irgendwelche Scharlatane!«

»Vielleicht hat Bo den bösen Blick?«, warf der Wirt ein.

Das auf seine Worte folgende Schweigen legte sich schwer über den Saal. Wir mussten nun schon so viele Jahre lang mit ansehen, wie es mit uns und unserer Stadt bergab ging, dass wir bereit waren alles Mögliche zu glauben, um Erklärungen für unser Unglück zu finden. Vor allem brauchten wir jemanden, der seinen Kopf hinhielt. Und den hatten wir soeben gefunden.

Bo hatte sich in seinem Zimmer verschanzt, ohne etwas von den Gerüchten mitzubekommen, die über ihn in der Stadt zu kursieren begannen.

Er hatte sich nicht die Mühe gemacht, die bei der Explosion zerbrochenen Scheiben zu ersetzen. Stunde für Stunde saß er hinter den mit Blechen verkleideten Fenstern und sägte, schweißte, hämmerte, schraubte und feilte pausenlos, wobei er nach und nach jedes Zeitgefühl verlor. Sein Vorhaben nahm ihn so in Anspruch, dass er sogar vergaß Hunger zu haben. Aber Hama vergaß er nicht. Im Gegenteil! Auch wenn er nicht mehr täglich ins Krankenhaus ging, war alles, was er tat, nur für sie. Es war seine Art, sie aus der Ferne zu lieben und die Stille zu durchbrechen.

Zwischen seinen Händen nahmen die Dinge allmählich Gestalt an und die verbrannten Schrottteile aus der Fabrik verwandelten sich: Aus groben Metallplatten wurden gezackte Hintergründe, aus Gewindestiften Schilfrohr, aus Stahlkies Schneeflocken und aus verbogenen Nägeln Blumen.

Als Bo die letzten Bleche aus der Küche holte, entdeckte er ein Stück Papier zwischen den Bodenbrettern. Er hob es auf und faltete es im grellen Licht der Deckenlampe auseinander. Seine Hände begannen zu zittern, als er Hamas Schrift erkannte:

Mein Liebster, wenn nur schon Sonntag wäre! Ich möchte dir etwas sagen und dazu wäre ich gern mit dir allein. Wir könnten einen Spaziergang am Fluss machen, statt zum Tanztee zu gehen, was meinst du? Der restliche Auflauf steht auf dem Fensterbrett. Träum was Schönes. Mach dir keine Sorgen.

Bo war so aufgewühlt, dass er kaum Luft bekam. Er wandte sich zu dem blinden Fenster und fragte sich plötzlich, warum er es vernagelt hatte. Er riss die auf dem Rahmen befestigten Metallbleche herunter und stieß das Fenster zum ersten Mal seit langer Zeit wieder weit auf.

Helles Licht strömte herein und die frische, feuchte Morgenluft strich Bo sanft über das Gesicht. Er atmete so tief ein, dass seine Lungen schmerzten.

Benommen beugte er sich vor. Die Auflaufform stand immer noch auf dem Fensterbrett, als wäre die Zeit am Morgen der Explosion stehengeblieben. Allerdings war der Auflauf nur noch ein verschimmelter Brei und eine Menge Glassplitter schwammen in einer Lache aus schmutzigem Regen.

Mein Liebster, wenn nur schon Sonntag wäre! Ich möchte dir etwas sagen …

Bo betrachtete über die Dächer hinweg unsere Stadt, die verschachtelten Häuser, die engen Gassen und die Leere, die die Fabrik hinterlassen hatte. Er erkannte die Bäume der Uferpromenade, die am Fluss entlangführte. Ihre Wipfel schienen von einer Art zartgrünem Dunst umgeben zu sein. Der Frühling war gekommen.

Mein Liebster, wenn nur schon Sonntag wäre! Ich möchte dir etwas sagen …

Er lächelte und drehte sich wieder um. Seine Arbeit war so gut wie beendet, aber im Zimmer herrschte ein furchtbares Chaos. Das musste ein Ende haben.

Er tauschte den Lötkolben gegen Lappen und Schrubber und begann wie ein Besessener zu putzen. Er fegte, wischte Staub und scheuerte so lange, bis ihm schwindelig wurde. Als er sich aufs Bett fallen ließ, knurrte sein

Magen. Wie lange hatte er nichts mehr gegessen? Wie lange lebte er schon wie ein Käfer zwischen den düsteren Wänden dieses Zimmers?

Er pfiff, um den Hund zu rufen. Es war eine Ewigkeit her, seit er ihn zuletzt gesehen hatte.

»Komm schon, zeig dich!«, rief Bo gut gelaunt. »Heute ist ein großer Tag!«

Er pfiff noch einmal.

»Hör auf zu schmollen! Wir gehen hinaus!«

Doch der kleine Kläffer tauchte nicht auf, sosehr Bo auch rief. Schließlich erhob er sich langsam.

»Pech für dich, dann gehe ich eben alleine spazieren.«

Sein Spiegelbild im Badezimmer machte Bo beinahe Angst. Sein Gesicht war eingefallen, der Bart zerzaust, die Haut wächsern. So sollte Hama ihn auf keinen Fall sehen.

Er duschte, schnitt sich die Fingernägel, rasierte sich gründlich, zog saubere Kleider an und fühlte sich gleich besser.

Über dem Waschbecken fand er den Flakon, mit dem Hama immer die Bettwäsche parfümiert hatte. Es waren noch ein paar Tropfen übrig. Er rieb sie sich auf die Handgelenke und warf einen letzten Blick in den Spiegel.

Ich möchte dir etwas sagen und dazu wäre ich gern mit dir allein …

Bo versuchte nichts zu vermuten und sich nichts vorzustellen. Er wollte einfach nur glauben, dass dieses wiedergefundene Stück Papier ein Zeichen von Hama war. Ein Zeichen dafür, dass die Zeit für ein Wiedersehen endlich gekommen war.

Er verschloss das Parfümfläschchen wieder und ging hinaus.

Bo rannte bis zum Krankenhaus. Entschlossenen Schrittes durchquerte er die Eingangshalle, lief durch die Korridore und betrat Hamas Zimmer. Ohne anzuklopfen.

Sie stand neben dem Bett, frisiert und geschminkt, in ihrem dunklen Mantel, während die Krankenschwester der Tagesschicht vor ihr kniete und ihr die Schnürsenkel zuband. Beide Frauen zuckten zusammen, als Bo hereinstürmte.

»Bist du fertig?«, fragte er mit einem Lächeln.

Vor Überraschung fehlten Hama die Worte und sie ließ Bo näher kommen. Seine große Gestalt, der lässige Gang … Es war dasselbe hinreißende Schauspiel, dieselbe Selbstverständlichkeit wie an jenem Morgen, als sie ihn zum ersten Mal in der Fabrik gesehen hatte.

Unendlich sanft legte er den Arm um ihre Schultern.

»Es ist der perfekte Tag für einen Spaziergang«, sagte er. »Lass uns zum Fluss gehen.«

Im Fluss spiegelte sich der graue, unruhige Himmel, an dem ein paar Möwen hin und her flogen. Die Trauerweiden und Pappeln, die die menschenleere Uferpromenade säumten, trieben erste Knospen. Ihre Äste bebten im frischen Wind.

Bo hatte seine Umarmung nicht gelockert. Er hielt Hamas Schultern umfasst, als fürchtete er, sie könne davonfliegen, und sie liefen schweigend am Fluss entlang, voller Überraschung darüber, nach dieser langen Trennung wieder vereint zu sein, und ohne zu wissen, wo sie anfangen sollten.

Tatsächlich hatte sich Hama drei Tage darauf vorbereitet, das Krankenhaus zu verlassen, in der Hoffnung, Bo zu sehen. Drei Tage, an denen sie die Krankenschwester gebeten hatte ihr beim Anziehen und Schönmachen zu helfen. Drei Tage, an denen sie sich auf den Flur gewagt, den Fahrstuhl genommen und die Halle durchquert hatte, nur um wieder umzukehren, ohne einen Fuß vor die Tür gesetzt zu haben, krank vor Angst bei der Vorstellung, durch die Straßen der Stadt bis zu ihrem Haus zu gehen, die Treppe hinaufzusteigen und das Zimmer leer vorzufinden … Seit Bo nicht mehr ins Krankenhaus kam, hatte sie sich unzählige Male vorgestellt, er sei fortgegangen.

Als sie den alten Bootsanleger erreicht hatten, verlangsamten sie ihre Schritte. Der Holzsteg ragte auf wurmstichigen Pfählen schräg ins Wasser hinein. Ganz am Ende verfaulten ein paar verlassene Boote im Schlamm. Die Landschaft war gleichzeitig trostlos und lieblich, so dass man nicht wusste, ob man sich hinsetzen oder die Flucht ergreifen sollte.

»Als ich klein war«, sagte Hama schließlich, »bin ich immer mit meinen Eltern hergekommen. Im Sommer konnte man hier Boote mieten, das habe ich geliebt.«

»Ich mach dir eins der Boote wieder flott«, sagte Bo.

Hama spürte, wie ihr die Tränen in die Augen stiegen. Sie streckte die Arme aus, so dass die Ärmel ihres Mantels nach hinten rutschten und ihre von einem Paar Handschuhe schamhaft verdeckten Handgelenke entblößten.

»Ich kann nie wieder rudern«, murmelte sie.

»Ich rudere für dich«, erwiderte Bo schnell.

Er betrachtete die Handschuhe mit den leeren Fingern, streckte die Hände aus und streichelte sanft darüber. Hama zuckte zusammen, wich aber nicht zurück.

»Ich kann nie wieder deine Hände in meine nehmen«, sagte sie. »Ich kann nie wieder mit den Fingern durch dein Haar streichen. Ich kann dir nie wieder schreiben, etwas kochen oder mich ohne Hilfe anziehen. Ich kann nie wieder irgendetwas machen. Keine Türklinke herunterdrücken, keine Buchseite umblättern, keinen Knopf betätigen, nichts aufheben. Ich kann nicht mehr in einer Fabrik arbeiten. Ich kann dir nie mehr das geben, was ich dir gerne geben würde ...«

Bo sah ihr während dieser Aufzählung die ganze Zeit direkt ins Gesicht, zutiefst erschüttert. Er versuchte weder sie zu unterbrechen noch ihre Tränen aufzuhalten. Er hörte ihr bis zum Ende zu, aus Respekt vor ihrem Kummer und ihrer Einsamkeit. Als sie außer Atem innehielt, beugte er sich zu ihr herab und küsste behutsam die salzigen Tränen von ihren Wangen. Dann richtete er sich wieder auf.

»Als ich klein war«, begann er, »hat mir ein Junge aus dem Dorf sein Fahrrad geliehen. Ich habe geübt freihändig zu fahren. Ich bin ziemlich oft hingefallen. Aber irgendwann habe ich kapiert, wie man das Gleichgewicht hält, und es hat funktioniert.«

Hamas Tränen versiegten. Sie runzelte die Stirn.

»Wir werden auch hinfallen«, fuhr er fort. »Wir werden uns Beulen und blaue Flecken holen. Aber wir werden das Gleichgewicht finden. Man kann auch ohne Hände lieben, Hama.«

Sie stand reglos vor ihm, klein und zitternd, und ihr wurde klar, dass er nicht vorhatte aus ihrem Leben zu verschwinden. Es war ein seltsames Gefühl für sie, die von ihrer Mutter von einem Tag auf den anderen verlassen worden war. Es setzte voraus, dass sie Bo voll und ganz vertraute. Dieses Risiko war sie bisher noch bei niemandem eingegangen.

Sie wollte gerade den Mund öffnen, als er weitersprach.

»Heute Morgen hab ich den Zettel gefunden, den du mir am Abend vor dem Unfall geschrieben hast. Er ist im Luftzug davongeflogen und hatte sich zwischen den Latten des Holzfußbodens verfangen.«

Hama war, als würde ihr Herz ein Loch in ihre Brust sprengen.

Am Himmel flogen die Wolken vorbei und die ersten Tropfen eines Regenschauers wühlten das Wasser des Flusses auf. Sie betrachtete die reglosen Boote im Schlamm und versuchte vergeblich sich an das Gesicht ihrer Mutter zu erinnern. Seit sie spürte, wie das Kind in ihrem Bauch heranwuchs, kämpfte sie gegen eine irrationale Angst. Aber vielleicht war das Leben einfacher, als sie glaubte? So einfach wie dieser Fluss? So einfach wie ein Frühlingsregen?

Sie hob den Blick zu Bo, der geduldig darauf wartete, dass sie zu sprechen begann. Es war an der Zeit, ihr Geheimnis mit ihm zu teilen. Ganz offensichtlich würde es keinen besseren Moment geben.

3

SCHATTEN UND LICHT

An diesem Tag, am Ufer des Flusses, gaben sich Bo und Hama ein verrücktes Versprechen: Solange sie am Leben waren, wollten sie sich niemals wieder trennen.

Nach dem Spaziergang gingen sie nach Hause, in das kleine Zimmer, in dem ihre Liebe geboren worden war und in dem nun bald ihr Kind geboren werden würde.

Bo setzte eine neue Fensterscheibe ein.

Er schob Holzscheite in den Ofen.

Er trieb ein paar Eier und Zwiebeln auf. Dann legte er eine Decke auf den Tisch, der nun frei von Werkzeugen und Stahlplatten war, und zündete eine Kerze an.

Hama setzte sich neben ihn.

Ein einziger Teller, eine einzige Gabel für zwei.

»Ein Festessen zur Feier unserer Versöhnung«, sagte Bo.

Er hielt ihr jeden Bissen hin und spielte den Clown, um nicht zu weinen.

Er weinte trotzdem. Genau wie Hama. Sie hatten so viele Gründe, gemeinsam zu weinen – vor Freude und Kummer, vor Angst und Erschöpfung.

Zum zweiten Mal innerhalb weniger Monate verliebten sie sich ineinander.

»Ich will dir etwas zeigen«, sagte Bo, als sie keine Tränen mehr hatten. »Setz dich aufs Bett.«

Hama gehorchte, ohne Fragen zu stellen. Sie kuschelte sich in die Daunendecke und wartete.

Bo schob den Tisch an die Wand und blies die Kerze aus, so dass das Zimmer im Halbdunkel lag.

»Ich habe schon ein bisschen herumprobiert, aber es ist noch nicht ganz ausgereift«, erklärte er. »Ich werde es nach und nach verbessern. Schließ bitte die Augen.«

Hama schloss die Augen.

Sie hörte, wie er etwas umstellte, ein Möbelstück verrückte, einen Stecker aus der Dose zog und wieder einsteckte. Unter der Decke fühlte sie sich beschützt und sicher. Sie legte die Handgelenke auf ihren Bauch und versuchte sich vorzustellen, wie ihr Kind sein würde. Sie wünschte sich von ganzem Herzen, dass es Bo ähnlich wäre, genauso groß und stark wie er. Mit zwei schönen, gesunden Händen.

»Du kannst die Augen wieder öffnen.«

Erst konnte Hama nichts sehen. Dann knipste Bo die Lampe an.

Er hatte sie so hingestellt, dass sie von hinten gegen einen großen Metallrahmen schien, den er mit einem Stück Stoff bespannt hatte. Im Inneren des Rahmens wurde als Schattenriss ein unglaubliches Bühnenbild sichtbar: Dächer verwinkelter Häuser samt Giebeln und Fensteröffnungen, enge Gassen, durch die zarte, sorgfältig ausgeschnittene Figuren spazierten, und im Hintergrund zeichneten sich, unversehrt und aufrecht, die Schornsteine der Fabrik gegen den Himmel aus bemaltem Stoff ab. Hama stieß einen überraschten Schrei aus, als plötzlich Rauchspiralen aus den Schornsteinen emporstiegen.

»Na, so was! Wie machst du das?«

Bo kniete unterhalb des Rahmens und blies Wasserdampf durch ein ausgeklügeltes Rohrsystem. Mit einer Hand setzte er winzige Seilwinden in Gang und Hama sah in einer Ecke den Schatten einer beweglichen Figur auftauchen, die durch das Bühnenbild spazierte und einen Stock schwenkte.

»Das ist Melkior!«, rief sie.

Bo zog an einer Schnur und der Stock schlug auf den Boden. Zweimal.

»Schatten und Licht!«, rief er mit verstellter Stimme. »Tag und Nacht! Lärm und Stille! Das eine entsteht aus dem anderen!«

Hama schauderte unter der Daunendecke. Bos Konstruktion erschien ihr so wunderbar, dass es ihr den Atem verschlug. Innerhalb des Rahmens verwandelten sich die gezackten Metallteile in eine Negativ-Welt, poetisch und zart, eine Miniaturwelt, die faszinierender war als jeder Kinofilm auf großer Leinwand.

»Wie findest du mein Schattentheater?«, fragte Bo, beunruhigt von Hamas Schweigen.

Er ließ die Schnur und das Rohr los, kam aus seinem Versteck und ging zu Hama hinüber. Sie saß reglos auf dem Bett, das Kissen im Rücken und die Augen weit aufgerissen.

»Gefällt es dir nicht?«

Hama begann zu lachen.

»Hast du noch mehr gebaut?«, fragte sie.

»Ja«, antwortete Bo. »Aus Metallblechen und vielen anderen Teilen, die ich auf dem Fabrikgelände gesammelt habe. Gefällt es dir jetzt oder nicht?«

»Wie viele Bühnenbilder hast du? Und wie viele Figuren?«

»Mehrere. Jede Szene erzählt einen Teil unserer Geschichte bis zum Tag der Katastrophe.«

Sie sah ihn voller Bewunderung an.

»Du bist ein Zauberkünstler geworden«, murmelte sie.

»Also gefällt es dir?«

»Natürlich gefällt es mir! Ich habe noch nie etwas so Schönes gesehen!«

Er atmete erleichtert auf und legte sich neben sie, wobei er es kaum wagte, sie zu berühren.

»Ich habe das Schattentheater erfunden, während ich auf dich gewartet habe. Die Figur, mit der ich mich am meisten abgemüht habe, ist die, die dich darstellen soll. Jetzt muss ich wieder eine neue anfertigen, weil die neue Hama bald einen dicken Bauch haben wird.«

»Keine Hände mehr, dafür einen dicken Bauch.« Sie seufzte. »Glaubst du, man muss immer einen Teil von sich verlieren, damit das Leben weitergeht?«

Bo lag reglos neben ihr, zutiefst aufgewühlt. Der Schatten des Raubvogels glitt wieder durch sein Gedächtnis. Er hatte nie die richtigen Worte gefunden, um zu beschreiben, was er an jenem Tag, als er als kleiner Junge am Wegesrand gesessen hatte, empfunden hatte. Die Gefühle hatten sich in sein Innerstes eingebrannt, genauso gut versteckt wie die Hieroglyphen im Herzen einer Pyramide.

»Eines Tages werde ich dir etwas erzählen«, antwortete er schließlich.

»Warum nicht jetzt?«, fragte Hama und gähnte.

»Weil es eine lange Geschichte ist. Es ist schon spät. Sieh nur, du schläfst ja schon fast!«

»Nein …«, protestierte sie.

Und mit einem Lächeln auf den Lippen schlief sie ein.

Mit dem Frühling wurde unsere Trauer etwas leichter und die Wunden der Stadt begannen zu heilen. Riesige Baumaschinen fuhren in einem langen Zug durch die Straßen, durchbrachen den Bretterzaun und begannen mit der Räumung des Sperrgebietes. Sie rissen die wackeligen Mauerreste nieder, verschoben tonnenweise Erde und Schlamm, zerkleinerten die eingestürzte Dachkonstruktion, räumten die Gießpfanne weg und verschlossen den Krater mit einer Steinplatte. Die umliegenden Häuser wurden abgerissen und nach und nach verschwanden die Spuren unseres Unglücks. An Stelle der Fabrik blieb bald nur noch ein steriler Platz, auf dem laut Beschluss der Behörden ein Denkmal für die Toten errichtet werden sollte.

Zu diesem Zweck wurde ein Festakt geplant.

In den Cafés rund um den Großen Platz hatte jeder eine andere Meinung zu der Frage, was während dieses Festaktes angemessen war und was nicht (Sollte Musik gespielt werden oder nicht? Mit Schweigeminute oder ohne? Reden ja oder nein?). Das Thema gab Anlass zu endlosen Streitereien. Nur in einem einzigen Punkt waren sich alle einig: Niemand wollte Bo an diesem Tag sehen. Man wollte generell nichts mehr mit ihm zu tun haben.

»Das Problem«, betonte ein ehemaliger Schweißer, »ist Hama. Wie sollen wir ihr sagen, was wir von Bo halten, ohne ihr wehzutun?«

»Sie muss den Tatsachen ins Auge sehen«, erwiderte ein Kartenspieler. »Seinetwegen hat sie schon ihre Hände verloren, reicht das nicht?«

»Liebe macht blind«, sagte ein Dritter. »Sie würde es nicht verstehen.«

»Wenn ihr Vater mit ihr reden könnte, würde er dasselbe sagen wie wir«, seufzte der alte Schweißer. »Ich habe damals mit ihm zusammen in der Fabrik gearbeitet. Er war ein guter Mann.«

»Niemand hat je erfahren, warum seine Frau fortgegangen ist«, erinnerte sich ein anderer Alter. »Eine Mutter! Von einem Tag auf den anderen, ohne Vorwarnung!«

»Die Kleine hat kein leichtes Leben gehabt«, mischte sich ein Pfeilspieler ein. »Deshalb waren wir ja alle so glücklich sie glücklich zu sehen.«

»Alles hat seinen Preis«, erklärte der Wirt. »Heutzutage kann man es sich nicht erlauben, nach Glück zu streben.«

Die versammelten Männer nickten zustimmend und hingen ihren philosophischen Gedanken nach, während sie ihr Bier tranken. Seit der Explosion wurde unsere Einstellung zum Leben wieder von Angst geprägt. Unser träger Verstand zog das mittelmäßige Wohlbefinden eines risikolosen Daseins den großen Freuden des Lebens vor, die stets von großem Schmerz begleitet wurden. Nun erschien uns die Liebe zwischen Bo und Hama noch gefährlicher als der in den Fabrikhallen gelagerte Sprengstoff.

»Was, wenn die beiden ein Kind machen?«, rief einer der Biertrinker. »Das wäre der Gipfel!«

Bo und Hama hatten ihr Geheimnis sorgsam gehütet. Nur die Ärzte und Schwestern des Krankenhauses wussten von Hamas Schwangerschaft, sonst ging es niemanden etwas an.

Die meiste Zeit blieben sie in ihrem Zimmer, das sie nur verließen, um etwas zu essen aufzutreiben, Ness und Malakie, deren Zustand sich langsam besserte, kurze

Besuche abzustatten oder am Fluss spazieren zu gehen, wo Hama hoffte den kohlrabenschwarzen Hund wiederzufinden. Dort hatten sie ihn zum ersten Mal gesehen, vielleicht versteckte er sich irgendwo in den Büschen, zusammen mit den Bisamratten?

»Es ist meine Schuld, dass er weggelaufen ist«, sagte Bo. »Ich habe mich nicht um ihn gekümmert.«

»Er war nicht wirklich unser Hund«, tröstete ihn Hama. »Er konnte gehen, wohin er wollte.«

Trotzdem pfiff sie auf gut Glück und blieb abrupt stehen, als sie ein Rascheln im Gebüsch hörte. Aber es war nur eine große Amsel oder eine Wühlmaus.

Oft liefen sie bis zur alten Anlegestelle, machten dort eine Pause und Bo wagte sich auf den wurmstichigen Steg, um die Boote zu untersuchen. Sobald das Schattentheater fertig war, würde er eins der Boote aus dem Schlamm ziehen und reparieren, versprochen!

»Mein Sohn soll rudern lernen«, sagte er eines Tages.

»Und wenn es ein Mädchen wird?«, fragte Hama etwas überrascht.

Bo lachte. »Dann lernt sie das Rudern noch schneller als ihr Bruder!«

Lächelnd sah Hama zu, wie Bo ein paar akrobatische Kunststücke an der Kante des Stegs machte. Er tat sein Bestes, um sie abzulenken, ihr ein Lachen zu entlocken und ihr ihre Leichtigkeit zurückzugeben, aber seit sie im Krankenhaus die Augen geöffnet hatte, fühlte sie sich um hundert Jahre gealtert. Sie hatte Angst, ihrem Kind eine traurige Mutter zu werden, eine müde Mutter, die am liebsten von einem Tag auf den anderen verschwinden würde, ohne ein Wort.

»Ich fühle mich so furchtbar überflüssig!«, rief sie plötzlich. »Die Fabrik fehlt mir! Ich bin zu nichts nütze! Ich bin zu einem ... einem einfachen Behältnis geworden. Zu einem Gefäß! Einem Topf!«

Ein Topf, dessen einzige Funktion darin bestand, das Leben, das sich in ihrem Bauch entwickelte, warm zu halten. Diese Ohnmacht machte sie wütend.

»Nicht die Fabrik fehlt dir«, stellte Bo richtig. »Sondern deine Hände.«

»Sie fehlen mir unsagbar«, gab Hama mit zitternder Stimme zu. »Weißt du, als ich klein war, habe ich immer irgendetwas gebastelt. Töpfe aus Papier, Kleider aus Karton oder Halsketten. Jetzt tue ich nichts mehr. Außer warten.«

»Du erwartest ein Kind, das ist schon eine ganze Menge«, sagte Bo.

»Gut, aber was ist danach? Ich will nicht mein ganzes Leben mit Warten verbringen. Ich bin eine Arbeiterin, Bo! Wenn ich noch einmal wählen könnte, dann ...«

Sie verstummte.

»Was dann?«, fragte Bo und kniff die Augen zusammen.

Hama stampfte mit den Füßen auf und rammte ihre Absätze in die schlammige Erde der Uferpromenade.

»Hätte ich die Wahl«, rief sie, »würde ich auf dieses

Kind verzichten, wenn ich dafür nur eine einzige Hand zurückbekommen könnte!«

Sie stampfte noch einmal mit dem Fuß auf und stieß schmerzerfüllte Schreie aus, während Bo ihr vom Steg aus hilflos zusah. Seit dem Unfall konnte Hama jederzeit einen plötzlichen Wutanfall bekommen, sie fegten über sie hinweg wie unberechenbare Stürme und endeten oft in Tränen. Angesichts von so viel Verzweiflung hatte Bo Hama einmal gefragt, ob sie das Kind wirklich behalten wollte. Vielleicht war es ja noch nicht zu spät für eine Abtreibung? Dieser Satz stoppte Hamas Tränen und sie dachte eine Weile nach, während sich widersprüchliche Gefühle auf ihrem Gesicht abzeichneten. Sie schwieg lange und fing dann wieder an zu weinen.

»Was ist los?«, murmelte Bo niedergeschlagen.

»Du bist es!«, brach es aus ihr heraus. »Du bist derjenige, der unser Kind nicht will!«

»Natürlich will ich es«, verteidigte er sich.

»Warum sprichst du dann von Abtreibung?« Hama rollte sich schluchzend auf dem Bett zusammen.

»Aber … Ich will nur, dass du dich frei fühlst.«

»Frei?«, schrie sie und hielt ihm ihre verstümmelten Handgelenke vors Gesicht.

Bo hatte nichts mehr gesagt.

Jetzt, auf dem Steg, wurde ihm klar, dass Hama zu lieben die schwierigste und gewagteste Trapeznummer von allen war: Man brauchte die Geschmeidigkeit des kleinen Schlangenmenschen, die Geschicklichkeit der jonglierenden Zwergin, den Humor des Bauchredners Bretelle und die Präzision des Magiers Cornelio. Und selbst wenn er über all diese Fähigkeiten verfügt hätte, wäre er sich nicht sicher gewesen, ob er es schaffen würde, Hama zu lieben, ohne am Boden zu zerschellen wie die Zarin.

»Was hältst du von einem Besuch bei Titine Eisenbein?«, schlug Bo plötzlich vor.

Hama zuckte mit den Schultern. »Du weißt doch, dass der *Biber* geschlossen ist.«

»Na und? Du weißt doch, dass Titine *nicht totzukriegen* ist!«, gab er zurück.

Er erinnerte sich an den Cancan der ehemaligen Trapezkünstlerin, an dem Abend, als er sie zum ersten Mal gesehen hatte, wie eine Königin im Rampenlicht. Er erinnerte sich an ihren mechanischen Gang, ihre unbändige Lebensenergie und auf einmal wusste er, was er zu tun hatte.

»Kannst du laufen?«, fragte er Hama.

Sie sah ihn verständnislos an. Laufen? Wozu?

»Weil wir am Leben sind, Hama!«, rief Bo und sprang vom Steg zurück ans Ufer.

Er ging auf sie zu, öffnete die Arme, umschlang ihre Taille, hob sie hoch und begann sich im Kreis zu drehen und dabei aus vollem Hals zu lachen.

»Wir leben und wir sind zusammen, Hama! Das dürfen wir niemals vergessen! Dir fehlen deine Hände, du bist schwanger, du hast Angst, aber du bist schön, du bist jung und du kannst laufen!«

Während sie in Bos Armen durch die Luft wirbelte, spürte Hama, wie sie von einer mächtigen Kraft durchdrungen wurde wie von einem Pfeil. Sie empfand eine so intensive und ansteckende Freude, dass sie mitlachen musste.

»Ich kann laufen!«, rief sie. »Ja, ich kann laufen!«

Bo setzte sie im Gras ab und griff nach ihrem Arm. Seine Augen funkelten.

»Fertig?«

»Fertig!«

Sie ließen den Steg mit seinen reglosen Booten hinter sich und rannten, so schnell sie konnten, in Richtung Varieté.

Das Viertel, in dem der *Lustige Biber* lag, war von der Explosion verschont geblieben. Die Häuser hatten immer noch Fensterläden, die Dächer Ziegel und kein einziger Baum entlang des Boulevards war entwurzelt worden. Trotzdem war die Luft auch hier, wie überall in unserer Stadt, schwer vor Sorge. Die Ladenbesitzer hatten sich ganz hinten in ihren Geschäften verkrochen und bewachten ihre Waren wie eifersüchtige Hühner, in den Restaurants wurde nichts mehr serviert, an den Fassaden der Kinos verblichen die Plakate, in den Hinterhöfen drängten sich die Mülltonnen und die wenigen Passanten eilten mit eingezogenen Köpfen über den Bürgersteig und zuckten zusammen, wenn man sie dummerweise gegrüßt hatte.

Als Bo und Hama die Ecke der gepflasterten Straße erreicht hatten, verlangsamten sie ihre Schritte. Sie atmeten tief durch und gingen auf den Eingang des Varietés zu. Die schweren Vorhänge vor der Tür waren zugezogen. Es gab kein Plakat.

Hama trat ein paar Schritte zurück und sah zu den Spitzbogen-Fenstern über dem Ladenschild hinauf. Ihr war kalt, sie unterdrückte ein Schaudern und bereute plötzlich hergekommen zu sein. Der Tag ging zu Ende. Sollten sie nicht besser nach Hause gehen? Doch bevor sie Bo vorschlagen konnte den Heimweg anzutreten, begann er gegen die Tür des *Bibers* zu trommeln.

»Hallo! Ist da jemand?«

Er wartete einen Moment und klopfte dann umso heftiger.

»Wir wollen zu Titine Eisenbein! Ist da jemand?«

Die Antwort auf sein Rufen war ein düsteres Schweigen und Hama verzog das Gesicht.

»Vielleicht wohnt sie gar nicht hier«, sagte sie. »Lass uns ein andermal wiederkommen.«

Bo schüttelte den Kopf und begann wieder zu trommeln.

»Wir sind es! Bo und Hama!«

In den Fenstern der Nachbarhäuser tauchten Gesichter auf. Peinlich berührt von dem Radau, den Bo veranstaltete, trat Hama von einem Fuß auf den anderen.

»Du siehst doch, dass niemand da ist«, sagte sie. »Komm, wir gehen.«

»Öffnen Sie!«, beharrte Bo. »Wir wollen zu Titine Eisenbein!«

Erneutes Schweigen, auf das jedoch kurze Zeit später das Geräusch von Riegeln, die zurückgeschoben wurden, und ein metallisches Klirren folgte.

Mit zwei schnellen Schritten war Hama bei Bo. Vor ihnen öffnete sich die Tür des *Bibers* einen Spaltbreit.

»Was wollt ihr?«, fragte eine Männerstimme.

»Wir wollen mit der Zarin sprechen. Besser gesagt … mit Titine«, antwortete Bo. »Sie kennt uns.«

»Ich kenne euch auch«, erwiderte der Mann.

Eine dunkle Hand schob den Vorhang auseinander und ein Stock erschien zwischen den Stoffbahnen.

»Schatten und Licht«, rezitierte der Mann. »Liebe und Hass … das eine entsteht aus dem anderen …«

Bo zuckte zusammen und verlor auf einmal all seine Selbstsicherheit. Als sie ihn so blass und verlegen sah, fasste Hama neuen Mut.

»Wie schön Sie wiederzutreffen, Melkior!«, rief sie. »Wenn ich Ihnen sage, wie viele Verehrerinnen Sie in Ihrer Jugend hatten, lassen Sie uns dann hinein?«

»Das weißt du noch?«, fragte die Stimme verwundert.

Sie klang unerwartet sanft. Hama beugte sich vor und murmelte etwas, das Bo nicht verstand. Sie richtete sich wieder auf, der Stock verschwand und ein Luftzug ließ den Vorhang erzittern.

Hama lächelte Bo zufrieden zu. Dann ging sie hinein, ohne auf ihn zu warten.

Drinnen war es so dunkel wie in den Katakomben. Rechts und links von der Bühne brannte je eine Kerze, so dass man zumindest die glänzende Oberfläche der Theke, die unordentlich entlang der Wand aufgestapelten Tische und Stühle und die Überreste der beim Absturz des Kronleuchters heruntergerissenen Decke auf der Tanzfläche erkennen konnte.

»Wie traurig!«, stellte Hama fest.

»So ist das Leben«, erwiderte Melkiors Stimme. »Manchmal traurig und manchmal fröhlich.«

»Schatten und Licht, nicht wahr?« Hamas Stimme klang dumpf.

Bo versuchte vergeblich herauszufinden, wo sich der Alte befand. Er hörte ihn durch den Raum humpeln und seinen Stock über den Boden schleifen.

»Wo ist Titine?«, fragte er. »Wo ist die Zarin?«

Melkior entzündete ein Streichholz. Die Flamme erhellte plötzlich die Hälfte seines Gesichts und der Schatten seiner Augenbrauen zeichnete sich riesig gegen die Decke ab. Der Kopf seiner Pfeife glühte rot auf, als er sie anzündete.

»Folgt mir«, sagte er und spuckte den Rauch wieder aus.

Hama hakte sich bei Bo ein und sie ließen sich von dem rot glühenden Lichtschein zur Bühne leiten. Melkior stieß eine schmale Tür auf, die in die Kulissen führte.

»Achtet auf die Requisiten«, warnte er sie.

Bo und Hama schlüpften zwischen Kisten und abgebauten Bühnenbildern hindurch. Sie entdeckten ein Durcheinander aus schlummernden Gegenständen, Bälle, Ringe, Jonglierkeulen, Pan und Vlans auf Kleiderbügeln hängende Kostüme und das schimmernde Banner der Siam-Brüder, das in sanftes Kerzenlicht getaucht über der Rückenlehne eines Stuhles hing.

Die Türangeln einer zweiten Tür quietschten, als Melkior sie öffnete.

»Passt auf eure Köpfe auf«, warnte er und trat in ein Treppenhaus mit einer Wendeltreppe.

Hama brauchte den Kopf nicht einzuziehen, aber Bo musste sich weit nach unten beugen, um sich nicht zu stoßen. Sie stiegen in einer Wolke aus sich kräuselndem Tabakrauch die Stufen hinauf bis zu einem Treppenabsatz, über dem eine nicht besonders helle Glühbirne baumelte. Dort ging Melkior durch eine dritte Tür, die er ohne ein weiteres Wort hinter sich schloss.

Verwirrt blieben die beiden Liebenden im Halbdunkel stehen. Bo drückte Hamas Schulter. Sie zitterte.

»Geht's?«, flüsterte er.

Sie nickte nur. Er hätte sie gern gefragt, was für ein geheimnisvolles Passwort sie Melkior ins Ohr geflüstert hatte (er konnte sich einfach nicht vorstellen, dass ein so abstoßender Mann besonders viele Herzen erobert hatte), aber die Tür öffnete sich wieder, bevor er seine Frage stellen konnte, und gab den Blick auf den Eingangsbereich einer kleinen Wohnung frei, die über dem

Varieté lag. Melkior trat zur Seite, um sie hineinzulassen, und verkündete, die Zarin erwarte sie.

Hama machte einen Schritt, dann noch einen. Das Atmen fiel ihr schwer. Lag das am Tabak? An der stickigen Luft auf der engen Treppe? Oder daran, dass sie den ganzen Weg vom Fluss gerannt waren? Sie klammerte sich an Bo, der sie zum ersten Mal als schwer empfand.

»Geht's?«, fragte er noch einmal.

Sie blieben auf der Schwelle eines rechteckigen Zimmers stehen, dessen Boden mit Teppichen ausgelegt war. Die Abenddämmerung tauchte den Raum in goldenes Licht. Hama blinzelte. Ihre Beine trugen sie fast nicht mehr, und als sie weitergehen wollte, verließen sie auch die letzten Kräfte. Sie drehte sich zu Bo, bevor sie seinen Arm losließ und langsam zu Boden sank, wie ein Blatt, das sich von einem Baum löst. Sie hörte nicht einmal mehr, wie Bo ihren Namen rief.

Und während sie fiel, hatte Hama einen Traum.

Sie stand allein am Waldrand und vor ihr begann ein Weg.

Die gewölbten Zweige bildeten einen Tunnel, dessen Ende nicht zu sehen war, und hinter ihr hatte der Wind eine unsichtbare Mauer errichtet, die es unmöglich machte umzukehren. Sie kämpfte dagegen an, voller Angst bei dem Gedanken, dieses grüne Dickicht zu betreten, aber der Wind blies so stark, dass sie keine andere Wahl hatte. Mit einem Ruck saugte der Tunnel sie ein.

Sie wurde fortgetragen, als wäre sie nicht schwerer als ein Schmetterling, und die Windböen bliesen sie nach Lust und Laune hin und her.

Während sie die Zweige streifte, begannen ihre Haare in großen Büscheln auszufallen. Dann ihre Zähne, ohne dass sie etwas dagegen tun konnte. Endlich legte sich der Wind. Sie wurde langsamer, rollte gegen einen Baumstamm und stieß sich die Stirn.

Unter dem Stamm entdeckte sie einen von einem Tier gegrabenen Gang in der Erde. Er war groß genug, um den Kopf hineinzustecken. Dann die Schultern und die Arme. Nach und nach glitt sie ganz hinein.

Während sie durch die Dunkelheit dieses unterirdischen Ganges rutschte, hörte sie eine Frauenstimme tief aus dem Inneren der Erde emporsteigen. Eine alte, magische Stimme, die immer dasselbe Wort wiederholte: *Tsell, Tsell.*

Wer war diese Frau? Was bedeutete dieses Wort?

Hama wusste es nicht.

Sie wurde von einem intensiven Geruch geweckt. Ein Geruch nach heißen Kräutern, der durch die Luft schwebte und sie in den Nasenlöchern kitzelte. Als sie die Augen öffnete, sah sie die Lampe hinter dem Schattentheater leuchten, dann Bo, der auf einem Stuhl saß und sich über sie beugte, das Gesicht bleich vor Sorge.

Sie war wieder zu Hause, in ihrem Zimmer, und lag auf dem Bett.

»Was ist das?«, fragte sie. »Wonach riecht es hier?«

Als er ihre Stimme hörte, bekam Bo wieder etwas Farbe.

»Das sind wilde Kräuter«, erklärte er. »Die Zarin hat sie mir gegeben. Wie fühlst du dich?«

Hama versuchte sich zu konzentrieren. Sie sah sich wie erstarrt auf der Schwelle des Zimmers über dem *Lustigen Biber* stehen, wo ihr das Abendlicht beinahe den Atem geraubt hatte. Danach erinnerte sie sich an nichts mehr, nur an die Bilder ihres Traums. Und an dieses Wort: *Tsell*.

»Du warst sehr lange ohnmächtig«, sagte Bo.

»Ich habe geträumt.«

»Ich wollte dich ins Krankenhaus bringen, aber die Zarin hat mich überredet dich nach Hause zu tragen und die Kräuter zu verbrennen. Sie hat gesagt …«

Bo zögerte und verstummte.

»Was hat sie gesagt?«

»Es ist alles so seltsam!« Er schüttelte den Kopf. »Sie hat gesagt, du müsstest deine Reise machen. Sie hat gesagt … du würdest von dort den Namen unseres Kindes mitbringen.«

»Den Namen unseres Kindes?«, wiederholte Hama.

»Das hat sie gesagt.«

Hama runzelte die Stirn und dachte nach. Ein Lächeln kräuselte sich um ihre Mundwinkel.

»Tsell«, murmelte sie.

Bo stand auf und setzte sich neben sie auf die Bettkante.

»Tsell«, wiederholte Hama mit festerer Stimme.

Ihr Lächeln blühte auf wie eine Seerose in einem Teich.

»Was bedeutet das?«, fragte Bo.

»Ich habe keine Ahnung«, gab Hama zu. »Aber der Name gefällt mir.«

Je länger die Kräuter ihren Duft im Zimmer verbreiteten, desto mehr fühlte sich Hama, als würde sich ihr Körper mit angenehmen, warmen und wohltuenden Dämpfen füllen. Sie wiederholte noch einmal den Namen *Tsell* und spürte zum ersten Mal eine Bewegung in ihrem Bauch, eine sanfte Welle, als würde das Kind ihr antworten und nun tatsächlich in ihrem Körper Gestalt annehmen.

»Was für eine Reise hast du gemacht?«, wollte Bo wissen.

Er wartete auf Hamas Antwort, mit gerunzelter Stirn und zusammengebissenen Zähnen.

»Man könnte meinen, du hättest Angst«, bemerkte sie.

Es stimmte, er hatte Angst. Was bei Melkior und Titine Eisenbein geschehen war, dort oben in ihrer Wohnung, erinnerte Bo an die Geheimnisse seiner Kindheit und an den namenlosen Schmerz, der seit zwanzig Jahren ein Loch in seine Brust brannte. Als Hama auf der Zimmerschwelle ohnmächtig geworden war, hatten ihn die Bilder eingeholt, vor denen er zu fliehen versucht hatte. Und als Titine ihm das Säckchen mit den wilden Kräutern gab, hatte er sich wieder als kleinen Jungen vor der Hütte seiner Eltern gesehen.

»Akzeptiere derjenige zu sein, der du bist«, hatte die Zarin ihm zugeraunt. »Bring Hama nach Hause. Verbrenne die Kräuter, du weißt, wie es geht. Hör auf gegen dein wahres Ich anzukämpfen und erledige, was du zu erledigen hast. Wenn du so weit bist, komm wieder her.«

»Wovor hast du Angst?«, fragte Hama. »Ich habe nur etwas geträumt, während ich ohnmächtig war.«

»Mein Vater und meine Mutter hatten auch diese Art von Träumen«, murmelte Bo. »Hin und wieder verloren sie das Bewusstsein. Und wenn sie wieder zu sich kamen, sagten sie, sie hätten eine Reise gemacht, so wie du.«

Hama setzte sich auf und lehnte sich gegen das Kissen.

Seit dem Wintermorgen, an dem sie Bo zum ersten Mal in der Werkshalle gesehen hatte, und während all der Monate, die sie sich geliebt und das Bett miteinander geteilt hatten, hatte keiner von ihnen jemals die Vergangenheit erwähnt. Bo hatte so gut wie nichts von seiner Kindheit erzählt und Hama, die sich auch nicht gerne an ihre Jugend erinnerte, hatte sich schließlich mit seinem Schweigen zufriedengegeben. Ihrer Meinung nach brauchte ihre Liebe nichts anderes als den gegenwärtigen Augenblick.

»Es wird Zeit, dass ich dir davon erzähle«, murmelte Bo.

»Dass du mir wovon erzählst?«

»Von dem Tag, an dem meine Eltern nicht von ihrer Reise zurückgekehrt sind«, sagte er.

Er erhob sich von der Bettkante und holte die Lampe hinter dem Schattentheater hervor. Er rollte das Kabel ab, stellte sie neben das Bett und setzte sich wieder auf den Stuhl. Dann verschränkte er die Hände ineinander, hielt sie in den Lichtstrahl und begann seine Geschichte zu erzählen, ohne ein Wort.

Hamas Fantasie erledigte den Rest.

Bo hatte in einer wilden, waldreichen Gegend das Licht der Welt erblickt. In einem Land mit schwarzem Gras, das auf den Ebenen vom Wind gepeitscht wurde. Wo die Flüsse als Straßen dienten und die Seen zitternd dem Verlauf der Wolken folgten. Wo der Boden von den Hufabdrücken der Viehherden gezeichnet war, unter dem Eis des Winters erstarrte und im Frühling tausend Bächen das Leben schenkte.

Bo wurde inmitten dieser Wälder geboren, weit weg von jeder menschlichen Gemeinschaft, auf einer einfachen Decke, zwischen den nackten Beinen seiner Mutter. Sein Vater brachte in den Flammen die Klinge seines Messers zum Glühen und schnitt die Nabelschnur durch. Dann trug er das Neugeborene singend zum See, um es zu baden.

Bos Vater und Mutter waren Nomaden, so wie viele Generationen ihrer Vorfahren vor ihnen. Ein einziges Pferd trug ihren gesamten Besitz von Dorf zu Dorf. Sie waren Jäger und Sammler, konnten dem Regen zuhören und Tierlaute deuten. Sie kannten die Pflanzen und die Macht der Steine.

Wenn sie am Rand eines Dorfes ihr Lager aufschlugen, strömten Männer, Frauen, Alte und Kinder herbei, um sie um Rat zu fragen.

Bos Mutter heilte Warzen, behandelte Kopfschmerzen und Liebeskummer, regulierte die Monatsblutungen der Frauen, verriet die geheimen Standorte der Salzbergwerke, schützte Kinder vor Albträumen und Insektenstichen, erlöste eifersüchtige Herzen, behandelte Lausbefall, renkte ausgekugelte Schultern wieder ein und verjagte böse Geister aus den Häusern.

Bos Vater überbrachte Nachrichten von Toten, zeigte den Orientierungslosen den richtigen Weg, heilte das Vieh und die Blattdürre des Weizens, zog schmerzfrei verfaulte Zähne, entleerte verstopfte Mägen, begradigte buckelige Rücken und schlichtete Streitigkeiten unter Nachbarn.

Jeden Abend, nachdem der letzte Fischer, die letzte Korbflechterin und der Letztgeborene der letzten Pelzhändlerin gegangen waren, sortierte Bo die Gaben, die sich vor der Hütte stapelten. Der Haufen war nicht selten so hoch, dass er Bo überragte: Obst und saftige Beeren, geduldig geerntetes Gemüse, Mehl, Dörrfisch,

Steinkohle, Teeblätter, Hafer und Luzerne, mehr als genug, um mehrere Wochen davon zu leben.

Der Junge ahmte seine Eltern nach und lernte mühelos, was er wissen musste. Bevor er auch nur ein Wort sprechen konnte, wusste er schon, wie man das Versteck einer Glückseidechse ausfindig macht und unter tausend Blumen diejenige findet, deren Blüten das Brennen von Bindehautentzündung lindern.

An manchen Abenden fand er seine Eltern auf dem Boden der Hütte liegend, mit weißen Lippen und verdrehten Augen, umgeben von Heilkräuter-Dämpfen. Er machte sich keine Sorgen, sondern setzte sich vor die Hütte und spielte still mit Ameisen und Kieselsteinen, um sich die Zeit zu vertreiben. Bevor es Nacht wurde, schlugen seine Eltern die Augen immer wieder auf.

Manchmal verschwand seine Mutter einen oder zwei Tage im tiefen Wald. Bo blieb am Waldrand zurück und drückte fest die Hand seines Vaters.

Wenn seine Mutter zurückkam, brachte sie ihm eine Kette aus Baumrinde mit und abends in der Hütte spielte sie auf der Trommel und erzählte ihm, was sie gesehen hatte, indem sie mit den Händen Schatten hinter den Flammen formte.

Manchmal war es auch sein Vater, der fortging. Er verschwand zu Fuß über einen zugefrorenen See oder mit nacktem Oberkörper auf einem Floß, das flussabwärts über die Stromschnellen tanzte. Bo blieb am Ufer zurück und drückte fest die Hand seiner Mutter. Er wusste, dass sein Vater ihm bei seiner Rückkehr einen Bogen oder ein Bärenfell schenken und ihm eines Tages beibringen würde, sich so leicht und unauffällig zu bewegen wie ein Schneehase.

Bo war sechs Jahre alt, als sie ihr Lager in der Nähe eines Dorfes aufschlugen, in dem eine Gemeinschaft von Schmieden lebte. Hier hatte seit Jahren kein Heiler mehr Halt gemacht.

Bos Mutter heilte, erlöste und behandelte alle, die zu ihr kamen, während Bos Vater alles herausriss, entleerte und richtete, was nicht in Ordnung war, so dass sich nach ein paar Wochen nicht nur Nahrungsmittel in Hülle und Fülle vor der Hütte stapelten, sondern auch ein Berg geschmiedeter Gegenstände: nagelneue Hufeisen für das Pferd, Messer mit schimmernden Klingen, Lanzenspitzen, Pfeile, Schmelztiegel und Werkzeuge. All dies hatten die Dorfbewohner ihnen aus Dank geschenkt.

Als es ringsumher kein einziges krankes Kind, keinen einzigen eifersüchtigen Mann und keine einzige traurige Frau mehr gab, verbrannten Bos Eltern einige Kräuter in der Mitte ihrer Hütte und legten sich auf den Boden. Wie immer bekam Bo keinen Schreck, als er sie so ausgestreckt vorfand, mit zum Himmel zeigenden Handflächen und verdrehten Augen.

Während sie scheinbar reglos dalagen, unternahmen seine Eltern eine weite Reise. Sie durchquerten den Raum, überwanden Gebirge und verfolgten Wasserläufe bis zu ihrer Ursprungsquelle zurück, jenem inneren Ort, aus dem sie die Energie, die Weisheit und das Wissen schöpften, die sie brauchten, um anderen Menschen helfen zu können.

Bo setzte sich vor die Hütte und wartete.

Doch dieses Mal dauerte die Reise viel länger als sonst. Der aufgehende Mond leistete dem Jungen Gesellschaft, dann lullten ihn die aus den finsteren Baumwipfeln schallenden Rufe der Eulen ein, bis er einschlief.

Morgens wurde er vom Tau geweckt. Da kamen seine Eltern aus der Hütte. Sie gingen an ihm vorbei, ohne ihn anzusehen, verließen ihr Lager und liefen mit großen Schritten auf den Wald zu. Bo rief sie, doch keiner von beiden schien ihn zu hören. Er fragte, wo sie hinwollten, erhielt aber keine Antwort. Schließlich bekam er Angst, sprang auf und rannte auf seinen kurzen Beinen hinter ihnen her.

Er folgte ihnen Stunde um Stunde, ohne sie einholen zu können. Seine Eltern gingen wie ferngesteuert ihres Weges, so unbeirrt, als wären sie mit einem Prinzen, einem König oder einer Gottheit verabredet. Aber im Namen welches Prinzen, fragte sich Bo, im Namen welches Königs oder welcher Gottheit würden seine Eltern ihn hinter sich herrennen lassen, bis er völlig außer Atem war?

An einer Weggabelung verlor er ihre Spur.

Bo stand allein mitten auf der Kreuzung und lauschte auf das Rascheln der Schritte seiner Mutter im Gras und das Knirschen der Steine unter den Füßen seines Vaters.

Doch er vernahm nur den durchdringenden Schrei eines Raubvogels in der Ferne.

So blieb er lange stehen und wusste nicht, was er tun sollte. Schließlich beschloss er keinen der beiden Wege zu nehmen, sondern hier auf seine Eltern zu warten. Bestimmt würden sie ihn auf dem Rückweg wiederfinden.

Bo setzte sich auf einen flachen Stein in der Mitte der Kreuzung, erschöpft von dem weiten Weg.

Als die Sonne ihren höchsten Stand erreichte, hatte er sich keinen Millimeter von der Stelle gerührt. Er lauschte auf die Geräusche des Waldes und beobachtete den Raubvogel, der über den Baumwipfeln kreiste und in regelmäßigen Abständen seinen Schrei ausstieß.

Die Sonne wanderte weiter über den Himmel.

Nach und nach breiteten sich die Schatten der Bäume bis zu dem Stein aus, auf dem Bo saß.

Er hatte Durst. Seine Beine waren schwer und fühlten sich steif an. Er konnte an nichts anderes denken als an den Moment, in dem seine Eltern am Ende des Weges auftauchen und zu ihm kommen würden. Sicher war es bald so weit.

Am Himmel zog der Raubvogel immer noch unablässig seine Kreise.

Bevor es zu dämmern begann, wurde der Junge von der Müdigkeit übermannt. Er schlief von einem Moment auf den anderen ein und rollte von dem flachen Stein herunter.

Die Nacht war noch nicht hereingebrochen, als ihn eine sanfte Berührung weckte.

Bo lächelte, weil er meinte, die Hand seiner Mutter auf seiner Stirn zu spüren. Aber es war nicht seine Mutter. Es war der Raubvogel, der auf dem Stein gelandet war und ihn mit seinen Flügeln gestreift hatte. Ein Falke mit schwarzem Kopf.

Bos Hände zitterten im Schein der Lampe und er war unfähig weiterzumachen. Er senkte die Arme und stützte sich mit den Handflächen auf den Knien ab. Der Schatten des Falken war der letzte, den er an der Wand zum Leben erwecken konnte.

»Was ist dann passiert?«, fragte Hama.

Bo schloss die Augen. Eine dunkle Wolke zog in seiner Brust auf. Er musste warten, bis sie sich aufgelöst hatte und die Gefühle in seinem Inneren zur Ruhe gekommen waren, bevor er zu einer Antwort in der Lage war.

»Du würdest es mir nicht glauben«, sagte er. »Niemand kann das. Ich habe es noch keinem Menschen erzählt.«

»Wenn du mir nicht vertraust, wie sollen wir dann unser Kind erziehen?«, fragte Hama.

Bo seufzte. Hama hatte natürlich Recht.

»Rutsch mal ein Stück«, bat er sie.

Während Hama Bos breite Schultern, seinen kräftigen Oberkörper und seine Arbeiterhände neben sich spürte, versuchte sie ihn sich als Sechsjährigen vorzustellen, ein kleiner, einsamer Junge, neben dem ein Falke landete.

»Er hat mit mir gesprochen«, sagte Bo.

»Der Falke?«

»Ja. Ich weiß nicht, wie und in welcher Sprache. Ich weiß nur, dass ich ihn verstanden habe.«

»Was hat er gesagt?«

»Er sagte, die Reise meiner Eltern sei so lang, dass sie nicht zurückkehren würden. Dann hat er mich gebeten ihm eine Feder auszureißen.«

»Hast du es getan?«

»Ja. Genau hier, unter dem Flügel«, antwortete Bo und zeigte auf seine Achselhöhle.

»Und dann?«

»Er sagte, die Feder würde mich beschützen und daran erinnern, woher ich komme und wer ich bin.«

Bo hatte sich auf dem Bett zusammengerollt und Hama stellte sich vor, wie ihr Kind in ungefähr derselben Position in ihrem Bauch lag.

»Der Falke hat mich mitten in der Nacht quer durch den Wald bis zu unserer Hütte geführt. Ohne ihn wäre ich am Wegesrand neben der Kreuzung geblieben.«

»Und deine Eltern sind nie zurückgekommen?«

Bo schüttelte den Kopf.

»Die Dorfbewohner haben mich aufgenommen. Als ich größer wurde, habe ich versucht wie sie zu werden. Ich habe ihr Brot gegessen, ihre Geschichten gehört, ihre Lieder, Spiele und Radfahren gelernt. Die Alten haben mich in die Kunst des Feuers und des Metalls eingeführt, aber ich habe es nicht geschafft, den Kummer über den Verlust meiner Eltern gänzlich zu vertreiben. Er ist wie ein Loch, das ich in meiner Brust mit mir herumtrage.«

»Und die Feder?«, wollte Hama wissen.

»Ich habe sie verloren«, murmelte Bo.

Kurze Zeit später fiel er in einen tiefen Schlaf, der ihn genauso plötzlich übermannte wie vor zwanzig Jahren, als er von dem flachen Stein gerollt war.

Hamas Augen jedoch blieben offen.

Sie fragte sich, wo die Feder des Falken sein könnte und alles andere, was man im Lauf eines Lebens verlor. Wo waren Bos Eltern hingegangen? Wo war ihre eigene Mutter? Wo ihr Vater, dessen Körper nur noch eine leere Hülle war?

»Gibt es einen Ort, an dem uns diejenigen erwarten, die uns fehlen?«, fragte sie sich.

Eine Weile lauschte sie Bos Atemzügen. Auf eine gewisse Weise hatte sie ihn erst jetzt richtig kennengelernt und dennoch hatte sie sich ihm noch nie so fern gefühlt. Ihr wurde klar, dass nicht einmal die Liebe ausreichte, um zwei Menschen wirklich zu vereinen. Ihr blieb nichts anderes übrig, als das Rätsel von Bos völliger Fremdartigkeit zu akzeptieren.

4

ORDNUNG UND CHAOS

Sobald der Termin für den Festakt bekannt gegeben worden war, begann ein geschäftiges Treiben rund um die ehemalige Fabrik. Der komplette Stadtrat inspizierte das Gelände, gefolgt von einem Heer von Journalisten und Sicherheitsexperten, während große, schwarze Lastwagen jede Menge Material unter einem Veranstaltungszelt entluden. In einem Umkreis von hundert Metern reparierten unsere Techniker die Straßenbeleuchtung, besserten die Schlaglöcher auf der Fahrbahn aus, schmückten die Straßen mit Girlanden und bepflanzten ein paar Blumenbeete. Schließlich errichteten sie Absperrungen rund um die Steinplatte über dem Krater und stellten in der Mitte einen Konzertpavillon auf, in dem das Orchester spielen sollte.

In den Cafés wurde heftig über dieses Orchester gestritten. Die einen wünschten sich ein Requiem, die anderen ein Konzert mit etwas volkstümlicherer Musik.

»Warum tanzt ihr nicht gleich auf den Gräbern unserer Toten?«, riefen die Verfechter der klassischen Musik entrüstet.

»Wenn sie noch mitreden könnten, würden unsere Toten lieber etwas Flottes hören«, gaben die anderen zurück.

Im Endeffekt entschied sich ein Komitee aus Fachleuten für eine Jazzband und alle waren unzufrieden.

Die Reden sollten von einer Reihe hochrangiger Verantwortlicher gehalten werden (verantwortlich wofür? Wir wussten es nicht), und wenn alles wie erhofft lief, würde uns sogar der Kriegsminister persönlich mit seiner Anwesenheit beehren.

Neben dem Konzertpavillon sollte eine Ehrentribüne für die Fabrikangestellten und die Familien der Opfer aufgebaut werden. Unter dem Druck einiger lokaler Größen war Bos Name von der Gästeliste gestrichen worden. Doch niemand hatte den Mut gehabt, Hama davon zu erzählen.

Einige Tage vor dem Festakt beendete Bo das letzte Bühnenbild seines Schattentheaters. Hama fand, es sei das bewegendste von allen. Es stellte das Gelände rund um die zerstörte Fabrik dar und bestand aus verbeulten Metallplatten, schwarz verfärbten Schraubenmuttern und halb geschmolzenen Kesselhaken, über denen Flammen aus bemaltem Stoff züngelten. Eigentlich unterschied es sich nicht sehr von den anderen Bühnenbildern, doch Bo war es gelungen, in diesem drei mal zwei Meter großen Rahmen das Wesentliche unserer Tragödie einzufangen: diesen einen Moment, in dem unser Leben stehengeblieben war, diesen einen Moment, in dem die Lebenden, verstört in den Trümmern herumirrend, zu Überlebenden geworden waren.

»Du hast erledigt, was zu erledigen war«, stellte Hama bewundernd fest.

»Ja, ich glaube, jetzt ist alles fertig«, sagte Bo. »Es ist Zeit, zur Zarin zurückzukehren.«

Hama legte die Handgelenke auf ihren runden Bauch und fragte sich, ob sie ihn zum *Lustigen Biber* begleiten sollte. Nichts hätte sie lieber getan, aber sie hatte Angst davor, wieder auf der Türschwelle ohnmächtig zu werden. Seit Bo ihr die Geschichte seiner Eltern anvertraut hatte, fürchtete sie sich davor, wieder auf Reisen zu gehen.

»Du fällst bestimmt nicht in Ohnmacht«, sagte Bo. »Und weißt du auch, warum? Weil bei Titine eine Überraschung auf dich wartet.«

Er zwinkerte ihr zu und Hama runzelte die Stirn.

»Eine *schöne* Überraschung natürlich«, stellte Bo klar. »Und wenn du wieder ohnmächtig wirst, kannst du sie dir nicht ansehen ...«

Hama hatte ihn im Verdacht, diese Geschichte nur zu erfinden, damit sie ihn begleitete, aber sie folgte ihm dennoch aus dem Haus und auf den Hof.

Das Wetter war schön und ein Schwarm Schwalben glitt hoch oben über den blauen Himmel.

Am Tag zuvor hatte Bo im hintersten Winkel eines verlassenen Schuppens einen alten Handkarren entdeckt, in den er nun seine Rahmen lud. Dann quetschte er die bemalten Stoffrollen dazwischen und zurrte die Ladung, so gut es ging, fest.

»Kommst du?«, fragte er und hob die Griffe des Karrens an.

Es war nicht leicht, den Wagen quer durch die Stadt zu ziehen. Ständig verkeilten sich die Räder in einem der Schlaglöcher im bröckeligen Asphalt und Hama fürchtete hundert Mal, die Bühnenbilder würden vom Wagen fallen. Es grenzte an ein Wunder, dass sie es bis zum *Lustigen Biber* schafften, ohne eine einzige Schraubenmutter zu verlieren und ohne eine einzige Figur zu beschädigen.

Trotz der frühlingshaften Temperaturen spielte kein Kind auf den Straßen, kein Händler schnappte frische Luft vor seinem Laden, keine Katze streifte durch die Gärten. Das Viertel schlief wie im tiefsten Winter und vor dem Eingang des Varietés hingen immer noch schwere Vorhänge.

Bo wollte gerade gegen die Tür hämmern, als er sich an die unberechenbaren Launen des alten Türstehers erinnerte.

»Ich weiß immer noch nicht, wie viele Verehrerinnen Melkior in seiner Jugend hatte«, sagte er zu Hama.

»Geheimnisse darf man nicht verraten«, gab sie mit einem Lächeln zurück. »Auch wenn dieses nicht besonders schwer ist. Rate!«

Bo zögerte. Fünf? Acht? Zehn? Woher sollte er das wissen?

»Komm schon, denk nach«, ermunterte Hama ihn.

Als er das verschmitzte Funkeln in ihren Augen bemerkte, wusste Bo schließlich die Antwort.

»Natürlich!«, rief er. »Warum habe ich nicht gleich daran gedacht?«

Er klopfte an die Tür und rief, bis die Hand des alten Mannes den Stock zwischen den Vorhängen hindurchschob.

»Ordnung und Chaos!«, rief Melkior, wie es seine Art war. »Was wollt ihr?«

»Meine Arbeit ist beendet«, antwortete Bo. »Ich habe der Zarin versprochen ihr das Ergebnis zu zeigen.«

Er beugte sich vor und murmelte das Passwort ins Ohr des Alten, so wie Hama es getan hatte.

»Du hattest nur eine einzige Verehrerin in deiner Jugend, stimmt's, Melkior? Eine einzige große Liebe! Und es ist immer noch dieselbe, bis heute.«

Ein kurzes Schweigen entstand. Dann öffnete sich der Vorhang und Bo wusste, dass es die richtige Antwort gewesen war.

Bevor Melkior alt und seltsam geworden war, war er ein kräftiger junger Mann gewesen, ein Athlet … und natürlich ein Trapezkünstler. Bo versuchte sich sein Entsetzen vorzustellen, als ihm die Hand seiner Partnerin hoch oben in der Luft entglitten war. Er versuchte sich den Schwindel vorzustellen, der Melkior erfasst hatte, seine Ohnmacht, den stummen Schrei der Zuschauer und den verrenkten Körper der Zarin auf dem Boden. All dies fühlte er so deutlich, dass er wie erstarrt vor der Tür stehen blieb.

»Geht's?«, fragte Hama hinter ihm besorgt.

Bo drehte sich zu ihr um. Am liebsten hätte er sie in die Arme genommen, um Verzeihung gebeten und ihr das Blaue vom Himmel versprochen. Aber er sagte nichts. Wie sollte er es jemals schaffen, das Irreparable zu reparieren?

Er verjagte die Bilder aus seinem Kopf, nahm die Griffe des Karrens und zog sein Schattentheater über die Türschwelle.

Dieses Mal wurde der Saal von kleinen Lampen erhellt, die hier und dort auf den Tischen standen, sanftes Licht und eine etwas wehmütige Stimmung verbreiteten. Die Pflanzen standen wieder auf ihren Plätzen, die Theke blitzte und die Tanzfläche war sauber gefegt.

»So ist es besser«, sagte Hama. »Es sieht weniger traurig aus.«

»Freut mich, dass es dir gefällt«, ertönte die heisere Stimme der Wirtin aus dem hinteren Teil des Saals. »Ich habe genug von der Traurigkeit! Wenn es dieser Stadt gefällt, sich im Todeskampf zu winden, soll sie von mir aus zu Grunde gehen. Ich werde auf ihrer Beerdigung tanzen!«

Titine Eisenbein kam näher und schwang auf ihren mechanischen Beinen die Hüften. Sie hatte ihren Pelzmantel gegen eine Latzhose eingetauscht, die ihr ein männliches Aussehen verlieh, und hielt eine Malerrolle in der rechten Hand. Ihre Arme und ihr Gesicht waren voller frischer Farbspritzer. Goldgelb und Stahlblau.

»Ich sag's euch, meine Goldschätze, in diesem Gewerbe muss man einfach alles können!« Sie schwenkte den Pinsel. »Die Decke wird noch nicht trocken sein, aber was soll's. Ich habe beschlossen am Abend dieser verflixten offiziellen Feierstunde zu eröffnen, koste es, was es wolle.«

»Ordnung und Chaos!«, rief Melkior.

»Wir repräsentieren selbstverständlich das Chaos.« Titine lächelte. »Unsereins hat immer außerhalb der Regeln gelebt und wir werden jetzt nicht damit anfangen, uns Vorschriften machen zu lassen.«

Sie deutete mit der Rolle auf Bo und Hama. »Ich zähl auf euch beide!«

Hama berichtete rasch von Bos Schattentheater, das einfach wunderbar sei.

»Daran zweifle ich nicht«, unterbrach sie die Zarin. »Aber was ist mit dir?«

»Mit mir?«, fragte Hama verunsichert. »Aber ich …«

Sie streckte die Arme aus und zeigte als Antwort ihre verstümmelten Handgelenke.

»Ja, ja, ich weiß«, sagte die Wirtin leicht gereizt. »Du hast keine Hände mehr. Das reicht bei mir aber nicht als Entschuldigung fürs Nichtstun. Ich könnte eine Dompteuse gebrauchen. Komm mit.«

Die Zarin bedeutete ihr mit einer herrischen Handbewegung ihr zur Bühne zu folgen und Hama gehorchte stumm.

Dort, hinter Kostümen und Kisten, entdeckte sie die Überraschung, die Bo ihr versprochen hatte. Auf einer Decke lag zusammengerollt der kohlrabenschwarze Hund und schlief, zwischen seinen Pfoten kuschelten sich vier Welpen in unterschiedlichen Farben aneinander.

»Na, so was …«, murmelte Hama.

Auch Bo kam näher, um die kleinen Hunde zu betrachten.

»Und wir haben sie für ein Männchen gehalten!« Er lachte. »Sie hat hier Zuflucht gesucht, als du im Krankenhaus warst.«

»Darum hatte sie also ständig Hunger«, stellte Hama fest. »Die Arme.«

»Sie hat ihre Jungen vor ein paar Wochen in meiner Küche zur Welt gebracht«, erzählte die Zarin. »Ich habe ihnen noch keine Namen gegeben.«

Hama wandte sich an die Besitzerin des Varietés.

»Das kann ich machen«, sagte sie mit einem strahlenden Lächeln.

Bald ging das Gerücht um, im *Lustigen Biber* werde ein heimlicher Abend vorbereitet, am selben Tag und zur selben Uhrzeit wie der offizielle Festakt. Als Titine Eisenbein die schweren Vorhänge vor ihrer Tür aufzog, um das Programm auszuhängen, wurde unsere Stadt, die bereits durch die Explosion der Fabrik einen Dolchstoß erhalten hatte, noch weiter gespalten. Es bildeten sich zwei gegnerische Lager, die bis in die Cafés am Großen Platz reichten. Auf der einen Seite die treuen Diener der Staatsgewalt, denen der baldige Besuch des Ministers schmeichelte, und auf der anderen Seite die Respektlosen und die Außenseiter. Erstere sprachen mit der Hand auf dem Herzen von Ehre und Pflicht, Letztere von Freude und Freiheit, während die Unentschlossenen dazwischen gar nicht mehr wagten den Mund aufzumachen.

»Wenn der Kriegsminister von einer parallelen Feier erfährt, wird er seinen Besuch absagen!«, ereiferten sich die einen.

»Na und?«, gaben die anderen zurück. »Wir brauchen ihn nicht, um unsere Tränen zu trocknen!«

»Geld trocknet die Tränen besser als ein Taschentuch«, gaben Erstere zurück. »Und wer hat das Geld? Wer hat die Macht, um die Fabrik wieder aufzubauen?«

»Diese verrückte Titine Eisenbein wird euch bestimmt keine Arbeit besorgen«, lachte der Wirt und zapfte Bier.

»Es heißt, sie habe Bo und Hama als Artisten engagiert«, verkündete ein gut informierter Pfeilspieler.

Diese Neuigkeit verschlug uns glatt die Sprache. Wie konnte Bo, der nur ein einfacher Arbeiter und überdies ein Fremder war, vorgeben etwas anderes zu sein? Und wie konnte Hama es wagen, ihre Familie, ihre Gemeinschaft und ihre Stellung zu verraten? Für wen hielten sich die beiden eigentlich?

»Auf dem Plakat an der Eingangstür wird ein Schattentheater angekündigt«, fügte der Pfeilspieler hinzu.

»Ein Schattentheater? Warum nicht gleich schwarze Magie?«, rief der Wirt.

Ein kalter Schauder lief uns die Wirbelsäulen hinab. Seit wir das Vertrauen in uns selbst verloren hatten, hatte der alte Aberglaube den Platz der Vernunft eingenommen und es brauchte nicht viel, um Panik in unseren engstirnigen Köpfen zu säen.

»Bestimmt lassen sie dort demnächst Tische durch die Luft fliegen und schneiden Hühnern die Kehle durch«, sagte ein alter Metallgießer.

»Wenn wir nichts unternehmen, wird es bald die nächste Katastrophe geben«, prophezeite der Wirt mit düsterer Stimme.

Da sorgte ein Stammgast, der die Diskussion bisher schweigend verfolgt hatte, für die letzte Enthüllung.

»Die Katastrophe ist längst geschehen! Meine Frau hat die kleine Hama im Krankenhaus getroffen. Ratet mal, wo sie hingegangen ist.«

»Sie besucht oft Ness und Malakie«, sagte jemand.

»Ach ja? Und seit wann liegen die Patienten mit schweren Verbrennungen auf der Entbindungsstation?«

Der Mann machte die passende Bewegung zu seinen Worten und deutete den Bauch einer schwangeren Frau an.

»Glaubt mir, die Katastrophe erblickt in diesem Herbst das Licht der Welt.«

Unsere kleine Gemeinschaft war sicher nicht schlechter als andere. Jeder Einzelne von uns war nicht dümmer oder bösartiger als die meisten Menschen. Wir taten alles für unsere Kinder, verehrten unsere Frauen, liebten unsere Freunde und unter normalen Umständen hätten wir keiner Fliege etwas zu Leide getan. Aber in uns gärte diese unerträgliche Angst vor dem Zusammenbruch und dem sozialen Abstieg. Da wir glaubten, das Unglück hätte seinen Ursprung außerhalb unserer Gemeinschaft, versuchten wir uns zu schützen, indem wir uns zurückzogen wie verängstigte Schnecken. Wir wussten nicht, dass das Gift keineswegs von außen kam. Es befand sich in uns, innerhalb unseres Schneckenhauses.

Am Vorabend der offiziellen Feierstunde machte sich eine Gruppe von Männern auf den Weg zum *Lustigen Biber*. Sie glaubten zum Wohl aller zu handeln. Die meisten von ihnen hatten früher die Zaubertricks des Magiers Cornelio beklatscht und sich bei den Albernheiten des Bauchredners Bretelle vor Lachen gekrümmt. Aber an diesem Abend war ihnen nicht zum Lachen zu Mute. An diesem Abend hatten sie Eisenstangen, Schaufeln und Heugabeln dabei.

Als die Männer in den Saal des Varietés einmarschierten, stand Hama gerade auf der Bühne und übte ihre Dressurnummer.

»Los, Cachou, spring!«, ermutigte sie einen der Welpen und schwenkte die Arme.

Sie versuchte die Hündin und ihre Jungen dazu zu bringen, durch mehrere Reifen zu springen, die auf niedrigen Gestellen befestigt und zu einem Labyrinth angeordnet waren. Am Ende des Parcours wartete als Belohnung eine Dose mit Trockenfutter.

»Du bist an der Reihe, Safran! Und jetzt du, Ivoire! Nein, Brume, nicht da lang!«

Die Dompteuse in Ausbildung hob den Kopf, als die Männer hereinpolterten.

»Wir sind noch nicht so weit«, rief sie ihnen fröhlich zu. »Kommt morgen wieder!«

Da erblickte sie die Schaufeln und Eisenstangen. Mit einem Schlag wich die Farbe aus ihrem Gesicht.

»Bo?«, rief sie, doch ihre Stimme war so schwach, dass er sie nicht hörte.

Bo hockte auf dem Schnürboden, drei Meter über der Erde, und nahm die letzten technischen Einstellungen für die morgige Vorstellung vor. Unten warfen die Bühnenbilder des Schattentheaters ihre fein ausgeschnittenen Umrisse auf eine große Leinwand, die dem Filter vor dem Scheinwerfer gemäß die Farbe wechselte.

»Was hältst du von diesem Orange für die Szene auf dem Großen Platz?«, rief Bo von oben. »Sieht hübsch aus, oder, Hama?«

»Nein«, antwortete eine eisige Männerstimme.

»Wer ist da?«, rief Bo. »Hama?«

»Ich bin hier«, antwortete sie mit einiger Mühe. »Du musst herunterkommen.«

»Was ist los?«

»Ruf die Zarin«, fügte Hama hinzu, während sie versuchte die Welpen einzusammeln, die überall auf der Bühne herumtollten.

Es verlangte Titine Eisenbein jedes Mal schier unmenschliche Anstrengungen ab, im Schneckentempo die Treppe hinunterzugehen. Sie beschwerte sich nie, doch bei jedem noch so kleinen Schritt zuckte ein heftiger Schmerz durch ihre gesamte Wirbelsäule, und wenn sie unten ankam, war sie stets völlig erschöpft und kurz davor, ohnmächtig zu werden. Aber als sie endlich zu Bo und Hama auf die Bühne trat und von den auf der Tanzfläche versammelten Männern empfangen wurde, machte ihre Erschöpfung augenblicklich kalter Wut Platz.

»Hier ist noch nie jemand mit bösen Absichten hergekommen«, sagte sie mit zusammengebissenen Zähnen. »Was wollt ihr mit diesen Gerätschaften bei mir?«

»Wir haben keine bösen Absichten«, erwiderte einer der Männer mit einem scheinheiligen Lächeln. »Wir sind nur hier, um dich zu warnen. In aller Freundschaft.«

»Wenn der *Lustige Biber* morgen seine Türen öffnet, sind wir allerdings nicht mehr so freundlich«, fügte ein anderer hinzu.

»Verstanden?«, fragte ein Dritter und schlug mit seinem Spaten gegen die Bühne.

Bo hatte Hama in die Arme genommen und sie schmiegte sich an seine Brust.

»Was ist in euch gefahren?«, rief er den Männern zu. »Schaut uns doch an! Wovor habt ihr Angst?«

Die Männer beantworteten seine Frage mit einem Lachen.

»Du bist derjenige, der Angst haben sollte, Bo!«, rief jemand. »Seit du in der Stadt aufgetaucht bist, geht alles immer mehr den Bach runter.«

»Das ist der böse Blick!«, beschuldigte ihn ein anderer.

»Vielleicht sollten wir dir mal einen ordentlichen Denkzettel verpassen«, rief ein Großmaul.

Die Drohung wurde von einem weiteren Spatenhieb begleitet und Hama zuckte zusammen. Sie kannte jeden dieser Männer, seit sie denken konnte, sie hatte mit einigen von ihnen zusammengearbeitet, mit ihren Kindern gespielt, als sie klein gewesen war, auf ihren Hochzeiten getanzt … Wie konnten sie es wagen, den Mann zu bedrohen, den sie liebte?

Sie riss sich mit einem Ruck aus Bos Umarmung und lief zum Rand der Bühne, mit erhobenem Kopf und vorgerecktem Bauch.

»Geht nach Hause!«, rief sie. »Geht zurück zu euren Frauen, Kindern, Vätern und Müttern. Und dann seht in den Spiegel und denkt über eure Worte nach. Ihr solltet euch schämen!«

»Ausgerechnet du willst uns etwas über Scham erzählen, Hama?«, rief ein Mechaniker. »Du bist doch diejenige, die Schande über ihre Familie bringt!«

»Das Kind in deinem Bauch ist verflucht«, brüllte ein ehemaliger Vorarbeiter und zeigte mit dem Finger auf sie.

Hama taumelte, als hätte sie eine Ohrfeige bekommen.

In diesem Moment trat der alte Melkior aus dem Schatten. Mit glühendem Blick musterte er die Männer. Er hustete, spuckte aus und schlug mit seinem Stock auf den Boden. Zweimal. Dann öffnete er den Mund und die Worte, die von seinen Lippen kamen, klangen wie ein Urteil.

»Ordnung und Chaos …«

Niemand sprach mehr. Niemand wagte zu atmen.

»Ordnung und Chaos«, wiederholte Melkior mit festerer Stimme. »Alles ist miteinander verbunden. Das Innere und das Äußere, das Gute und das Böse. Das eine entsteht aus dem anderen!«

Er schlug noch einmal mit seinem Stock auf den Boden und die Männer begannen unmerklich sich zurückzuziehen.

»Ordnung und Chaos …«, flüsterte der Alte ein letztes Mal. »Das Innere und das Äußere …«

»Ja, genau, raus mit euch!«, rief die Wirtin ärgerlich. »Und wagt es ja nicht, eure schmutzigen Stiefel noch einmal auf meine Tanzfläche zu setzen! Haut ab! Verschwindet!«

Sie wedelte mit den Armen, als würde sie einen Schwarm Schmeißfliegen verscheuchen.

Die Wut der Zarin veranlasste die Männer dazu, sich zum Ausgang zurückzuziehen. Bevor sie verschwanden, hob einer seine Eisenstange und donnerte sie mit voller Wucht gegen die Tür. Es gab ein dumpfes Geräusch, gefolgt von einem Beben, das die Gläser über der Bar klirren ließ, dann war es still.

Auf der Bühne klammerten sich Bo und Hama ungläubig und zitternd aneinander. Was hatten sie getan, dass man ihnen die Schuld am Unglück aller gab? Wie hatte dieser alte Aberglaube wieder aufleben können? Und was würde jetzt geschehen?

»Kommt schon, meine Goldschätze«, drängte Titine Eisenbein. »Lasst euch von diesen Dummköpfen nicht ins Bockshorn jagen. Die fürchten sich doch vor ihrem eigenen Schatten! Von der Sorte werdet ihr noch mehr zu sehen bekommen, glaubt mir, ich habe Erfahrung mit solchen Dingen.« Sie klopfte gegen ihre mit Metall ummantelte Hüfte. »Die Menge bewundert den Akrobaten, solange er fliegt. Aber sie verzeiht es ihm nicht, wenn er vor ihren Augen abstürzt. Ihr müsst lernen euch zu schützen und zu kämpfen, meine Schätzchen!«

Sie drehte sich zu der Leinwand um, auf die Bos Schattentheater das perfekte Abbild des Großen Platzes warf. Es sah wunderschön aus.

»Für mich ist die Sache entschieden«, verkündete sie. »Der *Biber* wird morgen Abend wiedereröffnen.«

»Aber was, wenn sie zurückkommen?«, fragte Hama.

»Sie werden nicht zurückkommen«, versicherte die Zarin.

Am nächsten Tag befand sich unsere Stadt im Belagerungszustand. Der außergewöhnliche Besuch des Kriegsministers hatte die Behörden in höchste Alarmbereitschaft versetzt. Aus Angst vor einem unvorhergesehenen Zwischenfall sperrten muskulöse Sicherheitsleute unsere Straßen ab und kontrollierten den Strom der Gäste, so dass die Musiker des Orchesters große Mühe hatten, sich bis zum Konzertpavillon durchzukämpfen, um ihre Probe abzuhalten.

Neugierige und Journalisten machten sich das Gedränge zu Nutze und versuchten die Sperre am Eingang des Geländes zu umgehen. Einige stiegen auf die Dächer der benachbarten Häuser, andere kletterten in die wenigen Platanen, die von der Explosion verschont geblieben waren. Sie wurden ohne viel Federlesens von den Dächern vertrieben und aus den Baumkronen geholt und schonungslos zum Großen Platz zurückgedrängt, wo sie enttäuscht in den Cafés strandeten.

Zum Trost wurde ihnen ein Bier hingestellt und man trank das eine oder andere Glas miteinander.

Man zeigte ihnen die Statue des Generals, der seinen Säbel eingebüßt hatte.

Man erzählte ihnen, wie stolz die Stadt früher gewesen war, als in unserer Fabrik noch Panzerteile, Flugzeug-Cockpits und Granatzünder gegossen, kalziniert und gehämmert worden waren. Man flüsterte die Namen der Toten und trank auf ihr Wohl. Aber sobald die Frage aufkam, wer für die Katastrophe verantwortlich war, verstummten wir.

Mittags, bei drückender Hitze, machte sich jemand einen Spaß daraus, irgendwo Knaller explodieren zu lassen. Man befürchtete ein Attentat (in anderen Teilen der Welt gab es manchmal welche) und die allgemeine Anspannung verschärfte sich. Die Sicherheitsmaßnahmen wurden augenblicklich ausgeweitet. Als die Witwe eines Kupferschmieds Blumen vor dem Denkmal ablegen wollte, das auf der Steinplatte errichtet worden war, wurde ihr Strauß konfisziert. Einer anderen Frau nahm man den Fotoapparat weg und eine dritte wurde nicht durch die Absperrung gelassen, weil ihr Name auf der Liste falsch geschrieben war.

»Lassen Sie mich durch!«, schimpfte sie. »Mein Mann war Rohrschlosser in der Fabrik, er ist hier zu Ihren Füßen gestorben. Alle kennen mich!«

Aber die Wachmänner, die von einer auswärtigen Agentur eingestellt worden waren, kannten unsere Namen nicht und die Witwe musste auf der anderen Seite der Absperrung bleiben.

»Wir fühlen uns nicht willkommen!«, rief ein ehemaliger Fräser, als der Bürgermeister die Absperrung passierte. »Sie stehlen uns unsere Feier!«

Sofort wurde der Unruhestifter des Geländes verwiesen.

»Wenn das so ist, erweise ich meinen Kameraden lieber bei Titine Eisenbein die letzte Ehre!«, rief er.

»Ich auch«, stimmte ein anderer zu.

»Wartet auf uns«, riefen die Witwen.

So kam es, dass man am späten Nachmittag den Tatsachen ins Auge blicken musste: Die Hälfte der Plätze auf der Ehrentribüne würde leer bleiben. Unsere Obrigkeit war beunruhigt wegen des schlechten Eindrucks, den die unbesetzten Plätze auf die hohen Verantwortlichen machen würden, vom Minister selbst ganz zu schweigen, der den Ruf hatte, etwas empfindlich zu sein. Fehlte nur noch, dass er von der konkurrierenden Feier erfuhr, dann wären wir erledigt!

›Adieu Reden, adieu Orden, adieu Zuschüsse und Beförderungen‹, dachte unser Bürgermeister.

Besorgt holte er Rat bei seinen Beratern ein.

Man beruhigte ihn: In unserer Stadt lebten rechtschaffene Bürger, die sich um die Lösung des Problems kümmern würden.

Der offizielle Festakt hatte noch nicht begonnen, als die Zarin weit die Türen ihres Varietés öffnete. Sobald sich die ersten Zuschauer auf der Tanzfläche drängten, atmete sie erleichtert auf. Die Bewohner dieser Stadt waren also doch nicht solche Speichellecker, wie sie befürchtet hatte.

»Willkommen, meine Goldschätze! Achtet auf die frische Farbe, aber überseht den Staub. Holt Stühle und Tische und macht es euch bequem!«

Hinter den Kulissen hörten Bo und Hama das Schrammen von Stuhlbeinen und fröhliches Stimmengewirr. Sie wechselten einen Blick, ein Lächeln, einen Kuss. Bis zum letzten Moment hatten sie darüber nachgedacht, alles abzusagen. Aber jetzt, wo der Saal sich füllte, waren sie froh hier zu sein, an der Seite der Zarin. Und stolz darauf, den Dummköpfen die Stirn zu bieten.

»Titine hatte Recht«, freute sich Bo. »Sie sind zu feige, um unsere Vorstellung zu verhindern.«

»Schade, dass Ness und Malakie nicht dabei sein können«, murmelte Hama.

Auch nach Monaten intensiver Pflege waren die beiden Verletzten noch nicht in der Lage, ihr Bett zu verlassen. Immerhin hatte Bo ihnen bei einem seiner letzten Besuche versprochen bald mit seinen Rahmen und bemalten Stoffen vorbeizukommen, um eine Vorstellung im Krankenhaus zu geben.

»Eine exklusive Sondervorstellung!«, hatte er gerufen.

Die beiden Arbeiter hatten unter ihren Verbänden aus Fettgaze ein gequältes Lächeln zu Stande gebracht und Ness hatte mit einiger Mühe gefragt: »Wirst … du … auch mit Ambossen jonglieren?«

Bo waren Tränen in die Augen getreten und Hama hatte die Arme in der Luft bewegt, um ihren Freunden zu zeigen, dass sie jonglieren würde, wenn die beiden schön brav waren.

»Wenn du das schaffst«, hatte Malakie geflüstert, »lege ich einen Striptease hin, versprochen!«

Sie hatten viel gelacht bei der Vorstellung von Malakie, der wie eine ägyptische Mumie nackt zwischen seinen abgerollten Verbänden stand.

»Dieser Abend ist auch für die beiden«, sagte Bo, um Hama zu trösten.

Als sie einen Blick durch den Spalt im Vorhang warfen, erkannten sie lauter vertraute Gesichter im Saal: Kollegen aus der Tagesschicht, Frauen aus der Nachtschicht, Krüppel, Alte und viele Kinder. Es waren größtenteils Angehörige unserer Verstorbenen, die gekommen waren, um im Varieté Trost zu finden, ohne genau zu wissen, was sie erwartete.

»Hast du Angst?«, fragte Hama.

»Nicht mehr. Und du?«

»Ich habe hauptsächlich Angst davor, mich lächerlich zu machen«, gestand Hama. »Meine Nummer ist noch nicht ganz ausgereift. Ivoire und Cachou folgen meinen Anweisungen, aber Brume und Safran tun nur das, was ihnen passt.«

Sie hob einen der Welpen mit den Handgelenken hoch (es war passenderweise Brume) und setzte ihn auf ihren Bauch. Seit sie sich um die Hunde kümmerte, kam sie immer besser zurecht. Jeden Tag entdeckte sie neue Tricks und Strategien, um ohne Hände zu leben.

Bo strich erst dem Welpen über den Kopf und dann Hama über ihren runden Bauch.

»Alles wird gut gehen«, sagte er.

Er hob den Blick zum Schnürboden, wo seine Bühnenbilder ruhig im Halbdunkel hingen und auf ihren Einsatz warteten.

»Ja, alles wird gut gehen«, wiederholte er.

Bo hatte seine Vorführung *Dreiundfünfzig Flammen* genannt, um die dreiundfünfzig Männer zu würdigen, die bei der Explosion gestorben waren. Im Programmheft, das Titine Eisenbein verteilte, war zu lesen, dass es sich um ein ›handwerkliches und mechanisches Drama‹ in fünfzehn Bildern handelte.

Als es dunkel im Saal geworden war und Bo gerade das erste der fünfzehn Bilder hinter der Stoffbespannung erscheinen ließ (es war die ergreifende Nachbildung der Werkshalle), tauchte ein Dutzend wütende Verrückte vor dem *Lustigen Biber* auf und warf sich gegen die Türen.

Die Zuschauer drehten sich verwirrt um. Handelte es sich um eine Überraschung, die zum Stück gehörte? Doch als sie die mit Schlagstöcken bewaffneten Männer erblickten, wurde ihnen klar, dass etwas nicht stimmte.

»Haltet sie auf!«, rief jemand.

»Bringt euch in Sicherheit!«, rief ein anderer.

Zu spät. Die Eindringlinge stürmten wie die Stiere in den Saal und drängten alle zur Seite, die sich ihnen in den Weg stellten. Sie warfen Tische um und stießen Frauen und Kinder zu Boden, bevor sie sich unter den Blicken der verstörten Zuschauer vor der Leinwand zusammenrotteten.

Sofort kletterten die etwas Geschickteren in den Schnürboden, während die anderen die Vorhänge herunterrissen und die hinter den Kulissen gelagerten Requisiten zertrümmerten. Die bemalten Stoffe sanken auf der Bühne in sich zusammen wie die Segel eines Schiffes.

Es wurde gebrüllt und geschrien, planlos hin und her gerannt, gestoßen und geschlagen, Glas splitterte und in kürzester Zeit leerte sich der Saal.

Bo stand oben auf der Leiter, um die Figuren zu lenken. Nun saß er dort in der Falle. Er versuchte sich zu verteidigen, aber die Männer zerrten an seiner Hose, bis er herunterfiel. Sie verprügelten ihn und drückten ihn zu Boden. Zwei Kraftprotze drehten ihm die Arme auf den Rücken und er musste wie gelähmt mit ansehen, wie sein Werk zerstört wurde.

Die kleinen Figuren, die er so geduldig zusammengesetzt hatte, landeten vor seinen Augen auf dem Boden, verbogen und ohne Schrauben, bevor die Angreifer sie mit Füßen traten. Seine Bühnenbilder wurden eins nach dem anderen in tausend Stücke zerschlagen und die bemalten Stoffe zerrissen. Die Rahmen zerbrachen mit dem Geräusch berstender Knochen. Nägel flogen herum. Eine Messerklinge zerschnitt die Leinwand von oben bis unten.

Schließlich stürzte ein Scheinwerfer von der Decke, zerschellte auf der Bühne und explodierte in einem Funkenregen. Es gab einen Kurzschluss und das Varieté versank in undurchdringlicher Finsternis.

Auf die plötzliche Dunkelheit folgte Stille.

Die Luft war schwer und es roch nach Alkohol. Weiter hinten im Saal tropfte ein Rohr. Die Männer keuchten wie ein Rudel Wölfe.

Als sie sich wieder sammelten, bebte die Bühne unter ihren Schritten.

»Wir haben euch gewarnt.«

»Ihr wolltet nicht hören, euer Pech!«

»Das nächste Mal machen wir dich fertig, Bo!«

Streichhölzer und Feuerzeuge wurden angezündet und eine unheilvolle Prozession kleiner Flammen durchquerte den Saal in umgekehrter Richtung.

Als sie gingen, ließen sie einen Geruch nach Schwefel und Verbranntem zurück. Und ein schreckliches Gefühl der Verzweiflung.

Nach einer Weile öffnete Bo die Augen. Seine Nase blutete, sein Rücken und seine Rippen schmerzten, alles tat weh. Als er aufstehen wollte, verweigerte ihm sein großer Arbeiterkörper den Gehorsam und er hätte beinahe einen wütenden Schrei ausgestoßen. Doch der Schrei blieb ihm in der Kehle stecken, als er Hama weinen hörte.

Mit letzter Kraft kroch er in ihre Richtung und hoffte

inständig, dass ihr nichts passiert war. Weder ihr noch dem Kind.

Sie saß ein Stück weiter an den Rand der Bühne gelehnt und schaukelte vor und zurück, während sie eine kleine, warme Fellkugel an ihren Bauch drückte. Einer der Welpen war während der Erstürmung der Bühne unter die Stiefel der Angreifer geraten. Hama hatte seinen leblosen Körper gerade unter den Fetzen eines bemalten Stück Stoffes entdeckt, das einen Sommerhimmel darstellte.

»Brume …«, schluchzte sie. »Brume …«

Wir hatten Jahrhunderte der Größe, des Reichtums und der Macht erlebt. Glückliche Zeiten, in denen wir über unser Schicksal bestimmten. Dann war uns all dies entglitten, ohne dass wir wussten, weshalb. Nur die Fabrik war uns geblieben.

Jetzt, wo sie ebenfalls verschwunden war, blieb uns nicht einmal mehr etwas, womit wir unsere Hände beschäftigen konnten. Es gab keine Rechtfertigung mehr für unsere Anwesenheit in ausgerechnet dieser Stadt. Untätig und wie gelähmt standen wir vor dem Abgrund. Und in die Leere, die sich in unserem Inneren ausbreitete, nistete sich der Hass ein, schlimmer als Parasiten am Rand einer Wunde.

War es unsere Schuld? War es unsere Schuld, dass wir Angst hatten?

Wir sehnten uns nach der guten, alten Zeit zurück

und wünschten uns den Tag ohne Nacht, die Sonne ohne Schatten, das Leben ohne den Tod, das Verlangen ohne Risiko und Hama ohne Bo.

Natürlich war das unmöglich und unsere Gemeinschaft verlor auf einen Schlag Hama und Bo.

ZWEITER TEIL

5

BEKANNTES UND UNBEKANNTES

In der Nacht, die auf die Zerstörung des Theaters folgte, packten meine Eltern ihre wenigen Habseligkeiten in den alten Handkarren. Das Federbett, zwei Decken, Wasser, eine Flasche Öl, Streichhölzer, die Werkzeugkiste, Hamas dunkler Mantel, ein Schwarzbrot und ein Sack grobes Salz, ein paar Küchengeräte, Bos rote Jacke, einige Beutel mit Kräutern von der Zarin und in einer Kiste, die als Hundekorb diente, die drei überlebenden Welpen und die Hündin mit dem kohlrabenschwarzen Fell.

Geräuschlos schlossen sie die Tür ihres kleinen Zimmers. Die Sonne war noch nicht aufgegangen. Niemand sah sie fortgehen.

Sie ließen die schlafenden Häuser und leeren Gassen hinter sich, genauso wie die Überreste der Feierstunde, die der Wind über die Steinplatte wehte: schmutzige Papierfetzen, zerdrückte Getränkedosen, die traurigen Fähnchen auf dem Musikpavillon und die zerknitterten Blätter, auf denen die Rede des Kriegsministers abgedruckt war, dessen Worte niemand geglaubt hatte.

»In diesen schwierigen Zeiten bin ich gekommen, um Ihnen meine Unterstützung zuzusichern und Ihnen das feierliche Versprechen zu geben, dass Sie bald wieder Arbeit haben werden, ein Einkommen und ein würdevolles Leben. Ich schwöre Ihnen hier und heute …«

Sie ließen den Fluss mit seinen im Schlamm feststeckenden Booten hinter sich, von denen mein Vater nun keins mehr reparieren würde, um mit meiner Mutter eine Bootsfahrt zu machen.

Sie gingen über den Großen Platz und grüßten die Statue des Generals mit einem kecken Nicken. Vor den Eingängen der Cafés waren die Eisengitter heruntergelassen wie die Augenlider eines Menschen, der sich schämte.

Vor dem Krankenhaus verabschiedeten sie sich stumm von Ness und Malakie, die nun niemals das Schattentheater sehen würden und erst recht nicht meinen mit Ambossen jonglierenden Vater.

Dann überquerten sie eine Brücke und gelangten in die Vorstädte auf der anderen Seite des Flusses.

»Ist unser Kind verflucht?«, fragte Hama mit zusammengebissenen Zähnen.

»Habe ich den bösen Blick?«, fragte Bo.

Als die Sonne aufging, hatten sie das letzte Haus des letzten Stadtviertels erreicht, ganz am Ende der letzten Straße.

»Habe ich irgendjemanden verraten, als ich mich in dich verliebt habe?«, fragte Hama weiter.

»Kann es jemandem schaden, ein Schattentheater zu bauen?«, fragte Bo.

Je weiter sie die Straße entlangliefen, desto kleiner wurde unsere Stadt in ihrem Rücken.

Sie drehten sich um und betrachteten die verschlafenen Gebäude am Flussufer, dann lösten sie den Blick von allem, was sie kannten, und richteten ihn in die Ferne. Der Horizont war eine verschwommene Linie. Dorthin würden sie gehen.

Glaubst du, man muss immer einen Teil von sich verlieren, damit das Leben weitergeht?

Tagelang setzten mein Vater und meine Mutter stur einen Fuß vor den anderen, immer querfeldein, ohne schwach zu werden.

Sie gingen über Felder, durch Täler, über Wiesen und durch Bäche.

Sie kletterten über Zäune, schliefen in Scheunen oder unter den schützenden Zweigen der Bäume.

Nach und nach ließen Sonne und Staub ihre Gesichter schwarz werden.

Wenn sie hungrig waren, pflückten sie Beeren und kauten Samenkörner. Sie stahlen Gemüse aus Gemüsegärten und Obst aus Obstgärten.

Wenn sie durstig waren, lutschten sie Kieselsteine.

Sie verirrten sich in den Sümpfen, sanken bis zu den Knien ein und holten sich Blutegel, die sie wieder loswurden, indem sie die Kräuter der Zarin verbrannten. Hama träumte mehrmals denselben Traum.

Sie stolperten. Sie fielen hin. Sie standen wieder auf.

»Am Leben bleiben«, sagte sich Bo hundertmal, tausendmal.

Sie bereuten keinen Augenblick, dort zu sein, wo sie waren. Aber sie fragten sich oft, wohin sie gingen.

Glaubst du, man muss immer einen Teil von sich verlieren, damit das Leben weitergeht?

Eines Morgens erzählte Hama Bo, was sie in ihren Träumen gesehen hatte. Sie beschlossen den Ort ihres Traums zu suchen.

Vierzigmal sahen sie die Sonne untergehen. Vierzigmal erfüllte sie der Sonnenaufgang mit neuer Hoffnung.

Meine Mutter hatte Rückenschmerzen. Bauchschmerzen. Ihr war übel. »Am Leben bleiben«, sagte sie sich und biss die Zähne zusammen.

Am Rand der Dörfer erbettelten sie Fleisch für die Hunde.

Mein Vater erinnerte sich an seine Kindheit und an sein Wissen über Pflanzen, Sterne und Insekten. Er hackte Holz, blies in die schwache Glut und betete, das Feuer möge nicht im Regen ausgehen. Im Schein der Flammen erzählte er Geschichten mit seinen Händen.

Der Karren verlor ein Rad im Moor. Die behelfsmäßige Reparatur hielt nicht, sie mussten noch mal von vorn anfangen, gingen weiter, verloren das Rad wieder und begannen noch einmal von vorn.

Sie wollten weinen und schreien. Sie schrien.

Sie liebten sich so oft wie möglich.

Sie wuschen sich im Gewitterregen, in Brunnen, Quellen und Pfützen.

Sie bekamen Läuse und Bo entwirrte Hamas Haare stundenlang mit einem Kamm aus Baumrinde.

Eines Nachts verschwand die Hündin Charbon. Sie kehrte im Morgengrauen zurück, mit einem Wildkaninchen im Maul. Die Welpen zankten sich um den Kadaver. Hama musste einen heftigen Brechreiz unterdrücken.

Sie stiegen auf Hügel und trafen dort oben auf eine Ziegenherde. Sie legten sich unter die Euter, um ihre Milch zu trinken.

Meine Mutter sang Lieder, von denen sie geglaubt hatte, sie habe sie vergessen. Sie dachte an ihre Mutter. War sie vor langer Zeit auch über diese unsicheren Wege gewandert? Hatte sie auch von einem Ort geträumt, an dem sie ein neues Leben beginnen konnte?

Glaubst du, man muss immer einen Teil von sich verlieren, damit das Leben weitergeht?

Sie liefen sich die Schuhsohlen durch. Ihre Füße bluteten.

Dreimal glaubten sie den Ort aus dem Traum gefunden zu haben. Dreimal mussten sie feststellen sich getäuscht zu haben und Hama zweifelte an sich selbst. Würde sie es schaffen, ihr Kind so weit zu tragen? Existierte dieser Ort überhaupt?

Sie ließen die Hügel hinter sich, drangen in dorniges Dickicht vor und bekamen Kratzer, blaue Flecken und Beulen. Sie härteten ab.

Bo versuchte in einem See mit bloßen Händen zu fischen. An diesem Abend aßen sie Wurzeln.

Die Tage wurden kürzer, die Nächte kühler.

Noch nie hatte Hama sich so weit von der Stadt fortgewagt und alles erschien ihr bedrohlich. Jedes Mal, wenn ihre Angst überhandnahm, legte sie die Handgelenke auf ihren Bauch und sagte meinen Namen. *Tsell*.

»Du bekommst die Hände deines Vaters«, flüsterte sie mir zu. »Du bist nicht verflucht.«

Angeblich habe ich ihr geantwortet, indem ich mich in ihrem Bauch bewegte.

Angeblich hatte meine Mutter danach keine Angst mehr.

Eines Tages gelangten sie endlich in einen Wald aus Erlen und dichten Tannen. Zwischen den Stämmen wand sich verschlungenes Lavagestein voller Verstecke, die luftigen Höhlen glichen. Nicht weit entfernt sprudelte ein Gebirgsbach aus den Bergen, deren Gipfel man weiter westlich sehen konnte, und verbreiterte sich zu einem Fluss mit dunklem Wasser. All dies hatte Hama in ihrem Traum gesehen. Hier, an diesem ursprünglichen, namenlosen Ort, sollte ihr Kind geboren werden.

Sie zogen ihre Habseligkeiten bis zu einem Felsvorsprung. Darunter entdeckten sie einen Unterschlupf, der weder zu niedrig noch zu hoch, weder zu groß noch zu klein war. Der Boden war mit Blättern und Nadeln bedeckt und ein Geruch nach Salpeter stieg ihnen in die Nase.

»Fast wie in einer Kirche«, murmelte Hama.

Bo ließ den Karren los, der schon wieder ein Rad verloren hatte. Ihre Reise war zu Ende.

Meine Eltern waren durch ihre lange Wanderung so abgehärtet, dass sie mehrere Wochen von dem leben konnten, was der Wald ihnen gab: Süßwasser, Fische aus dem Fluss, Brennnesseln, Farnkraut, wilder Lauch, Pilze, Insekten und kleine Tiere, die Bo mit selbst gebauten Fallen fing.

Hama lernte ihre Füße zu benutzen. Sie trat auf tote Äste, um sie für das Feuer zu zerkleinern, schob den Kies beiseite und zog Furchen, um Samenkörner auszusäen, die sie unterwegs am Wegesrand gesammelt hatte.

Doch in diesem Jahr kam der Herbst früh. Ende September strömten schwere Regenfälle von den Bergen herab, ließen die Gebirgsbäche anschwellen und durchtränkten den Boden. Als es den ersten Frost gab, erstarrte die vollgesaugte Erde zu festen, mehrere Zentimeter tiefen Blöcken. Die Rüben, Radieschen und der Kohl, den meine Mutter gepflanzt hatte, gefroren augenblicklich zu Eis.

In dem felsigen, dem Wind ausgesetzten Unterschlupf begann das wenige, das ihnen geblieben war, zu schimmeln, einschließlich ihrer Kleider, dem Federbett und dem Lager aus Moos und Gräsern, auf dem sie schliefen.

Meine Mutter wurde niedergeschlagen und schweigsam und zitterte von morgens bis abends. Unter ihren Augen lagen dunkle Ringe. Sie beobachtete die Hunde, die herumtollten und vom Hunger und der Langeweile aggressiv wurden.

Die Insekten verschwanden. Die Vögel zogen davon, die Nagetiere verkrochen sich in unsichtbare Erdhöhlen. Und als eines Morgens weiße Flocken in der grauen Luft tanzten, begriffen meine Eltern, dass sie nicht länger bleiben durften.

»Was glaubst du, wie lange es noch bis zu Tsells Geburt dauert?«, fragte Bo.

»Nicht mehr lange«, antwortete Hama mit klappernden Zähnen.

»Kannst du laufen?«

Sie stand mit Mühe auf und machte einen Schritt. Nur einen einzigen. Bo fing sie im letzten Augenblick auf.

Drei Tage lang wachte mein Vater bei meiner im Fieber fantasierenden Mutter und wurde fast verrückt vor Sorge.

Drei Tage lang fütterte er das Feuer mit allem, was er finden konnte. Die Flammen brausten, schlugen bis zur Decke und leckten am Felsen, der an einigen Stellen Risse bekam.

Drei Tage lang verbrannte er die Kräuter der Zarin und rieb Hama vom Kopf bis zu den Füßen mit der Asche ein. Der Geruch drang in jede Pore ihres Körpers.

Drei Tage lang sang mein Vater Lieder und legte warme Steine rund um meine Mutter. Er versuchte nicht zu verstehen, woher er diese Lieder und Gesten kannte. Die Steine bildeten das Alphabet einer unbekannten Sprache auf dem Boden. Die Hunde verhielten sich die ganze Zeit über besonders ruhig.

Endlich, am Morgen des vierten Tages, stieß Hama einen Schrei aus, der durch den Wald bis zu den Ausläufern des Gebirges schallte. Eine außergewöhnliche Kraft versuchte sich einen Weg zwischen ihren Hüften hindurchzubahnen. Eine Kraft, die sie öffnete, zerriss und wieder zurück ins Leben holte.

Meine Mutter brachte mich auf Moos und schimmeligen Gräsern zur Welt, zwischen ihren nackten Beinen und unter dem erschöpften Blick meines Vaters.

Draußen war die Luft weder von Regen noch Schnee, sondern von reglosem Nebel erfüllt.

Drinnen war der Unterschlupf erfüllt von den Funken des Feuers, dem magischen Rauch der Kräuter und dem Geruch nach Blut.

Sie stellten fest, dass ich ein Mädchen war.

Ein Mädchen mit zwei Händen und zehn Fingern.

»Dem Himmel sei Dank!«, seufzte Hama.

»Dir sei Dank«, murmelte Bo.

Kaum hatte er diese Worte ausgesprochen, kamen die Hunde aus der Felsmulde, in die sie sich bis dahin zurückgezogen hatten. Die Hündin Charbon bellte und ihre drei Kleinen begannen sofort zu knurren und die Zähne zu fletschen.

Meine Mutter, die fürchtete, die Hunde könnten eifersüchtig sein, drückte mich etwas fester an ihre Brust. Doch die Hündin rannte plötzlich zum Ausgang.

»Da draußen ist jemand«, sagte mein Vater und griff nach einem glühenden Holzscheit.

Vor dem Unterschlupf wurde Bo abrupt von dem dichten, über der Lichtung liegenden Nebelvorhang zum Stehen gebracht. Man konnte keinen einzigen Meter weit sehen.

Er schwenkte das glühende Holzstück und packte mit der freien Hand einen Stein.

»Wer ist da?«, rief er.

Vielleicht war es ein Wolf. Oder ein Bär, der aus dem Gebirge heruntergekommen war.

»Wer ist da?«

Die Welpen schnupperten und hörten auf zu knurren. Ihre Mutter wagte sich noch ein Stück weiter vor und begann schrill zu kläffen. Plötzlich flog etwas durch den

Nebel und landete mit einem plumpsenden Geräusch direkt vor ihrer Schnauze. Es war ein dunkles, abgehangenes Stück Fleisch.

Die ausgehungerten Welpen stürzten sich blitzartig darauf. Bo hatte keine Zeit, zu reagieren oder auch nur an irgendeine Gefahr zu denken, denn in diesem Moment tauchte eine seltsame Gestalt vor ihm auf.

Es war zweifellos ein Mensch. Aber war es ein Mann? Eine Frau? Ein Greis? Ein Kind? Weder Größe noch Aussehen der in Nebel gehüllten Erscheinung erlaubten es, sich irgendeine Vorstellung zu machen.

»Wer sind Sie?«, fragte mein Vater.

Nach kurzem Schweigen wiegte die Gestalt den Kopf.

»Wer ich bin?«, wiederholte sie. »Hm … Es würde vermutlich den Rest meines Lebens dauern, diese Frage zu beantworten … Wie viel Zeit hast du?«

Mein Vater schwieg verdutzt, aber seine Hände, die das Holzscheit und den Stein umklammerten, entspannten sich unwillkürlich.

»Hm … Lass uns diese Frage vorerst zurückstellen«, schlug die Gestalt vor. »Stell mir eine andere.«

Bo meinte einen amüsierten Unterton in der dünnen Stimme der kleinen Person wahrzunehmen, als wollte sie sich über ihn lustig machen. Zunehmend verunsichert fragte er: »Woher kommen Sie?«

»Nun ja, ich denke, ich komme daher, wo wir alle herkommen: aus dem Bauch meiner Mutter«, neckte ihn die Gestalt erneut. »Willst du denn gar nicht wissen … hm … *warum* ich hergekommen bin?«

»Doch«, gab Bo zu.

Die Gestalt streckte den Arm aus und zeigte auf den Unterschlupf. »Seit ewigen Zeiten ist kein Kind mehr in diesem Wald geboren worden. Ich wollte dieses Ereignis um nichts in der Welt verpassen. Darf ich eintreten?«

Mein Vater verspürte keinerlei Misstrauen mehr, auch wenn er sich nicht recht erklären konnte, warum. Die Hunde beendeten in einiger Entfernung ihr Festmahl. Das Fleisch war ganz offensichtlich in Ordnung. Und die Absichten des seltsamen Fremden waren es ganz offensichtlich auch. Bo ließ den Stein fallen und senkte das Holzscheit. Fast ohne zu überlegen, trat er zur Seite, um die Erscheinung eintreten zu lassen.

»Vielen Dank«, sagte diese, als sie an ihm vorbeiging.

Im Schutz des Felsvorsprungs nahm sie den großen Hut ab, der ihre Ohren wärmte, und mein Vater konnte endlich das darunter verborgene Gesicht sehen. Es war das Gesicht eines kleinen, sehr dünnen Mannes mittleren Alters, dessen Haut so weiß wie Chicorée war.

»In meiner Familie hat man nicht besonders viel Fantasie«, sagte er, während er seinen Hut zusammenfaltete und in eine Tasche seines Umhangs steckte. »Ich bin als Zwölfter geboren, darum heiße ich Zwölf. Sehr erfreut!«

Zwölf war Hebamme. Das Schicksal hatte ihn für diesen Beruf auserwählt, aber er hatte (zu seinem großen Bedauern) fast nie Gelegenheit gehabt, ihn auszuüben.

»Das letzte Baby, das ich auf die Welt geholt habe, war gleichzeitig das erste«, klagte er. »Meine eigene Schwester, Neunzehn. Das ist jetzt über zwanzig Jahre her. Und seitdem nichts mehr. Nada! Kein einziges Baby in der Gegend!«

Zwölf redete wie ein Wasserfall und sprach so schnell wie ein Maschinengewehr. Ohne sich Zeit zum Atmen zu nehmen, erklärte er Bo und Hama, dass er mit seinen zahlreichen Brüdern und Schwestern tief in der Erde in einer Art Loch lebte – so zumindest stellten sich meine Eltern das Unten zunächst vor.

»In der kalten Jahreszeit kann man hier Oben nicht überleben«, verkündete er. »Darum leben wir Unten.«

Als er Hamas Schrei gehört hatte (der seiner Meinung nach ganz typisch gewesen war), hatte er gerade Oben Holz gesammelt. Was für ein Glück! Er hatte sofort alles stehen- und liegenlassen (Pech für die Holzscheite), war nach Unten gelaufen, um seine Ausrüstung zu holen, zurück nach Oben gerannt und dem Schrei in den Wald gefolgt. Trotz seines hervorragenden Orientierungssinns hatte er ziemlich lange gebraucht, um den Unterschlupf zu finden.

»Eigentlich war das Fleisch für etwas anderes gedacht, aber als ich eure Hunde gesehen habe … Egal, nicht so wichtig. Ich komme zu spät, aber … dürfte ich einen Blick auf das Baby werfen?«

Meine Mutter misstraute dem kleinen Mann aus dem Wald ebenso wenig wie mein Vater und hob das Federbett an, mit dem sie mich zugedeckt hatte. Es heißt, Zwölf habe unaufhörlich geredet, bis er mich erblickte, ein winziger Säugling zwischen den Brüsten seiner Mutter.

Er legte eine Hand auf meinen Kopf und Tränen rannen aus seinen Augen. Nach einem Schweigen, das mehrere Sekunden dauerte (eine Ewigkeit), lächelte er Hama zu und wandte sich an Bo.

»Dem Baby scheint es gut zu gehen, aber Ihre Frau ist am Ende ihrer Kräfte, darum müssen wir uns kümmern. Was haben Sie noch zu essen da?«

»Nichts«, gestand mein Vater und breitete die Arme aus.

»Ich habe Samenkörner ausgesät«, murmelte meine Mutter. »Aber sie sind nicht aufgegangen.«

»Das kann ich mir denken«, sagte Zwölf bestürzt. »Nichts in dieser Gegend hält dem Herbstregen stand.«

Er begutachtete den Unterschlupf, der ziemlich trostlos wirkte. Der Wind blies herein und trotz des Feuers und der verbrannten Kräuter roch es stark nach Schimmel.

»Orte lassen sich auf dieselbe Weise zähmen wie Tiere«, sagte er. »Man braucht Zeit, Feingefühl und Beharrlichkeit. Aber die größte Herausforderung besteht darin, es zu akzeptieren, wenn man es nicht schafft.«

»Wir schaffen es nicht«, erklärte mein Vater, ohne zu zögern.

Zwölfs Blick blieb an den Steinen hängen, die rund um das Lager aus Gras verteilt waren. Er schien plötzlich verärgert zu sein.

»War jemand anders hier, um euch zu helfen?«, fragte er.

»Nein«, antwortete Bo.

»Aber die Steine …«

»Ich habe sie dort hingelegt, einfach so, ohne nachzudenken.«

»Und was ist mit den verbrannten Kräutern?«, wollte der Hebammen-Mann wissen.

»Die Zarin hat sie uns gegeben«, rechtfertigte sich mein Vater.

»Bo weiß, wie man sie verwendet«, fügte meine Mutter hinzu.

»Hm … ich verstehe«, sagte Zwölf.

Er musterte meinen Vater mit wissendem Blick. Dann legte er noch mal die Hand auf meinen Kopf und schloss die Augen.

»Jedes Kind wird mit einer langen Geschichte geboren«, murmelte er schließlich. »Dieses kleine Mädchen hat eine lange, lange … eine sehr lange Geschichte.«

»Aber sie hat zwei große und schöne Hände«, entgegnete meine Mutter sofort. »Das ist alles, was zählt, oder?«

Der Hebammen-Mann, dem die schwere Behinderung

meiner Mutter nicht entgangen war, murmelte ein leicht verlegenes »Ja, ja« und wechselte eilig das Thema. Seiner Meinung nach musste unverzüglich die Nabelschnur durchgeschnitten und der Nabel sterilisiert werden. Alles, was man dazu benötigte, hatte er in den großen Taschen seines Mantels.

»Hier ist es!« Er öffnete eine spezielle Dose.

Darin lagen Skalpelle, Kompressen und glänzende Pinzetten, die bisher erst ein einziges Mal benutzt worden waren.

»Nein«, sagte mein Vater. »Das ist meine Aufgabe.«

Trotz seiner ausgeprägten Berufsehre (und obwohl es ihn ziemlich frustrieren musste) erhob Zwölf keinen Einspruch. Er begnügte sich damit, zur Seite zu treten, als Bo zum Feuer ging und die Klinge seines Messers in die Flammen hielt.

Bevor mein Vater das Band durchtrennte, das mich mit meiner Mutter verband, nahm er einen tiefen Atemzug. Er kniete sich vor das Lager aus Gräsern und suchte Hamas Blick.

»Man muss immer einen Teil von sich verlieren, damit das Leben weitergeht«, sagte sie.

Mit einem müden Lächeln nickte sie meinem Vater zu und er schnitt die Nabelschnur durch.

»Bisher wart ihr eins«, sagte er. »Jetzt seid ihr zwei.«

»Das Leben ist eine Aneinanderreihung von Trennungen«, bestätigte Zwölf.

Es heißt, in diesem Moment hätte ich angefangen zu

weinen, als hätte ich gespürt, wie allein ich von nun an war. Aber daran kann ich mich natürlich nicht mehr erinnern.

Mein Vater war erschöpft.

Meine Mutter war am Ende ihrer Kräfte.

In unserem Unterschlupf war es kalt und wir hatten nichts mehr.

Zwölf steckte seine spezielle Dose wieder in seinen Umhang und ein Lächeln huschte über sein weißes Gesicht.

Zwölf liebte Überraschungen. Er konnte es kaum erwarten, die Gesichter seiner Brüder und Schwestern zu sehen, wenn wir Unten auftauchten, gerade rechtzeitig zum Abendessen.

»Drei *Gäste* auf einmal«, freute er sich. »Die Hunde nicht mitgezählt!«

6

OBEN UND UNTEN

Das Abendessen köchelte tatsächlich schon vor sich hin, als mein Vater und meine Mutter Zwölf nach Unten folgten. Bereits am Eingang stieg ihnen der Geruch von gegartem Fleisch in die Nase und schlug ihnen auf die leeren Mägen. Sie atmeten stoßweise und kämpften gegen die Übelkeit an, als sie am Ende der Treppe stehen blieben, während Zwölf zu einer Art in die Felswand gehauenen Nische ging, die ebenso gut als Speiseaufzug wie als Sprechanlage hätte dienen können.

Er steckte den Kopf hinein.

»Stellt noch ein paar Teller auf den Tisch!«, rief er. »Wir haben *Gäste*!«

Zwölfs lautstarke Durchsage hallte im Speiseaufzug wider, breitete sich von Stockwerk zu Stockwerk aus und hatte ein großes Geschrei zur Folge, dessen Echo nach oben stieg, so dass Bo und Hama es hören konnten.

»Was? *Gäste?*«

»Bei allen Heiligen!«

»Unmöglich!«

»Wer kann das sein?«

»Zwölf erlaubt sich bestimmt einen Scherz mit uns!«

»Lasst uns nachsehen!«

»Nein, ich habe Angst!«

»Seit wann hast du Angst vor *Gästen*?«

»Seit dem letzten Mal natürlich!«

»Beim letzten Mal warst du noch gar nicht auf der Welt!«

»Das ist es ja gerade!«

Am Fuß der Treppe versuchten meine völlig verwirrten Eltern ihre Fassung zurückzugewinnen. Der Marsch durch den Wald (eine halbe Stunde quer durchs Unterholz) und der Abstieg nach Unten (laut Zwölf einhundertsiebzehn Stufen) hatten sie ihre letzten Kräfte gekostet. Bo, der mich eingewickelt in eine Decke auf dem Arm hielt und mit der anderen Hand unsere wenigen Habseligkeiten trug, ließ Hama nicht aus den Augen. Sie konnte jeden Moment ohnmächtig werden.

Doch eigentlich wollte Hama nur noch eins: sich in einem Bett zusammenrollen und nach Herzenslust schlafen. Allein bei dem Gedanken daran fielen ihr beinahe die Augen zu. Als hätte er ihre stumme Bitte gehört, steckte Zwölf den Kopf noch einmal in die Nische.

»Bereitet das Gästezimmer vor«, rief er seinen Brüdern und Schwestern zu. »Und zwar ein bisschen plötzlich!«

Auf seine Anweisung folgte erneutes Geschrei, das wie ein Gummiball von einem Stollen zum nächsten hüpfte, bis es durch den Speiseaufzug nach oben schoss.

»Das Gästezimmer? Sonst noch was?«

»Wir haben doch nie *Gäste*!«

»Das ist schon wieder so ein Scherz von Zwölf!«

»Und dann sollen wir uns auch noch beeilen?«

»Ich weiß nicht mal, wo das Gästezimmer ist!«

»Ich schon! Im vierten Untergeschoss!«

Nachdem sich der Protest gelegt hatte, erschienen zwei der Geschwister im Eingangsbereich, wo Bo und Hama warteten. Sie waren von derselben Größe wie Zwölf (also so klein wie Zwerge) und ihre Gesichter hatten dieselbe Farbe (weiß wie gekochter Chicorée), aber im Gegensatz zu Zwölf machten sie einen eher reservierten Eindruck.

»Darf ich vorstellen? Mein Bruder Dreizehn und mein Bruder Neun«, rief Zwölf und schob die beiden eifrig zu Bo und Hama hinüber. »Sie sind Köche. Exzellente Köche, wie ich betonen möchte!«

Dreizehn und Neun dankten Zwölf mit einem Nicken für das Kompliment, bevor sie meinen Vater und meine Mutter mit großen Augen ansahen. Sie musterten die beiden misstrauisch.

»Seid ihr wirklich *Gäste*?«, fragte Dreizehn.

»Ich hoffe, das Wildragout reicht für alle«, murmelte Neun, den Bos Größe zu beeindrucken schien, sorgenvoll.

»Warte! Du hast die Hunde noch gar nicht mitgezählt!«, rief Zwölf.

Außer sich vor Entzücken zeigte er auf die Hündin Charbon und ihre drei Jungen, die sich hinter meiner

Mutter versteckten. Beim Anblick der jungen Hunde pressten Dreizehn und Neun die Hände gegen die Wangen und riefen gerührt: »Bei allen Heiligen! Echte *Haustiere*!«

So etwas hatten sie nicht mehr gesehen, seit ihre letzten Kaninchen vor vielen Jahren von den Füchsen gefressen worden waren.

»Unsere Schwester Fünfzehn hat zwar eine kleine Spinnenzucht«, sagte Dreizehn, »aber das ist nicht dasselbe.«

»Die Spinnen von Fünfzehn kann man nicht streicheln«, erklärte Neun.

»Und das Schönste habt ihr noch gar nicht gesehen!«, rief Zwölf und trat ungeduldig von einem Fuß auf den anderen.

Er zeigte auf das Bündel im Arm meines Vaters.

»Ein *Baby*!«, sagte er so stolz, als hätte er mich zur Welt gebracht.

»Ein *Baby*?«, wiederholte Neun ungläubig.

»Ein *Baby*!«, flüsterte Dreizehn, dem es fast den Atem verschlug.

Die Neuigkeit flog durch die Öffnung des Speiseaufzugs hinab und verbreitete sich in Windeseile von Untergeschoss zu Untergeschoss. Daraufhin ertönte das Getrappel zahlreicher Füße und im Handumdrehen erschien die restliche Familie im Eingangsbereich und drängte sich vor meinen Eltern.

Meine Mutter, die schon viel zu lange gegen die Müdigkeit ankämpfte, hielt diesem Ansturm kleiner, magerer und bleicher Leute, die sich auf Zehenspitzen stellten, um die *Gäste*, die *Haustiere* und vor allem das *Baby* zu sehen, nicht stand. Sie brach plötzlich zusammen und sank geräuschlos zu Boden.

Als ihr Kopf die Erde berührte, war sie bereits eingeschlafen.

Während sie schlief, hatte Hama einen Traum.

Sie saß allein am Ufer eines Teichs.

Das Wasser war so ruhig wie ein Spiegel und reflektierte einen wolkenlosen Himmel. Doch plötzlich trübte sich die Oberfläche des Teichs. Etwas schien aus der Tiefe aufzusteigen. Das Wasser begann zu brodeln, es schwoll an und trat über das Ufer. Erst umspülte es Hamas Füße, dann ihre Beine und schließlich ihre Taille.

›Das ist gefährlich‹, sagte sie sich. ›Ich muss aufstehen!‹

Sie wollte sich bewegen, aber der Schlamm hielt sie fest umklammert und ließ sie nicht los.

Während sie mit aller Kraft versuchte ihrem schlammigen Gefängnis zu entkommen, verwandelte sich der Teich vor ihren Augen in ein wütendes, aufgewühltes Meer. Immer höhere Wellen schlugen ans Ufer, peitschten Hama ins Gesicht und verschlangen sie. Sie bekam kaum noch Luft.

Plötzlich teilte sich das Wasser und eine Frau erschien

in den Fluten. Eine riesige, grässliche Frau, die irgendetwas schrie.

Wer war diese Frau? Warum schrie sie?

Meine Mutter wurde von einer schallenden Ohrfeige geweckt. Ihre Wangen brannten und Luft strömte in ihre eingefallenen Lungen.

»Gerade noch rechtzeitig!«, rief die seltsame kleine Person neben ihr. »Du warst dabei, an deinem eigenen Traum zu ersticken, mein Mädchen!«

Die kleine Gestalt schüttelte verärgert den Kopf. »Hat es dir denn niemand beigebracht?«

Hama brauchte eine Weile, um wieder zu Atem zu kommen, und noch etwas länger, um die Frage zu verstehen. Sprach diese kleine Person von ihrem Traum? Konnte man das Träumen lernen?

»Man kann *alles* lernen«, schimpfte die Frau, die ihr die Ohrfeige gegeben hatte. »Oh, oh, oh, diese jungen Leute! Sie wollen alles können, ohne es vorher zu lernen!«

Hama war zu schwach, um der Frau zu widersprechen. Sie schaffte es nur mit Mühe, die Augen offen zu halten.

»Wo ist Bo?«, murmelte sie schließlich.

»Mach dir um ihn keine Sorgen, er ist bei Zwölf. Aber deine Tochter braucht dich!«

›Meine Tochter?‹, dachte Hama, die nicht mehr recht wusste, was Traum und was Wirklichkeit war. Genau genommen wusste sie überhaupt nicht mehr viel.

»Deine Tochter Tsell.« Die kleine Frau zeigte auf ein Bündel in einer Holzschale, die wie eine Wiege aussah. »Dein Baby!«

Hama hörte die Worte ›Tsell‹ und ›Baby‹, doch sie begriff ihren Sinn nicht. Sie hatte die letzten Stunden durchgestanden, ohne sie bewusst zu erleben, als hätten ihr Geist und ihr Körper getrennt voneinander funktioniert. Verstört legte sie die Handgelenke auf ihren Bauch. Er war ganz schlaff, wie ein Ballon ohne Luft. Ein trauriger, leerer Ort.

»Oje, ich sehe schon«, sagte die Frau jetzt viel sanfter. »Es war eine gute Idee von Zwölf, euch herzubringen. Weißt du, wo du bist? Bei uns? Unten? Im Bett des Gästezimmers?«

Meine Mutter starrte sie erstaunt an. Plötzlich stiegen ihr Tränen in die Augen. Es war, als würde der Teich, den sie im Traum gesehen hatte, noch einmal über die Ufer treten, doch dieses Mal in ihrer Brust.

»Gut.« Die kleine Frau beugte sich über meine Wiege. »Wir warten, bis deine Mutter zu Ende geweint hat, ja?«

Sie nahm mich in die Arme und wiegte mich.

»Die Milch schmeckt nicht, wenn sie zu salzig ist«, sagte sie. »Nur Geduld.«

Meine Mutter sah der Frau zu, wie sie mit ihrem Baby durchs Zimmer tänzelte. Sie bekam kein einziges Wort heraus, doch allmählich ordneten sich die Erinnerungen in ihrem Kopf: der anstrengende Marsch durch den Wald, der Abstieg unter die Erde über eine nicht enden wollende Treppe, der Geruch nach gegartem Fleisch und die vielen Stimmen, die sie gequält hatten. Sie erinnerte sich auch an ihr unbändiges Bedürfnis zu schlafen und an die grässliche Frau, die aus den Fluten ihres Traums emporgestiegen war, aber sie hatte den Moment vergessen, in dem ich aus ihrem Bauch gekommen war. Wie war das möglich? Wie konnte ihr Gedächtnis die Erinnerung an ein so wichtiges Ereignis einfach auslöschen?

›Bin ich jetzt schon eine so schlechte Mutter?‹, fragte sie sich und weinte noch heftiger.

Die kleine Frau verstand. Sie trat an Hamas Bett, schüttelte den Kopf und sagte »oh, oh, oh«, aber jetzt klang sie nicht mehr verärgert, sondern so, als würde ihr Hama ehrlich leidtun.

»Das wird schon wieder«, murmelte sie und legte eine Hand auf Hamas Stirn. »Es braucht Zeit, das durchtrennte Band zu erneuern. Ich helfe dir dabei.«

Sie legte mich auf Hamas Brust und plötzlich spürte meine Mutter meine Wärme.

»Meine Geschwister nennen mich Vier«, erklärte die Frau. »Ich bin diejenige, die flickt, näht und die Dinge in Ordnung bringt. Aber manchmal steche ich auch, das lässt sich nicht vermeiden.«

Vier begann zu lachen und ihr Lachen tat meiner Mutter gut. Ihre Ohren wurden wieder frei und ihre Tränen versiegten. Sie hatte das Gefühl, endlich in die Realität zurückzukehren.

»Man kann alles lernen«, wiederholte Vier. »Auch die Liebe. Sollen wir es gemeinsam versuchen?«

Hama nickte schniefend.

»Zuerst musst du deine Unwissenheit akzeptieren«, sagte Vier. »Sonst glaubst du weiterhin, du würdest niemanden brauchen und lernst gar nichts. Verstehst du?«

Meine Mutter nickte wieder, überzeugt davon, dringend Hilfe zu brauchen. Sie wehrte sich nicht, als Vier ihre Handgelenke nahm und sie unter die Decke führte.

»Stell dir vor, du machst eine Reise in ein unbekanntes Land«, sagte die, die flickt und näht. »Schließ die Augen und lass dich leiten.«

Sie führte Hamas Handgelenke behutsam über meinen schmalen Rücken, dann über meine Arme und Hände, meinen runden Po, meine Beine und meine winzigen Füße. Im Kopf meiner Mutter entstand das Bild einer Landkarte aus den gestrichelten Umrissen meines Körpers.

»Neun Monate hast du dein Kind in dir getragen«, erinnerte sie Vier. »Jetzt musst du es außerhalb deines Körpers tragen. Sein Gewicht wird nie mehr dasselbe sein.«

Hama senkte den Blick und betrachtete mein Gesicht. Unter dem Felsvorsprung, wo sie mich zur Welt gebracht hatte, hatte sie sich nicht die Zeit genommen, mich anzuschauen. Dort war nur wichtig gewesen, ob ich zwei Hände habe. Jetzt entdeckte sie, dass ich auch zwei Augen unter meinen verquollenen Lidern hatte, einen glatten Kopf, eine runde Nase, rosige Wangen und vor allem … einen gierigen Mund, der nach ihrer Brust suchte. Sie warf Vier einen entsetzten Blick zu.

»Dieses Baby hat Hunger!«, rief sie.

»Halleluja«, erwiderte Vier.

»Was muss ich tun?«, fragte Hama panisch. »Ich hab das noch nie gemacht … ich habe noch nie jemanden gestillt.«

»Als Erstes solltest du atmen, Mädchen. Wenn du nicht atmest, kannst du gar nichts tun.«

Meine Mutter atmete. Einmal, zweimal, dreimal. Erst hastig, dann immer ruhiger und tiefer.

»Ich glaube, deine Mutter weint nicht mehr«, sagte Vier zu mir. »Also dann … zu Tisch!«

Sie positionierte mich so, dass ich saugen konnte. Dann legte sie eine Hand auf die Brust meiner Mutter, begann zu singen und ihr Gesang vibrierte durch ihre Hand bis zu mir. Hama zuckte zusammen, als sie zum ersten Mal spürte, wie sich mein kleiner Gaumen um ihre Brustwarze schloss.

»Ist es so richtig?«, fragte sie. »Meinst du, ich habe genug Milch für sie?«

»Pst«, machte Vier.

»Aber …«

»Pst!«

Vier hatte die kostbare Geduld der Schneiderinnen. Sie konnten stundenlang auf einem Stuhl sitzen, flicken und nähen, Dinge ausbessern und in Ordnung bringen.

Diese Geduld war genau das, was Hama brauchte, um Mutter zu werden.

Währenddessen folgte mein Vater Zwölf durch das Labyrinth von Unten. Es kam ihm vor, als wäre er in einem Ameisenhaufen gelandet. Untergeschoss für Untergeschoss führte ein komplexes Netz aus Fluren zu einer Reihe von in den Fels gehauenen Zimmern. Jeder Raum erfüllte einen bestimmten Zweck. Da gab es die Küche und die Speisekammer (in der Dreizehn und Neun das Sagen hatten), den Gemeinschaftsraum für die Mahlzeiten, eine Menge Schlafzimmer (kaum größer als Vogelnester), das Observatorium (in dem Sieben regierte), den Lagerraum für den Müll, in dem es stank, weshalb sich dort niemand länger als nötig aufhalten mochte, das Krankenzimmer, in dem Zwölf (aus lauter Trotz) sein Hebammen-Wissen nutzte, um kleine, alltägliche Leiden zu behandeln, und verschiedene Werkstätten, in denen die Geschwister in ihrem jeweiligen Fachgebiet arbeiteten.

»Hier kümmert sich Acht um die Tischler- und Klempnerarbeiten«, erklärte Zwölf und schob meinen Vater in einen Raum voller Hobelspäne und zu reparierender Rohre.

Dann zog er ihn am Ärmel zur Werkstatt nebenan.

»Hier baut Fünfzehn verschiedene essbare Pilze an. Sie züchtet auch essbare Insekten … Manchmal macht sich das Wild rar.«

Bo bemerkte Gläser und Vivarien, die dicht gedrängt in den Regalen standen, aber ihm blieb keine Zeit, um hineinzuschauen, weil Zwölf ihn schon zum nächsten Zimmer bugsierte. So lernte er die Schusterei kennen (in der Elf arbeitete), die Geigenbauwerkstatt von Fünf, die Gerberei von Vierzehn, den Friseursalon von Neunzehn gleich neben dem Badezimmer und die Werkstatt zur Fackelfabrikation, in der Sechs tonnenweise Fett und Birkensaft lagerte.

Jedes Mal, wenn mein Vater seinen Kopf unter einer Türöffnung hindurchschob, stieß er sich an einer Unebenheit in der Decke. Jedes Mal, wenn er einen Gang betrat, fragte er sich, ob er nicht steckenbleiben würde. Und jedes Mal lachte Zwölf und bemerkte entschuldigend, hier Unten seien die Räumlichkeiten nicht für die außergewöhnliche Größe seines *Gastes* gebaut. Bo bückte sich, richtete sich wieder auf und rieb sich die Stirn, während die Besichtigung im Sturmschritt weiterging und Zwölf unablässig Erklärungen und Kommentare abgab.

»Wie du siehst, fehlt es uns an nichts«, sagte Zwölf schließlich stolz, als sie die Tür der letzten Werkstatt hinter sich geschlossen hatten. »Seit vier Generationen werden wir hier geboren, leben und sterben hier.«

Er zeigte mit dem Finger gen Himmel (oder besser gesagt zur Decke) und erklärte, der Friedhof sei Oben, im Freien.

»Im Gegensatz zu uns macht den Toten die Kälte

nichts mehr aus, stimmt's?«, fügte er mit einem halben Lächeln hinzu.

Bo fragte ihn, wer dort oben begraben sei.

»Unsere Eltern und die Eltern unserer Eltern«, antwortete Zwölf. »Aber auch unser Bruder Siebzehn und seine Zwillingsschwester Achtzehn. Sie sind vor langer Zeit bei ihrer Geburt gestorben. Das war der traurigste Tag meines Lebens.«

Bo spürte, wie der Kummer auf Zwölf lastete, und es lief ihm kalt den Rücken hinunter. Er dachte an Hama. Und an mich, seine winzige Tochter.

»Mach dir keine Sorgen um die beiden«, beruhigte ihn Zwölf. »Sie sind bei Vier in den besten Händen, ihnen kann nichts passieren.«

Er öffnete eine Falltür, unter der sich eine Felsspalte befand, in die eine Treppe mit schmalen Stufen gehauen war. Geschmeidig stieg Zwölf hinab, die Fackel in der linken Hand.

»Hier geht es ins letzte Untergeschoss«, sagte er zu Bo. »Zum Reich von Eins und Zwei. Vorsicht, die Treppe ist steil.«

Mein Vater wäre jetzt eigentlich lieber zu uns zurückgekehrt, um sich auszuruhen, aber er wollte die Begeisterung seines Gastgebers nicht trüben. Also zog er die Schultern ein und schaffte es irgendwie, sich ebenfalls durch die Felsspalte zu zwängen.

Wider Erwarten war das letzte Untergeschoss das geräumigste. Hier konnte man besser atmen als anderswo.

»Herzlich willkommen in der Ursprungshöhle!«, rief Zwölf mit einem breiten Lächeln. »Hier haben unsere Vorfahren vor langer Zeit Zuflucht gesucht und ihr erstes Lager aufgeschlagen.«

Die Treppe endete im Herzen einer großen, natürlichen Grotte, die vom Regen und unterirdischen Flussläufen ausgehöhlt worden war. In der Mitte befand sich ein kleiner See, umgeben von zahlreichen Felssäulen, die wie Totempfähle aussahen. Die Höhlenwände verloren sich in der Dunkelheit, doch Zwölf hob die Fackel, damit Bo die steinernen Zacken bewundern konnte, die sich hier und dort unter der Decke gebildet hatten, je nachdem, wo das Wasser heruntergetropft war.

»Der heilige Ort unserer Herkunft ...«, murmelte Zwölf respektvoll.

Er hob die Hand, eine Art freundschaftlicher Gruß an die unsichtbaren Geister der Grotte.

»Es gibt keinen Baum ohne Wurzeln«, fügte er hinzu. »Darum sollten wir uns stets bewusst machen, woher wir kommen, stimmt's?«

Vor vier Generationen hatten sich mehrere Familien, die aus ihren Gemeinschaften geflohen waren, kurz vor dem Wintereinbruch hier zusammengefunden. Sie waren wegen ihres Glaubens, ihrer Art zu leben oder zu denken verfolgt worden und kamen krank, schwach und traumatisiert in der Höhle an. Frauen und Männer jeden Alters, Kinder, die kaum laufen konnten. Einige erholten sich nicht mehr, aber den Kräftigeren rettete diese Grotte das Leben. Im Lauf der Zeit verschafften sich Zwölfs Vorfahren mehr Platz, indem sie Stollen in den Fels trieben, und sie gewöhnten sich an dieses wilde, raue und unterirdische Einsiedlerdasein.

»Jedes Jahr versammeln wir uns hier, um unserer Vorfahren zu gedenken und den Beginn des Frühlings zu feiern«, erzählte Zwölf. »Den Rest des Jahres leben nur Eins und Zwei so tief unter der Erde.«

Er zeigte zum hinteren Teil der Höhle und bedeutete meinem Vater die Ohren zu spitzen.

»Hörst du etwas?«

»Nein«, gestand Bo.

»Ich auch nicht«, gab Zwölf zu. »Eins und Zwei sind nicht mehr die Jüngsten. Sie arbeiten nicht mehr so viel wie früher. Komm, wir sehen nach.«

Sie umrundeten den unterirdischen See und die wie Totems aussehenden Stalagmiten und betraten einen Steg, der über einen fast ausgetrockneten Flussarm führte. Auf dem Steg gelangten sie zu einem flachen, glatten Felsvorsprung, der scheinbar in einer Sackgasse endete.

»Hm … ich hoffe, du bleibst nicht stecken«, sagte Zwölf mit einem zweifelnden Blick auf Bos Schultern.

»Wo soll ich nicht steckenbleiben?«, wunderte sich mein Vater.

»In der Felsspalte.«

Zwölf hob noch einmal seine Fackel und in ihrem Lichtschein sah Bo, dass dort, wo er eine Sackgasse vermutet hatte, ein Loch in der Felswand klaffte. Zwei Lippen aus Stein, wie ein Mund, der sich einen Spaltbreit zur Finsternis hin öffnete.

»Es ist der einzige Eingang«, entschuldigte sich Zwölf.

Mein Vater zögerte und der kleine Mann griff nach seinem Arm.

»Die Felsspalte führt an den geheimsten Ort hier Unten«, sagte er. »Ganz hinten auf der anderen Seite befinden sich die Mine und die Schmiede.«

Bei diesen Worten verkrampfte sich mein Vater. Mit einem Ruck zog er den Arm weg.

»Die Schmiede?«, wiederholte er.

»Du bist doch Schmied, oder?«, fragte Zwölf.

Mein Vater, der Zwölf nichts von seiner Geschichte erzählt hatte, fragte sich, durch welche Magie dieser kleine Mann aus dem Wald in ihm lesen konnte wie in einem Buch, und er hatte das unangenehme Gefühl, so durchschaubar zu sein wie Glas.

»Ich bin kein Schmied«, erwiderte mein Vater mit zusammengebissenen Zähnen.

»Ach nein? Dabei ist es so offensichtlich. Ich habe auf den ersten Blick gesehen, dass du …«

»Ich bin kein Schmied!«

Bo war lauter geworden als beabsichtigt.

Zwölf verschränkte die Arme vor der Brust und musterte ihn eine Weile mit gerunzelten Augenbrauen, ohne etwas zu sagen. Das Schweigen dauerte so lange, dass mein Vater sich schließlich unwohl zu fühlen begann.

»Ich war Schmied, aber ich bin es nicht mehr«, erklärte er mit dumpfer Stimme. »Ich will niemals wieder auch nur ein einziges Werkzeug anfassen.«

»In Ordnung«, sagte Zwölf.

Der kleine Mann drehte sich auf dem Absatz um und betrat den Steg nun in entgegengesetzter Richtung.

Doch mein Vater, von Gefühlen überwältigt, die er selbst nicht richtig verstand, blieb wie versteinert im Halbdunkel stehen, das immer finsterer wurde, je weiter sich der Schein der Fackel entfernte.

»He! Worauf wartest du?«, rief Zwölf gereizt. »Wenn du mir nicht folgst, findest du den Rückweg nicht!«

Bo war immer noch wie gelähmt. Er starrte auf die dunkle Felsspalte, die sich vor ihm auftat.

»Ich habe mich geirrt!«, rief Zwölf wieder. »Ich dachte, du wärst bereit für diesen Ort. Aber du bist es nicht. Lass uns wieder hinaufgehen.«

Bos Herz klopfte zum Zerspringen in seiner Brust. Er dachte daran, wie Hama bewusstlos auf der Trage gelegen hatte, kurz nachdem die Fabrik explodiert war. An ihre verbundenen Handgelenke im Krankenhausbett. Er erinnerte sich, wie die Zarin ihm die Kräuter gegeben hatte. ›Akzeptiere derjenige zu sein, der du bist.‹ (›Aber wer bin ich?‹, fragte er sich unablässig.) Er sah die Figuren seines zerstörten Theaters vor sich, die Wucht der Stiefel, die sein Werk mit Füßen traten, und er sah sich wieder als kleinen Jungen auf der Weggabelung sitzen, am Tag, als seine Eltern verschwunden waren. Damals hatte er sich genauso unentschlossen, verwirrt und unfähig zu jedweder Bewegung gefühlt.

»Tsell«, sagte er plötzlich laut.

Es überraschte ihn selbst. Mein Vater war noch nicht daran gewöhnt, meinen Namen auszusprechen. Er war noch nicht wirklich mein Vater. Musste er sich immer wieder dem Feuer der Schmiede stellen, um es zu werden?

»Du hast dich nicht getäuscht!«, rief er Zwölf zu.

Er streckte die Hände aus und betastete die Felsspalte, um abzuschätzen, wie breit die Öffnung war.

»Bin ich bereit?«, murmelte er.

Dann schob er seine Schultern zwischen den steinernen Lippen hindurch, ohne länger darüber nachzudenken.

Bo musste einige Verrenkungen machen, um seinen großen Körper durch die Spalte zu zwängen, aber schließlich schaffte er es.

Als Zwölf hinter ihm durch den Durchgang schlüpfte, sah er, dass mein Vater von schwarzem Staub bedeckt und voller Kratzer war. Fasziniert betrachtete er den flüssigen Kern, der in einiger Entfernung in der Mitte der Schmiede brodelte. Eine Feuerquelle.

»Als unsere Vorfahren diesen Ort entdeckten, glaubten sie, den Mittelpunkt der Erde gefunden zu haben«, erklärte Zwölf. »Oder die Hölle.«

»Hatten sie gar keine Angst?«, fragte mein Vater.

»Natürlich. Jeder Mensch hat Angst.«

Zwölf brauchte seine Fackel nicht mehr und löschte sie. Die flüssige Quelle erhellte die Höhle besser als eine Sonne und selbst auf diese Entfernung spürte Bo, wie sein Gesicht heiß wurde.

»Man kann nur mit Schutzkleidung näher herangehen«, bestätigte Zwölf. »Die Energie im Zentrum ist sonst zu stark. Wo ist Zwei?«

Seine Augen suchten nach seinem Bruder und entdeckten ihn schließlich in einem Winkel am anderen Ende der Schmiede, wo er zusammengesunken in einem Sessel saß und vor sich hin döste.

Im Unterschied zu seinen Brüdern und Schwestern hatte das Gesicht des alten Schmieds im Lauf der am Feuer verbrachten Jahre die Farbe von Kupfer angenommen. Als er die Anwesenheit der beiden Männer spürte, öffnete er ein Auge.

»Ich habe dir einen unserer *Gäste* mitgebracht«, informierte ihn Zwölf.

»Bei allen Heiligen! Ein *Gast*?«, wunderte sich Zwei.

Bo wurde klar, dass der als Sprechanlage dienende Speiseaufzug nicht bis ins letzte Untergeschoss reichte und Eins und Zwei die meiste Zeit abgeschnitten von der restlichen Familie lebten.

Mein Vater verneigte sich vor dem kleinen alten Mann.

Sein rostbraunes Gesicht erinnerte ihn an die Gesichter der Schmiedemeister aus der Gemeinschaft, in der er vor langer Zeit Zuflucht gesucht hatte. Er fand ihn sofort sympathisch.

Zwei erwiderte den Gruß, indem er die Hand aufs Herz legte. Er lächelte angesichts von Bos breiten Schultern.

»Ein Glück, dass du es durch die Felsspalte geschafft hast«, sagte er.

»Er war bereit«, stellte Zwölf fest.

Zwei streckte seine steifen Glieder und gähnte.

»Heute bin ich müde«, sagte er. »Komm morgen wieder. Dann werden wir sehen, was du kannst.«

Mein Vater betrachtete die Werkzeuge, die hinter ihm an den Höhlenwänden hingen. Hämmer, Stichel, Stempel, Zangen, Haken. Wie oft hatte er sich seit der Zerstörung seines Schattentheaters geschworen nichts mehr herzustellen? Er öffnete seine großen Hände und musterte sie aufmerksam.

»Ich werde kommen«, versprach er.

»Gut«, sagte Zwölf und zündete seine Fackel wieder an. »Jetzt müssen wir nur noch Eins finden. Folge mir.«

Wieder einmal blieb meinem Vater nichts anderes übrig, als seinem Führer zu gehorchen.

Der Eingang der Mine war mit der Schmiede verbunden. Es war ein schwarzer, schmutziger Stollen, der von hundert Jahre alten Pfeilern gestützt wurde und in den sich außer Eins niemand mehr hineinwagte. Laut Zwölf hatten seine Vorfahren dort Erz gefördert, bis die Mine ausgebeutet war. Es war genug Eisen- und Bleierz gewesen, um all die Geräte herzustellen, die die Familie heute noch benutzte (Messerklingen, Kessel, Schaufeln, Äxte), so dass die Funktion von Eins und Zwei im Lauf der Jahre rein symbolischer Natur geworden war.

Hin und wieder holte Eins einige Kilo Rohmaterial aus der Mine und Zwei schmolz sie im Feuer ein. Hin und wieder musste ein Stiel, der Griff eines Topfes oder eine stumpfe Klinge ersetzt werden. Aber bald würde ihr Wissen verschwinden und mein Vater ahnte, dass es bei allen Geschwistern so sein würde, da keine Kinder mehr geboren wurden. Wenn es keine Kinder gab, an wen sollte man sein Wissen weitergeben?

»Anfangs hat die Isolation das Leben unserer Familie gerettet«, seufzte Zwölf. »Jetzt führt uns die Isolation ins Verderben.«

»Denkt niemand von euch daran fortzugehen?«, fragte Bo.

»Unsere Eltern haben uns an ihrem Totenbett schwören lassen, dass wir zusammenbleiben«, sagte Zwölf. »Seitdem halten wir uns aus Respekt vor ihnen an dieses Versprechen …«

Bo stieß einen bewundernden Seufzer aus, aber Zwölf zog eine Grimasse.

»Nein, nein, das ist überhaupt nicht bewundernswert«, wehrte er ab. »Die Wahrheit ist eigentlich noch viel trauriger … Die Geschichte unserer Vorfahren hat sich so tief in unser Gedächtnis eingebrannt, dass wir es nicht mehr wagen, unseren Zufluchtsort zu verlassen. Unsere Vorfahren wurden gejagt und verfolgt und wir haben heute noch Angst vor dem Rest der Welt, auch wenn es keine konkrete Bedrohung mehr gibt. Wir *glauben*, wir müssten uns weiterhin verstecken.«

»Sogar du?«

»Oh ja. Sogar ich.«

Sie fanden Eins am Ende eines Gleises, schlafend an eine kleine Lore gelehnt, in der sich einige Gramm Erz befanden. Bo erkannte erst auf den zweiten Blick, dass Eins eine Frau war. Im Schein der Fackel sah ihr Gesicht zunächst völlig schwarz aus. Nur die Falten auf ihren Wangen durchzogen ihre Haut wie verschlungene, helle Risse. Aber als Zwölf seine Schwester schüttelte, öffnete sie die Augen, die die Dunkelheit wie zwei blaue Murmeln durchdrangen.

»Oh, entschuldige, ich habe ein kleines Nickerchen gehalten«, rief sie. »Ich arbeite sofort weiter!«

»Nein, warte«, antwortete Zwölf lachend. »Ich bin nur gekommen, um dir einen neuen *Gast* vorzustellen.«

»Na, so was«, sagte Eins, als sie Bo bemerkte, der vor ihr hockte. »Ich habe keinen *Gast* mehr gesehen seit …«

»Seit einer Ewigkeit«, ergänzte Zwölf.

»Ein Glück, dass er durch die Felsspalte gepasst hat.« Eins lächelte.

»Er war bereit«, wiederholte Zwölf. »Ab morgen wird er bei Zwei in der Schmiede arbeiten.«

Eins musterte meinen Vater mit ihren wachen blauen Augen.

»Ich werde dir das Rohmaterial beschaffen«, sagte sie.

»Danke«, sagte Bo.

»Keine Ursache, das ist schließlich eine ganz normale Arbeit für eine alte Frau«, versicherte Eins.

Sie deutete auf Hacke und Schaufel, die neben ihren schmutzigen Röcken auf dem Boden lagen.

»Wir fangen selbstverständlich mit Bleierz an.«

»Selbstverständlich«, sagte Zwölf.

»Selbstverständlich«, wiederholte mein Vater.

7

MÖGLICHES UND UNMÖGLICHES

Am Anfang meines Lebens habe ich kein Tageslicht gesehen. Ich kannte nur den flackernden Schein des Feuers. Die niedrige Decke des Zimmers war mein Himmel, die von Sechs hergestellten Fackeln waren meine Sterne und meine Mutter war mein gesamtes Universum.

Ich schlief an ihrer weichen Brust ein. Ich passte meinen Herzschlag ihrem Herzschlag an und unsere Körper schienen eins zu sein. Ich lebte an sie geschmiegt und durch sie. Ich war mir meines eigenen Ichs nicht bewusst und ließ mich einfach treiben.

Es störte mich nicht, dass Hama keine Hände hatte. Sie berührte mich mit ihrer gesamten Haut, ihrem Mund, ihrem Bauch, ihrer Kehle. Außerdem hatte Vier ihr beigebracht mich mit den Zähnen an- und auszuziehen.

»Mach es wie die Wölfinnen«, riet ihr die winzige Näherin.

»Wölfinnen setzen ihren Jungen keine Mützen auf«, wandte Hama ein.

»Aber wenn sie ihren Jungen eine Mütze aufsetzen

müssten, würden sie es genauso machen«, antwortete Vier.

Sie biss in ein Kleidungsstück, das sie für mich gestrickt hatte, schüttelte heftig den Kopf und heulte wie ein Wolf. Dann brach sie in schallendes Gelächter aus.

Viers Lachen hatten die Macht, jeden Kummer zu lindern und alle Schwierigkeiten zu überwinden. Manchmal glaubte Hama, in ihr mehr als eine Mutter gefunden zu haben.

Ab und zu entrissen mich die Hände meines Vaters dem weichen Universum meiner Mutter. Ich verließ ihre Umlaufbahn und meine Wange lag plötzlich auf Bos kräftiger Brust. Er sagte sanft meinen Namen – Tsell, Tsell –, aber seine Arme waren so hart wie Metall und er roch nach Schmiede. Mein Vater bildete seinen eigenen Kosmos, wie ein seltsames, ein wenig beängstigendes Versprechen.

Unter der Erde, inmitten von Zwölfs Familie, fühlte sich Hama sicherer als zuvor. Sie bekam zu essen, hatte ein Dach über dem Kopf und Vier stand ihr zur Seite, so dass es ihr auf eine gewisse Weise an nichts fehlte. Trotzdem sehnte sie sich manchmal nach dem wilden und freien Leben zurück, das sie kurz vor meiner Geburt für eine Weile geführt hatte, als Bo höchstens eine Stunde von ihr fort gewesen war, um Holz zu hacken. Zur Zeit der Fabrik war es Bo gewesen, der unter der Trennung von

Hama gelitten hatte, doch jetzt war es Hama, die seine häufige Abwesenheit schlecht ertrug.

»Ich arbeite an etwas«, erklärte ihr Bo, als er aus der Schmiede nach oben kam. »Es ist wichtig.«

»Du fehlst mir«, sagte Hama. »Ich würde so gern nach unten kommen und dir bei der Arbeit zusehen.«

Aber das wollte Bo nicht. Er sagte, die Schmiede sei ein gefährlicher Ort. Und als meine Mutter ihn daran erinnerte, an wie vielen gefährlichen Orten sie schon gewesen sei (die Fabrik, die Felsschluchten und Wälder), sagte er: »Ja, das stimmt, aber jetzt ist es anders. Jetzt bist du Mutter.«

»Na und?«, murrte Hama.

»Du darfst keine Risiken mehr eingehen«, sagte Bo.

»Und was ist mit dir?«, fragte Hama genervt.

»Ich habe die Pflicht, Risiken einzugehen«, sagte er mit Betonung auf dem Wort ›Pflicht‹, was meine Mutter furchtbar ärgerte.

Seit Bo Hama am Morgen der Explosion in der Fabrik im Stich gelassen hatte, war er von einer ebenso einfachen wie unmöglichen Idee besessen: Er wollte das Irreparable reparieren.

Er hatte es mit seinem Schattentheater versucht. Jetzt probierte er es auf andere Weise. Doch als Hama ihn bat ihr zu sagen, woran er dort unten arbeitete, schüttelte er den Kopf. Es war ein Geheimnis. Er wollte sie überraschen.

Oben war es inzwischen wirklich Winter geworden. Der Wald lag starr unter einer Eisschicht, die so hart war wie Beton. Darunter hielt die Natur Winterschlaf.

Von Zwölfs zahlreichen Brüdern und Schwestern wagte sich nur noch Zehn, der Jäger, hinaus. Im schlimmsten Schneesturm hüllte er sich in mehrere Kleidungsschichten, stieg die einhundertsiebzehn Treppenstufen hinauf, befestigte Schneeschuhe an seinen Füßen, band sich mit einem Seil einen Schlitten an die Hüften, lud sein Gewehr und verließ das Nest.

Manchmal war Zehn ganze Tage fort, und wenn er zurückkehrte, war er von Schnee bedeckt, sein Schnurrbart voller Eiszapfen und er zog ein totes, bereits gefrorenes Yak hinter sich her. Fleisch für zwei Wochen! Dreizehn und Neun schwebten im siebten Himmel. Sie schärften ihre Messer und träumten von all den Eintöpfen, Ragouts und Pasteten, die sie zubereiten würden.

Und wenn die Hündin und ihre Jungen vom Duft angelockt in der Nähe der Küche herumstreunten, warfen ihnen die beiden Brüder die minderwertigeren Stücke hin.

Solange Oben der Winter wütete, blieben die anderen Familienmitglieder Unten. Vierzehn gerbte Leder, Elf reparierte alte Schuhe und stellte neue her, Sechzehn fertigte Töpfe an und flocht Körbe. Fünfzehn züchtete Regenwürmer und Pfifferlinge, Sieben beobachtete die Wolken, Drei überarbeitete unablässig die Familienchronik, Vier nähte und flickte …

Während dieser Zeit begann meine Mutter sich zu langweilen.

Auch wenn ich bei ihr war und an ihrer Brust hing wie ein Fischernetz an einem Boot, fühlte sich Hama dennoch traurig und allein.

»Wir sind immer allein«, belehrte sie Vier. »Was hilft es, deswegen traurig zu sein, wenn man es doch nicht ändern kann?«

»Aber man kann es ändern«, erwiderte meine Mutter. »Wenn Bo nicht die ganze Zeit in der Schmiede wäre …«

»Dann würdest du dich zwar weniger allein fühlen«, unterbrach sie Vier. »Aber du wärst es nicht.«

»Du hast gut reden mit all deinen Brüdern und Schwestern«, schimpfte Hama. »Ich habe weder Bruder noch Schwester. Ich habe nur Bo.«

Sie streichelte Safrans Schnauze, Ivoires oder Cachous Kopf. Auch die Anwesenheit der Hunde konnte das Loch, das in ihrem Inneren immer größer wurde, nicht ausfüllen.

»Glaubst du wirklich, Bo gehört dir?«, wunderte sich Vier. »Meiner Meinung nach gehören wir niemandem außer uns selbst.«

Solche Bemerkungen ärgerten meine Mutter und diese Art von Gesprächen machte sie ganz kribbelig.

»Man merkt, dass du noch nie verliebt warst«, sagte sie zu Vier. »Bo hat versprochen mich niemals zu verlassen.«

»Und hat er sein Versprechen gebrochen?«

»Ja! Oder nein … Ich weiß es nicht.«

»Wenn du mich fragst, fehlt dir etwas anderes«, diagnostizierte Vier.

Und sie hatte natürlich Recht.

»Wenn ich nur meine Hände hätte«, gab meine Mutter zu, »dann würde ich mich weniger langweilen. Du würdest mir Nähen und Flicken beibringen. Ich könnte Sechzehn beim Körbeflechten helfen. Ich würde malen, ich …«

»Mach es wie die Wölfinnen«, begann Vier.

Meine Mutter warf ihr einen vernichtenden Blick zu.

»Ich bin *keine* Wölfin!«

»Und ob!« Vier lachte. »Sieh dich nur an – man könnte meinen, du willst mich beißen!«

Bis aufs Blut gereizt riss Hama den Mund auf. Ihre Zähne schnappten ins Leere und sie hätte am liebsten geweint.

»Man kann alles lernen«, wiederholte Vier unermüdlich. »Auch die Einsamkeit lässt sich zähmen, so wie alles andere. Möchtest du es lernen?«

»Nein!«

Meine Mutter hatte keine Lust mehr auf Viers Lektionen. Sie drehte ihr den Rücken zu und rollte sich auf dem Bett zu einer Kugel zusammen. So schlief sie ein und träumte.

In ihrem Traum verlor mich Hama.

Ich rutschte ihr aus den Armen, entglitt ihr, als wäre ich flüssig geworden, und fiel in Löcher und Felsspalten.

Sie suchte mich überall wie eine Verrückte und rief meinen Namen. Als sie mit wild klopfendem Herzen aus dem Schlaf hochfuhr, lag ich immer noch an ihrer Brust, trotzdem dauerte es eine Weile, bis sie sich wieder völlig beruhigt hatte.

Niemals hätte sie gedacht, dass es so schwierig war, Mutter zu werden.

»Oh ja, Mutter zu werden ist keine leichte Angelegenheit«, sagte Vier. »Aber am schwersten ist es, man selbst zu werden. Willst du es lernen?«

Hama verdrehte die Augen. Lernen, lernen, lernen! Vier sprach von nichts anderem. Wie ärgerlich!

In der Schmiede, ganz Unten im untersten Untergeschoss, lernte Bo ebenfalls.

Das Rohmaterial, das Eins aus der Mine geholt hatte, hatte sich sehr schnell als von schlechter Qualität erwiesen: grobe Steine und unförmige Klumpen voller Unreinheiten. Das bisschen Metall, das Bo daraus gewinnen konnte, verdunstete, floss zu schnell ab und verlor sich in den Flammen. Er brachte Stunden damit zu, ein paar lumpige Kügelchen aus schlechtem Blei zu erzeugen. Schließlich zog er Schürze und Handschuhe aus, setzte die Schutzbrille ab und warf alles zu Boden.

»Wie soll ich aus nichts etwas herstellen?«, schrie er

Zwei an und schüttelte den Schmelztiegel, in dem die nutzlosen Kügelchen klirrten.

Der alte Schmied saß in einiger Entfernung zusammengesunken in seinem Sessel und beobachtete Bo.

»Du hast Recht«, gab er zu. »Das ist unmöglich. Es sei denn, man ist Gott persönlich.«

»Was soll ich also tun?«, fragte Bo.

»Ich weiß es nicht«, antwortete Zwei leicht amüsiert. »Geh auf die Suche.«

Früher, als Bo in seiner alten Gemeinschaft das Schmieden gelernt hatte, hatte er sich nie Gedanken über das Rohmaterial gemacht. Es war einfach da gewesen. Er wusste nicht einmal, wo es herkam.

»Ich brauche viel mehr davon«, sagte er zu Eins, als die alte Frau den Inhalt ihrer Lore auf dem Boden der Schmiede auskippte.

»Ich tue, was ich kann«, entschuldigte sie sich. »Die Mine ist erschöpft. Und ich bin müde.«

Bo sah die Steine durch, die auf dem Boden lagen. Die meisten waren nicht zu gebrauchen und der Rest zerfiel zwischen seinen Fingern zu Staub.

»Wie soll ich *hiermit* das herstellen, was mir vorschwebt?«, seufzte er.

Je unzufriedener er wurde, desto mehr wuchs seine Wut.

Er stampfte mit dem Fuß auf, stieß Schimpfwörter aus, schlug mit der Faust auf die Kessel ein, verfluchte Eins, verfluchte Zwei (ebenso wie alle ihre Vorfahren bis in die vierte Generation) und verbrannte sich mehrmals an einer Zange, die er im Feuer vergessen hatte.

»Was für eine herrliche Energie«, stellte Zwei vergnügt fest, die Arme vor der Brust verschränkt. »Schade nur, dass sie so nutzlos verpufft …«

Bo überhörte die Bemerkungen des Alten.

Er war so von seiner fixen Idee besessen, dass er nicht in der Lage war, ruhig darüber nachzudenken, wie er sein Ziel erreichen konnte. Er lief hin und her, stieß überall gegen, brüllte wie ein Löwe im Käfig und schwor schließlich, nie wieder einen Fuß in die Schmiede zu setzen, wenn Eins ihm weiterhin so schlechtes Material brachte.

So ging es weiter, bis Bo schließlich der Geduldsfaden riss. Er griff sich eine Hacke, eine Schaufel und eine Fackel und wandte sich an Zwei.

»Ich gehe selbst in diese verflixte Mine!«, rief er. »Dann werden wir ja sehen, ob sie ausgebeutet ist.«

»Recht so«, ermutigte ihn Zwei.

Der alte Schmied streckte seine vom Rheuma schmerzenden Glieder und fasste mit der Hand unter den Sessel. Aber bis er die mit Wasser gefüllte Trinkflasche gefunden hatte, die er Bo hatte geben wollen, war dieser bereits aus der Schmiede gestürmt.

Mein Vater betrat die Mine mit gesenktem Kopf und drang im Sturmschritt tief in die Finsternis ein. Er lief immer weiter, ohne nachzudenken und ohne seine Fackel vor Zugluft zu schützen. Als sie an der Gabelung zweier Gänge erlosch, stand er plötzlich im Dunkeln und seine Wut erlosch ebenfalls.

Etwas Kaltes hüllte ihn ein und eine schwere Stille verstopfte seine Ohren. Ihm wurde klar, dass er weder Wasser noch etwas zu essen mitgenommen hatte.

»Eins?«, rief er.

Durch seine eigene Schuld befand sich mein Vater jetzt allein und verloren im Herzen eines Labyrinths aus einsturzgefährdeten Gängen voller Staub. Er ging langsam weiter, bis er gegen das Ende des letzten Ganges stieß, den die Vorfahren von Eins in den Fels geschlagen hatten. Er war zu weit gegangen und niemand würde kommen, um ihn zu holen.

Er setzte sich auf den Boden.

Einen Moment fragte er sich, was er hier machte.

»Zwei!«, rief er.

Das Echo seiner Stimme kehrte wie ein Bumerang zu ihm zurück. Es dröhnte in seinen Ohren.

»Welcher Hochmut hat mich bis an diesen Ort getrieben?«, fragte er sich. »Ohne Wasser und Nahrung?«

Er dachte an Hama und rief sich sein Vorhaben ins Gedächtnis: Er wollte das Irreparable reparieren. Das war zwar nicht vernünftig, aber es war die einzige Möglichkeit, meine Mutter weiter zu lieben. Oder besser gesagt, es war das einzige Mittel, das ihm einfiel, um sich nicht selbst zu hassen, was im Endeffekt auf dasselbe hinauslief.

Auf gut Glück ging er weiter. Er strich mit den Fingerspitzen über die unebenen Wände der Stollen, um ein vergessenes Vorkommen zu finden, ein Flöz, das noch von keiner Hacke bearbeitet worden war.

Nach langem Umherirren entdeckte er schließlich eine scheinbar unversehrte und vielversprechende Ader.

Er überprüfte die Balken, die den Stollen stützten. Sie machten einen halbwegs soliden Eindruck, also schwang er die Hacke und schlug gegen den Felsen.

Er arbeitete lange, in sehr unbequemen Haltungen. In der Hocke, auf Knien, im Schneidersitz. Mit nacktem Oberkörper, allein. Ohne etwas zu trinken oder zu essen.

Die Decke des Stollens begann über seinem Kopf zu bröckeln. Je weiter er den Fels aushöhlte, desto größer wurden die Steine, die sich lösten und jede Menge Staub aufwirbelten, der in seinen Augen brannte. Bo hustete, bis ihm die Tränen kamen, und bekam fast keine Luft mehr, aber das war der Preis, den er (seiner Meinung nach) zahlen musste, um Erz von guter Qualität zu bekommen.

In der Schmiede lächelte Zwei immer noch in seinem Sessel vor sich hin. Von weitem hörte er Bos Schläge aus dem hintersten Winkel der Mine. Er konnte das Beben der Erde bis in seine Wirbelsäule spüren.

»Recht so«, murmelte er verschmitzt. »Recht so …«

Ich weiß nicht, wie viel Zeit verging, bis mein Vater den Ausgang der Mine erreichte, erschöpft, mit schwarzem Gesicht, aber eine randvolle Lore vor sich herschiebend.

Zwei, der irgendwann mit schiefem Nacken eingeschlafen war, den Kopf auf eine Armlehne des Sessels gesunken, wurde unsanft von dem Gepolter der Steine geweckt, die direkt vor seinen Füßen auf den Boden gekippt wurden.

»Und?«, fragte Bo. »Was sagst du dazu?«

Zwei rieb sich die Augen, streckte sich und betrachtete den Haufen Erz, der sich vor seinem Sessel türmte. Die Mine hatte Bo große, kantige Galenitbrocken überlassen, in deren Herz das Metall funkelte. Ein absolut bemerkenswertes Rohmaterial.

Zwei reichte meinem Vater die mit Wasser gefüllte Trinkflasche, die dieser in einem Zug leerte.

»War's das jetzt?«, fragte Zwei. »Hast du dich ausgetobt? Hast du lange genug wie ein Verrückter auf den Fels eingehauen? Kann ich weiterschlafen?«

Verblüfft gab Bo ihm die Trinkflasche zurück. Meinte der Alte das ernst? Er war gerade mit Mühe und Not der labyrinthischen Finsternis der Mine entkommen, er hätte dort fast dran glauben müssen, und das Einzige, was Zwei interessierte, war *weiterzuschlafen*?

Bo blickte umher, ohne zu wissen, was er sagen sollte. Er hatte nicht einmal mehr die Kraft, empört zu sein.

»Wartest du vielleicht darauf, dass ich dir gratuliere?«, fragte Zwei. »Ist es das?«

Bo zögerte einen Moment, dann nickte er.

»Du hast nur deine Arbeit gemacht«, erklärte Zwei kühl. »Erwarte nicht von mir, dass ich an deiner Stelle zufrieden bin. Die Zufriedenheit muss aus dir selbst heraus kommen.«

Nach diesen Worten breitete er eine schäbige Decke auf seinen Knien aus, kuschelte sich in seinen Sessel und scheuchte Bo mit einer Handbewegung fort.

»Geh jetzt ins Bett. In diesem Zustand bringst du sowieso nichts Vernünftiges zu Stande.«

Wie ein Schlafwandler zwängte sich Bo durch die Felsspalte, schürfte sich die Ellbogen auf, kletterte auf der anderen Seite wieder heraus, stieg die Treppe hinauf, die so steil wie eine Leiter war, und erreichte völlig erschöpft das vierte Untergeschoss.

Im Gästezimmer schliefen meine Mutter und ich bereits. Bo war so schmutzig, dass er es nicht wagte, sich zu uns ins Bett zu legen. Vor lauter Müdigkeit schlief er schließlich auf dem Teppich ein, auf dem Fußboden, neben der Hündin Charbon und ihren Jungen.

Als meine Mutter am nächsten Morgen die Augen öffnete, war Bo schon wieder in die Schmiede zurückgekehrt. Auf dem Teppich waren nur ein paar schwarze Staubspuren zurückgeblieben. Die Umrisse seiner Einsamkeit.

An diesem Tag gelang es meinem Vater endlich, genug Metall zu gewinnen, um zu schmelzen, was er schmelzen wollte, und zu schmieden, was er schmieden wollte.

Während er die Blasebälge am Schmelzofen betätigte, filterte er die Schlacken aus dem Metall, indem er es auf dem Amboss ausgiebig zerkleinerte, zermahlte, vermischte, erhitzte, befeuchtete und zängelte. Dann erhitzte er es erneut, erst weiß, dann rot glühend, schrotete, walzte, wässerte und kalzinierte das Metall, während Zwei ihm von seinem Sessel aus mit unbewegter Miene zuschaute.

Diese Arbeitsgänge wiederholten sich mehrere Tage lang immer wieder, ohne dass ein einziges Wort gesprochen wurde. Die Schmiede atmete im Rhythmus der Blasebälge und Bo atmete mit ihr. Die Muskeln an seinen Armen glühten zusammen mit dem Metall. Die Hitze war unerträglich.

Einige Zeit später, als der Winter seinen Schneedeckel auf die Erde geschraubt hatte und draußen alles Leben erloschen zu sein schien, tauchte Bo die Metallstücke, die er angefertigt hatte, zum letzten Mal ins Wasser und legte sie noch rauchend auf den Amboss. Was er aus dem Inneren der Erde geholt hatte, war nun völlig verwandelt.

»Ich bin fertig«, verkündete er mit lauter Stimme.

»Pah! Man ist niemals wirklich fertig«, schimpfte Zwei mit halb geschlossenen Augen vor sich hin.

Bo hörte nicht auf ihn. Er überprüfte sein Werk immer wieder bis ins kleinste Detail, blies hier ein Staubkorn fort, rieb dort über eine winzige Stelle, damit sie noch mehr glänzte, und schlug ein letztes Mal mit dem Hammer gegen eine Ecke, die ihm ein wenig zu spitz erschien.

»Doch, ich bin fertig«, wiederholte er.

»Wenn du meinst«, seufzte Zwei.

Bo war begeistert und ungeduldig.

Jetzt brauchte er seine Überraschung nur noch Hama zu überreichen: zwei Metallhände mit schlanken Fingern. Zwei künstliche Hände, um die Hände aus Fleisch und Blut zu ersetzen, die sie durch seine Schuld zwischen den Rollen des Walzwerks in der Fabrik verloren hatte. Zwei Hände, die mit derselben Präzision zusammengefügt worden waren wie die Figuren seines Schattentheaters. Prothesen aus Blei, die, so hoffte Bo, für Hama die Leichtigkeit einer Befreiung haben würden.

Meine Mutter nahm das Geschenk meines Vaters an. Sie streifte die Bleihände über.

»Sind sie schwer?«, fragte Bo besorgt.

»Sehr«, gab Hama zu.

»Du wirst dich daran gewöhnen«, sagte er. »Bald sind sie ein Teil von dir und du spürst sie gar nicht mehr.«

»Meinst du?«

»Ja.«

Meine Mutter wollte ihm glauben. Sie lächelte ihm zu.

Sie bewunderte die Feinheit seiner Arbeit, die Präzision, mit der Bo jedes Gelenk nachgebildet hatte, und den ausgeklügelten Mechanismus, der es ihr ermöglichen sollte, ihre Bleifinger wie die einer echten Hand zu benutzen.

»Es wirkt vielleicht auf den ersten Blick etwas kompliziert, aber du wirst schnell lernen die Hände zu benutzen«, beruhigte sie Bo. »Denk an die Zarin!«

Hama sah die Wirtin des Varietés vor sich, wie sie stolz und aufrecht auf der Bühne des *Bibers* stand. Wie lange hatte sie gebraucht, wie viele schmerzvolle Stunden waren vergangen, bevor sie endlich wieder aufrecht hatte gehen können?

»Man kann alles lernen, nicht wahr?« Hama seufzte und sah Hilfe suchend zu Vier.

Die kleine Frau hatte sich diskret zurückgezogen, damit Bo ungestört mit Hama reden konnte, doch nun trat sie näher. Sie betrachtete die Metallhände, die leblos und schwer an den Handgelenken ihres Schützlings hingen.

»In der Stadt, aus der wir kommen«, erklärte ihr Hama, »lebte eine alte Trapezkünstlerin. Sie lief auf mechanischen Beinen.«

»Sie hat mich auf die Idee gebracht, dir Hände zu schmieden«, fuhr Bo fort. »Ich denke schon seit Monaten darüber nach.«

Fast hätte er hinzugefügt, dass er beinahe aufgegeben, sich beinahe in der Dunkelheit verlaufen hätte und in der Mine erstickt wäre, um das Material zu bekommen, das er für die Herstellung der Prothesen brauchte, aber er überlegte es sich anders. All seine Mühen würden niemals so groß sein wie der Fehler, den er auszumerzen versuchte.

Die Geschwister kamen einer nach dem anderen vorbei, um die neuen Hände meiner Mutter zu sehen. Zwölf musterte sie aufmerksam. Er fürchtete, die Prothesen könnten durch ihr Gewicht und die Reibung Verletzungen an Hamas Handgelenken hervorrufen.

»Hm … das muss man regelmäßig desinfizieren«, riet er. »Ich werde dir eine spezielle Salbe anmischen.«

»Ich stricke dir Stulpen«, schlug Vier meiner Mutter vor. »Die kannst du als Schutz unter den Händen tragen.«

»Stutzen aus Leder wären besser«, meinte Vierzehn. »Ich werde dir ein paar stabile Teile gerben.«

»Und ich hefte sie zusammen«, sagte Elf.

»Komm in meine Werkstatt«, fügte Sechzehn hinzu. »Du kannst üben deine Finger zu benutzen, indem du den Ton knetest, betastest und in die Hand nimmst. Ich wette, bald kannst du sogar Weidenruten flechten.«

Tief in ihrem Inneren war meine Mutter längst nicht so optimistisch. Um Weidenruten zu ergreifen, musste man sehr geschickt sein. Wie sollten die beiden schweren Eisenteile, die am Ende ihrer Arme baumelten, das jemals schaffen? Aber sie traute sich nicht, ihre Zweifel zu zeigen, und versprach Sechzehn ihn zu besuchen.

»Komm auch in meine Werkstatt«, sagte Fünf. »Mit

diesen Händen kannst du meine Trommeln schlagen wie niemand sonst … Ich bringe es dir bei.«

»Wir könnten dich auch in der Küche gebrauchen«, fügten Dreizehn und Neun hinzu. »Um die Kalbssteaks weich zu klopfen.«

Alle redeten durcheinander und träumten von den zukünftigen Heldentaten meiner Mutter. Acht behauptete, sie könne bestimmt (mit ›bloßen Händen‹!) Bretter schneiden und zusammennageln, Fünfzehn schlug vor, dass sie sich um ihre Spinnen kümmern solle (sie kann nicht so leicht gestochen werden!), und Neunzehn überlegte, wie und in welcher Farbe sie Hamas Metallnägel hübsch lackieren könnte.

»Wir sind dabei, eine neue Seite in der Familiengeschichte aufzuschlagen!«, rief Drei überschwänglich. »Ich könnte sie … lasst mich nachdenken … ich könnte sie *Die Legende von der Frau mit den goldenen Händen* nennen! Wie findet ihr das?«

Plötzlich überkam ihn eine Inspiration, er wandte den Blick zur Decke und improvisierte einige Verse.

»Sie bietet Stoff für Legenden:
Die Frau mit den goldenen Händen.
Während es draußen schneite und fror,
Erblühte ihr Herz wie nie zuvor.«

Applaus brandete auf. Geschmeichelt deutete Drei eine Verbeugung an.

»Aber … die Hände sind nicht aus Gold«, wandte meine Mutter ein.

»In der Poesie darf man alles beschönigen«, rechtfertigte sich Drei.

»Vielleicht, aber es ist kein Gold ...«, wiederholte Hama leise.

Nur mein Vater hörte ihr Murmeln, das in dem wieder einsetzenden Stimmengewirr beinahe unterging.

›Sie hat Recht. Es ist kein Gold‹, dachte er gekränkt.

Er senkte den Blick und betrachtete seine eigenen Hände, seine großen Metallarbeiter-Pranken. Er musste an den Abend im *Lustigen Biber* denken, als Malakie zu ihm gesagt hatte, er sei kein Zauberer. *›Du bist nur ein Arbeiter, so wie wir anderen.‹*

Malakie hatte Recht. Die Bleihände, die er Hama geschenkt hatte, waren, auch wenn er sie noch so fein geschmiedet hatte, das Werk eines Arbeiters, eines Handlangers, nicht das eines Zauberers.

Und während die anderen Hama bewunderten, wurde mein Vater von Traurigkeit überwältigt. Wie konnte er der Zauberer werden, der er so gerne gewesen wäre? Wie konnte er Blei in Gold verwandeln?

8

DRINNEN UND DRAUSSEN

Meine Mutter tat ihr Bestes, um die von meinem Vater geschmiedeten Hände zu benutzen, und ich verlor den weichen Kontakt zu ihr. *Das Leben ist eine Aneinanderreihung von Trennungen.* Auch wenn ich weiterhin aus ihrer Brust trank, so gab es doch immer diesen Moment, in dem sich etwas Schweres und Kaltes zwischen uns schob. Eine Barriere aus Blei.

Ihre neuen Hände trugen, wiegten und hielten mich, zogen mich an und aus und wuschen mich. Ihre Bewegungen wurden immer genauer und effizienter. Aber wo war die Sanftheit geblieben? Wo war die lebendige und zarte Wärme meiner Mutter?

Viers Meinung nach wurde ich krank, weil ich den Kontakt zu meiner Mutter verloren hatte. Aber Zwölf, der am Tag meiner Geburt unter dem Felsvorsprung die Hand auf meine Stirn gelegt hatte, war sich sicher, dass ich die Krankheit schon in mir trug. Seines Erachtens bin ich damit geboren worden.

Die seltsamen Symptome traten erstmals kurz vor Ende des Winters auf.

Hama, die einen großen Teil ihrer Unabhängigkeit zurückgewonnen hatte, beschloss eines Tages, in die Schmiede hinabzusteigen, ohne jemandem etwas davon zu sagen und entgegen Bos Anweisungen.

Sie wickelte mich in das Tragetuch, das Vier ihr zu diesem Zweck genäht hatte (»Trage dein Kind wie die Kängurus«, hatte sie meiner Mutter geraten), und band die Enden des Tuchs hinter ihrem Rücken fest. So eingeschnürt und fest an ihre Brust gedrückt konnte ich nicht herunterfallen und meine Mutter hatte die Hände frei.

Leise und unbemerkt erreichte sie die Falltür, die ins unterste Stockwerk führte. Sie öffnete sie, betrat vorsichtig die Treppe, stieg sie hinab und gelangte in die Ursprungshöhle. Es war das erste Mal, dass sie sich so tief unter die Erde wagte. Sie erinnerte sich an Bos Beschreibungen und erkannte die Stalagmiten in Form von Totempfählen. Sie umrundete sie, fand den Steg, erreichte den Felsvorsprung und endlich auch die Felsspalte.

Im Licht ihrer Fackel untersuchte sie den schmalen Durchgang. Wenn Bo sich mit seinen breiten Schultern dort hindurchzwängen konnte, würde sie mit ihren schmalen Schultern problemlos hindurchpassen. Sogar mit Baby.

Also kletterte meine Mutter mit mir durch die Felsspalte.

Als sie auf der anderen Seite wieder herauskam, raubte ihr die Hitze der Schmiede den Atem.

Bo stand neben dem Schmelzofen. Er war damit beschäftigt, Metall zu erhitzen, zu schmelzen und zu kalzinieren, und wandte ihr den Rücken zu. Seit Hama seine Bleihände akzeptiert hatte, verspürte mein Vater weder Befriedigung noch Erleichterung. Im Gegenteil, er wurde von Tag zu Tag schweigsamer, besorgter und abwesender. Was wollte er den Flammen noch entreißen? Welchem verrückten Traum lief er hinterher? Hama wusste es nicht. Sie wusste nur, dass sie unglücklich und ein wenig eifersüchtig auf diesen Ort war, der Bo von ihr fernhielt.

Sie bemerkte den Sessel am anderen Ende der Höhle, in dem Zwei zusammengekauert saß und wie ein Stein schlief.

Meine Mutter löste das Tuch, in das ich gewickelt war, nahm mich auf den Arm und ging zu der Ecke, in der Zwei schlief, immer darauf bedacht, dem Feuer nicht zu nahe zu kommen.

Bo war halb taub vom lauten Dröhnen des Blasebalgs und bekam nicht mit, wie der alte Schmied ein Auge öffnete und rief: »Ach du liebes bisschen, wir haben Besuch! Der junge *Gast* und ihr *Baby*!«

»Ich wollte den Ort sehen, an dem Bo arbeitet«, erklärte Hama. »Ich wollte …«

»Du wolltest den Ort sehen, an dem er deine Hände geschmiedet hat«, fügte Zwei hinzu und deutete auf die an ihren Handgelenken befestigten Prothesen.

»So ist es«, sagte meine Mutter.

Sie sah zum Schmelzofen hinüber. Mit seiner Lederschürze, den Handschuhen und der Schutzbrille sah Bo wie der Arbeiter aus, den sie in der Fabrik kennengelernt hatte, vor der Explosion, vor dem Krankenhaus, vor dem Schattentheater, vor all diesen Dingen. Sie erinnerte sich, wie sie jeden Morgen ungeduldig vor ihrer Maschine auf ihn gewartet hatte. Sie erinnerte sich an seinen lässigen Gang, seinen kindlichen Blick und die Leichtigkeit seines Lächelns. Jetzt ging Bo gebeugt, mit eingezogenem Kopf und lächelte nur noch selten. Warum mussten die Momente des Glücks so schnell vergehen?

»Das letzte Baby, das ich auf dem Schoß hatte, war Neunzehn.« Zwei seufzte wehmütig. »Wie lange ist das schon her!«

»Möchten Sie Tsell einen Moment halten?«, schlug Hama vor.

Der alte Schmied richtete sich auf dem Sessel auf und streckte seine eingerosteten Glieder.

»Bist du sicher?«, fragte er, zitternd vor freudiger Erregung. »Darf ich?«

Ohne zu zögern, legte Hama mich auf Zweis Schoß. Sie hatte an einem Nagel an der Wand eine weitere Schutzbrille und eine Lederschürze entdeckt und sie sehnte sich danach, Bo im Herzen der Schmiede Gesellschaft zu leisten.

»Geh nur«, ermutigte sie Zwei. »Ich passe auf deine Kleine auf.«

Hama zog die Schutzkleidung über und ging zum Feuer.

Während der Atem der Scheune winzige Metallteilchen in ihre Lungen blies, hüllten der Lärm und die Hitze ihren Körper mit einem vertrauten Dunst ein. Sie blieb stehen und schloss die Augen. Für einen kurzen Moment meinte sie, wieder in der Fabrik zu sein. Zu Hause.

Als Bo sie bemerkte, zuckte er zusammen. Hinter den getönten Gläsern seiner Brille sah Hama wie ein Negativbild ihrer selbst aus, umgeben von einem rot glühenden Heiligenschein. Schön und traurig wie ein erloschener Stern. Der Anblick raubte ihm den Atem. Er ließ seine Werkzeuge fallen und die Kette des Blasebalgs entglitt seinen Fingern.

Nach ein paar Schritten blieb meine Mutter neben ihm stehen.

›Wird sie mir jemals verzeihen?‹, fragte sich Bo.

Langsam, als würde sie auf seine stumme Frage antworten, öffnete Hama die Arme.

Ich weiß nicht, wie lange sich meine Eltern mit klopfenden Herzen in dieser höllischen Hitze umschlungen hielten. Ich weiß nur, dass Zwei mit mir spielte, als sie sich schließlich zu seinem Sessel umdrehten.

Der alte Schmied hatte mich mit seinen immer noch kräftigen Armen hochgehoben und warf mich lachend in die Luft. Sein Schatten an den Wänden der Schmiede war unverhältnismäßig groß. Genauso wie meiner am

Ende seiner Arme. Doch mein Schatten war nicht der eines Babys … An der Wand der Schmiede sah es aus, als würde Zwei mit einem Tier spielen. Ich hatte einen Schwanz, Pfoten und spitze Ohren.

Hama stieß einen Schrei aus.

Mein Schatten war der eines Hundewelpen.

»Bei allen Heiligen …«, murmelte Zwei, als er bemerkte, was vor sich ging.

Bo und Hama stürzten gleichzeitig zu ihm und rissen mich aus seinen Armen. Für das, was sie gerade gesehen hatten, gab es keine Worte. Genauso wenig wie eine Erklärung oder eine natürliche Ursache.

Sie hielten mich zwischen sich umschlungen, geschützt vor dem Licht, und hofften, sie hätten nur schlecht geträumt. Doch als mein Vater mich noch einmal hochhob, begann der Albtraum von neuem. Der Schatten, der sich dieses Mal an der Wand abzeichnete, war der eines Nachtvogels, einer Eule. Jedes Mal, wenn mein Vater mich ans Licht hielt, nahm mein Schatten unter den entsetzten Blicken meiner Mutter und des alten Schmieds eine andere Form an – die eines Hasen, eines Schwans oder eines Krokodils.

Zwischen Bos Händen blieb ich das lächelnde Baby, das ich war, doch der Schattenriss an der Wand sah nicht menschlich aus. Als wäre ich ganz allein ein Zoo, eine komplette Menagerie gewesen. Eine Menagerie, die sich ständig veränderte, so wie die, die Bos Mutter mit ihren Händen erschaffen hatte, als mein Vater ein kleiner Junge war, und mit der er später in den Nächten, in denen Hama in der Fabrik arbeitete, seine Einsamkeit bevölkerte.

Trotz der ungeheuren Hitze in der Schmiede kroch meiner Mutter die Kälte bis in die Knochen. Ihr waren die Worte des ehemaligen Vorarbeiters wieder eingefallen und sein anklagend auf ihren Bauch gerichteter Finger: *Das Kind in deinem Bauch ist verflucht!*

Bo drückte mich an sich. Er bedeckte mich mit seinen Armen, als wollte er die Schatten ersticken, die aus meinem Körper wuchsen. Er erinnerte sich daran, dass die Ärzte nach der Explosion der Fabrik Vergiftungen bei der Bevölkerung vermutet hatten. Es hatte sogar kurz Gerüchte über schwere Krankheiten und noch nie da gewesene Missbildungen gegeben.

»Und wenn es von den Chemikalien kommt?«, fragte er.

Hama wurde übel. Sie sah sich wieder jeden Abend und jeden Morgen durch die Halle gehen, in denen die giftigen Fässer mit den Totenköpfen gelagert wurden, auf die sie aus lauter Gewohnheit gar nicht mehr geachtet hatte.

»Du meinst … es sind irgendwelche Nebenwirkungen?«, fragte sie.

»Wer weiß?«, antwortete Bo, völlig verstört.

Die Verzweiflung meiner Eltern machte Zwei zu schaffen.

»Unten wie Oben geschehen viele sonderbare Dinge«, sagte er, um sie zu beruhigen. »Wir fürchten uns vor dem, was wir nicht verstehen. Aber gerade diese Angst hindert uns am Verstehen … Versteht ihr?«

Meine Eltern schüttelten die Köpfe, unfähig einen klaren Gedanken zu fassen.

»Vielleicht solltet ihr besser zu meinem Bruder Sieben gehen«, riet ihnen der alte Schmied. »Manchmal schafft er es, das Unerklärliche zu erklären.«

Sieben nahm eine Sonderstellung in der Familie ein.

Sein Observatorium befand sich an der Grenze zwischen Unten und Oben und hatte eine seltsame Form, die an ein gekochtes Ei erinnerte. Nichts war gerade, alles war schief und am höchsten Punkt der kuppelartigen Decke, die sich dicht über dem Erdboden wölbte, befand sich ein rundes Fenster. Durch dieses Glasauge fiel das Tageslicht senkrecht auf Siebens Schreibtisch. So blieb er mit dem Himmel und den Jahreszeiten in Kontakt. Nachts zählte er die Sterne und tagsüber die Wolken, Schneeflocken oder Regentropfen. Er war es auch, der seinen Brüdern und Schwestern jedes Jahr die voller Ungeduld erwartete Ankunft des Frühlings verkündete. Doch solange der Schnee das Kuppelauge verschloss (oder an nebligen Tagen), widmete sich Sieben seinem Studium der Sternzeichen und übte sich in der Kunst des Wahrsagens.

An jenem Tag führte Zwölf meine Eltern zu ihm. Bo

hatte mich in der Schmiede in die Arme genommen und seitdem nicht mehr losgelassen. Er umklammerte mich, als befürchtete er, ich könnte mich in Luft auflösen.

»Was gibt es?«, fragte Sieben und hob den Kopf.

»Es geht um das *Baby*«, erklärte Zwölf. »Ich muss sagen, ich habe schon kurz nach seiner Geburt gespürt … hm … dass es eine sehr, sehr lange Geschichte hat. Ich frage mich, ob …«

»Das ist nicht das Problem«, unterbrach Bo ihn schroff. »Wir glauben, Tsell wurde Opfer einer Vergiftung.«

»Oder eines Fluchs«, fügte Hama leise hinzu.

Während meine Eltern ihm die Verwandlungen meines Schattens beschrieben, betrachtete mich Sieben. Er untersuchte meine Hände, Füße, Augen und meinen Bauch. Dann wies er Hama an, eine dünne Haarsträhne abzuschneiden und ein wenig Speichel sowie eine Träne von mir aufzufangen. Außerdem wollte er wissen, an welchem Tag, zu welcher Stunde und an welchem Ort ich geboren worden war. Zwölf, der die genaue Lage des felsigen Unterschlupfs in dem weitläufigen Wald kannte, gab ihm die Antworten samt Längen- und Breitengrad.

Nachdem Sieben alles auf einen Notizblock gekritzelt hatte, verstreute er die Haare auf dem Papier, gab die Träne und die Spucke dazu und murmelte unverständliche Worte vor sich hin, während er sich in komplizierte Berechnungen vertiefte.

Schließlich deutete er mit der Spitze seines Füllfederhalters auf seine Kritzeleien und lächelte meinen Eltern zu.

»Seid unbesorgt, Tsells Leben ist nicht in Gefahr. Nach meinen Berechnungen liegen noch viele Jahre vor ihr.«

Erleichtert lockerte mein Vater seine Umarmung ein wenig.

»Aber …«, fuhr Sieben zögernd fort.

»Aber?«, wiederholte meine Mutter mit leichenblassem Gesicht.

Sieben überlegte, wie er es am besten ausdrücken sollte. Die Sache mit den Schatten war nicht leicht zu erklären.

»Euer Kind hat keine klaren Konturen«, sagte er schließlich. »Seine Hülle ist nachgiebig und unscharf, so dass sie mit anderen Hüllen verschmelzen kann … und sich im schlimmsten Fall komplett in ihnen auflöst.«

»Was bedeutet das?«, fragte mein Vater und umklammerte mich wieder fester.

»Das bedeutet, Tsell weiß noch nicht, wer sie ist«, erklärte Sieben. »Das Äußere entspricht nicht dem Inneren und umgekehrt. Sie befindet sich in einer Art Schwebezustand, in dem sich alles vermischt. Es ist ein ziemlich gewöhnliches metamorphisches Problem bei Kindern.«

»Bei Erwachsenen auch«, bemerkte Zwölf.

»Ungewöhnlicher ist, dass euer Baby seine Schwierigkeiten auf eine … wirklich spektakuläre Weise zeigt«, fuhr Sieben fort. »Ich muss gestehen, so etwas habe ich noch nie gesehen.«

»Aber wie können wir ihr helfen?«, fragte meine Mutter.

Sieben beugte sich wieder über seine Kritzeleien. Die Tinte seines Füllfederhalters war verlaufen, wo Spucke und Tränen auf den Notizblock getropft waren. Er musste sich konzentrieren, um seine Berechnungen zu entziffern.

»Ich sehe viele verlorene Dinge in Tsells Geschichte«, verkündete er nach einer Weile. »Um ihr zu helfen, müssen sie wiedergefunden werden.«

»Das ist es!«, rief Zwölf überzeugt. »Genau das habe ich gespürt.«

»Viele verlorene Dinge …«, wiederholte Hama.

Sie warf Bo einen Blick zu und mein Vater schauderte. Er wusste, woran sie dachte, aber er wollte es nicht hören. Die verlorenen Dinge wiederzufinden war viel zu kompliziert, es würde zu lange dauern und wäre zu sehr vom Zufall abhängig. Nein. Während er Sieben zugehört hatte, war ihm eine wirksamere Möglichkeit eingefallen, um mein metamorphisches Problem zu lösen.

»Lass mich nur machen«, sagte er zu meiner Mutter. »Vertrau mir, bis zum Fest der Tagundnachtgleiche ist alles wieder in Ordnung.«

Bevor sie protestieren konnte, legte er mich in Hamas Arme. Ohne weitere Erklärungen und zu Hamas großer Verzweiflung wandte sich Bo ab und verließ das

Observatorium, als wäre es ein Schiff kurz vor dem Untergang.

»Na, so was«, wunderte sich Sieben. »Wo rennt er denn so schnell hin?«

»In die Schmiede, vermute ich«, antwortete meine Mutter.

Sie seufzte und fragte Sieben, wann das Fest der Tagundnachtgleiche stattfinden würde.

»Frühestens in zwei Wochen«, sagte er und zeigte zum Glasauge. »Wenn der letzte Schnee geschmolzen ist.«

Während der letzte Schnee schmolz, verschwand mein Vater ganz und gar. Verschluckt von der Mine, verschlungen von der Schmiede und zerfleischt von seiner eigenen Besessenheit machte er sich nicht einmal mehr die Mühe, zum Schlafen zu uns ins vierte Untergeschoss emporzusteigen. Wie eine Seemannsbraut fand sich Hama damit ab, weit entfernt von ihm zu leben.

»Mach dir nichts draus«, versuchte Vier sie zu trösten. »Eins und Zwei passen schon auf Bo auf. Die beiden sind gute Beschützer.«

»Vielleicht, aber trotzdem …« Hama seufzte. »Hoffentlich ist dieser Winter bald zu Ende.«

Nachdem sie mehrere Monate Unten verbracht hatte, hatte das Gesicht meiner Mutter die gleiche Farbe von gekochtem Chicorée angenommen, die den Geschwistern ihr kränkliches Aussehen verlieh. Sie konnte es kaum erwarten, die Sonne wiederzusehen, die frische Luft von Oben zu atmen, frei im Wald herumzulaufen und diesen Bau zu verlassen, der ihr die Luft zum Atmen nahm.

»Was uns schützt, sperrt uns gleichzeitig ein«, stellte Vier fatalistisch fest. »Alles hat seine zwei Seiten.«

»Aber kannst du dir vorstellen, dass Tsell noch nie den Duft einer Blume eingeatmet hat?«, klagte meine Mutter. »Sie hat noch nie einen Grashalm berührt, nie den Gesang einer Amsel gehört. Sie kennt den Wind nicht. Nur die Zugluft hier Unten in den Gängen.«

»Sie ist ein Herbstkind«, erwiderte Vier. »Sie hat keine Angst vor der Dunkelheit und sie wird ihr Leben geduldig und langsam angehen wie die Bären.«

Manchmal verwandelte ich mich tatsächlich in einen Bären. Dazu musste nur eine Fackel im Zimmer brennen.

Nach und nach kam Hama immer besser mit den Verwandlungen meines Schattens zurecht. Der erste Schatten in Form eines Welpen hatte sie an Brume erinnert – besser gesagt an den Geist von Brume – und ihr eine Gänsehaut über den Rücken gejagt. Aber die nächsten Schattenbilder (Hase, Schwan, Elefant und alle möglichen anderen Trugbilder) riefen keine derart düsteren Assoziationen in ihr wach und sie versuchte sich daran zu gewöhnen.

Um sich zu beruhigen, raunte sie mir zu: »Du hast die

Gabe deines Vaters. Und die der Mutter deines Vaters. Es ist sozusagen dein Erbe.«

Aber tief in ihrem Inneren machte sie sich immer noch Sorgen. In ihren Träumen löste sich die Haut von meinem Körper und warf Falten wie ein benutztes Bettlaken. Risse erschienen auf meinem Rücken, breiteten sich auf meinem Gesicht aus und ich verwandelte mich, ohne dass sie etwas dagegen tun konnte, in eine Wölfin, eine Hirschkuh oder ein anderes Tier, bis sie schließlich völlig verängstigt erwachte.

»Du kannst doch nähen«, sagte sie zu Vier. »Warum flickst du Tsells Hülle nicht?«

»Nur weil ich nähe und flicke, kann ich noch lange nicht alles«, entschuldigte sich die kleine Schneiderin.

Also starrte meine Mutter ins Leere und dachte an Siebens Rat und daran, wie man meine Geschichte flicken könnte. Sie stellte sich vor, wie wir weiterzogen, Bo, sie, ich und die Hunde. Sie sah uns durch düstere Gegenden wandern, auf der Suche nach verschwundenen Dingen und Lebewesen, aber ihre Gedanken stießen sogleich auf eine Menge Fragen ohne Antworten und sie runzelte sorgenvoll die Stirn.

»Denk nicht an *später*«, riet ihr Vier. »Wir müssen unsere Unwissenheit akzeptieren. Morgen existiert nicht. Denk nur ans *Jetzt*.«

Sie nahm mich aus meiner Holzwiege und legte mich meiner Mutter in die Arme. Ich hatte Hunger. Oder Durst. Oder das Bedürfnis nach Zärtlichkeit.

»Sieh dir deine Tochter an«, sagte sie zu Hama. »Tsell *ist* jetzt.«

Meine Mutter drückte mich an sich, aber sie war nicht mit dem Herzen dabei.

Oft beobachtete sie die Hündin Charbon und ihre drei Jungen. Sie dachte an den Abend, als Brume gestorben war, und ihr wurde kalt. Dann erinnerte sie sich an den Morgen, an dem ihre eigene Mutter sie zum letzten Mal umarmt hatte, und ihr wurde noch kälter.

Endlich befreite das Tauwetter den Wald von seiner eisigen Hülle.

Innerhalb von einer Nacht schmolz der letzte Schnee. Am nächsten Morgen schüttelten sich die Bäume im Nebel und die Luft schien leichter geworden zu sein.

Als Sieben durch das Glasauge seines Observatoriums die Sonne beobachtete, die etwas früher als sonst am Horizont erschien, stieg er hinab nach Unten, um seinen Geschwistern die Ankunft des Frühlings zu verkünden.

Getreu der alten Tradition verkündete Drei, dass das Fest am nächsten Tag stattfinden werde, und sofort machten sich alle fieberhaft an die Arbeit.

Während sich Dreizehn und Neun in der Küche bereit machten die Knochen aus dem Fleisch zu lösen, es zu füllen und zu schmoren, begann Elf damit, sämtliche Schuhe zu putzen, Sechs fettete die Dochte seiner Fackeln ein und Sechzehn stellte kleine Sträuße aus getrockneten Blumen zusammen, um damit die Knopflöcher der Familienmitglieder zu schmücken. Aber Neunzehn hatte an diesem Tag zweifellos am meisten zu tun. Alle Brüder und Schwestern wollten sich für die Feier hübsch machen und Neunzehn hantierte ununterbrochen mit Schere, Pinzette, Rasierer, Kamm, Bürste und Pinsel. Selbst Eins, die nur selten einen Sinn darin sah, ihr Gesicht zu waschen, stieg aus der Mine empor. Neunzehn schloss sich mit ihr im Badezimmer ein und schrubbte sie mit einem Massagehandschuh, bis ihr der Arm wehtat.

Hama freute sich über die fröhlichen Vorbereitungen und wanderte mit mir von Werkstatt zu Werkstatt. Im zweiten Untergeschoss wurde sie von den Klängen aus der Geigenbauwerkstatt angelockt und streckte den Kopf durch den Türspalt. Fünf und Drei befanden sich mitten in den Proben für das Frühlingsritual.

Auf der Suche nach Inspiration marschierte Drei mit großen Schritten in der Werkstatt auf und ab und improvisierte hin und wieder eine Strophe, die Fünf mal auf der Geige, mal auf der Flöte begleitete.

»Dunkelheit und Licht
Im perfekten Gleichgewicht.
Auf den Gräbern sprießen Reben,
Widersprüchlich ist das Leben!«

Alle paar Schritte blieb Drei stehen und rief: »Nein, nein! Das ist schlecht!«

Auf seinem bleichen Gesicht erschienen rote Flecken. Mit nach oben gerichtetem Blick schien er darauf zu warten, dass ein Vers von der Decke fiel, bevor er genauso plötzlich weiterlief, wie er stehen geblieben war, und die Arme in schwärmerischem Eifer in die Luft warf.

»Dunkelheit und Licht!«

Und Fünf griff geduldig wieder nach der Flöte oder Geige.

»Das klingt sehr schön«, sagte Hama.

Drei warf ihr einen finsteren Blick zu.

»Nein, es ist schlecht«, erwiderte er. »Es fehlt etwas … aber ich komme einfach nicht drauf, was. Es fehlt …«

»Eine Trommel?«, schlug Fünf vor.

Sie winkte Hama in die Werkstatt.

Erst zögerte meine Mutter die Schwelle zu übertreten. Sie betrachtete ihre Hände. Die Bleiprothesen kamen ihr nicht mehr so schwer vor wie am Anfang. Sie waren immer noch steif und ungeschickt, aber sie konnten bestimmt genauso gut eine Trommel schlagen wie jede andere Hand.

»Man kann es lernen, nicht wahr?«

»So ist es«, antwortete Fünf. »Doch man darf keine Angst davor haben, Fehler zu machen. Die Angst vor dem Scheitern erstickt jede Musik.«

Meine Mutter wickelte mich in das Känguru-Tuch, band mich auf ihrem Rücken fest und ging zaghaft zur Trommel hinüber.

»Schließ die Augen«, sagte Fünf und nahm ihre Flöte. »Atme, hör zu … und spiele.«

Hama befolgte ihre Ratschläge. Sie atmete. Sie hörte

zu, spielte, machte Fehler, spielte weiter, musste lachen und konzentrierte sich wieder.

»*Dunkelheit und Licht!*«, deklamierte Drei unermüdlich.

Sie begannen zehn-, zwanzig-, dreißigmal von vorn. Bis Drei mitten in einer Strophe stehen blieb, erschöpft von der Suche nach Reimen, die ihm immer wieder entglitten, und von dem ständigen Auf- und Ablaufen im Zimmer. Auf seiner Stirn glänzten Schweißperlen und das Hemd hing ihm aus der Hose. Wenn er dichtete, glich die Poesie einem Kampfsport oder einem Rodeo.

»Bei allen Heiligen, manchmal ist die Kunst so schwer zu zähmen wie ein wildes Tier!«, stellte er atemlos fest. »Für heute haben wir unser Bestes getan. Ich gehe jetzt schlafen.«

Fünf reinigte ihre Flöte und packte die Geige ein. Es war spät.

Die Fackeln waren heruntergebrannt und würden bald erlöschen und ich war auf Hamas Rücken eingeschlafen. Meine Mutter hatte völlig das Zeitgefühl verloren.

Beim Trommeln hatten ihre Hände zu beben und zu vibrieren begonnen. Ein Kribbeln lief durch ihre Schultern und Arme bis in ihre Fingerspitzen. Die Bleiprothesen fühlten sich nicht mehr so fremd an. Sie waren ein Teil von ihr und beinahe … lebendig.

Am nächsten Tag versammelten sich Zwölfs zahlreiche Geschwister zur vereinbarten Zeit an der Falltür. Der Luftzug, der den Wohlgeruch des zwei Stockwerke tiefer im Ofen schmorenden Wildbratens mit sich brachte, vermischte sich mit den blumigen Düften der Parfums, mit denen sich alle reichlich eingesprüht hatten. Hama wurde ein wenig übel.

Andächtig steckte Sechzehn jedem einen Strauß getrockneter Blumen ins Knopfloch und Neunzehn ordnete ein letztes Mal störrische Haarsträhnen, bevor sich die gesamte Familie immer noch schweigend auf die schmale Treppe zur Ursprungshöhle begab.

Hama atmete einmal tief durch, bevor sie ebenfalls hinabstieg. Bo hatte sich seit zwei Wochen nicht mehr blickenlassen. Sie fürchtete sich fast davor, ihn nach einer so langen Trennung wiederzusehen. Vielleicht war es in Wirklichkeit das, was ihr Übelkeit verursachte.

Doch bei dem wunderschönen Anblick, der sie in der Grotte erwartete, vergaß sie ihr Unwohlsein. Vom Boden bis zur Decke erhellten unzählige kleine Fackeln die Höhle. Ihre Flammen beleuchteten die Kalkzapfen und spiegelten sich hier und dort in den Wasserlachen wie tausend flüssige Sterne. Es sah aus, als hätte sich der Sommerhimmel unter die Erde verirrt.

Kleider raschelten und blank polierte Schuhe quietschten, während die Geschwister einen Kreis rund um die steinernen Totempfähle bildeten. Hama reihte sich zwischen ihnen ein und Fünf deutete lächelnd auf die in der Mitte thronende Trommel. Sie schien nur darauf zu warten, von Hama zum Leben erweckt zu werden.

Hier und da war ein Räuspern zu hören, dann trat Drei vor, um mit der Zeremonie zu beginnen. Doch als er gerade das Wort ergreifen wollte, rief Zwölf: »Warte! Zwei fehlt! Zwei ist nicht da!«

»Was?«, schimpfte Drei. »Wo steckt er denn, bei allen Heiligen? Wir können erst anfangen, wenn alle da sind.«

Leicht beunruhigt warf Hama ein, dass Bo ebenfalls fehlte.

»Nein! Ich bin hier!«, rief daraufhin eine Stimme aus dem hinteren Teil der Höhle.

Im selben Moment wie alle anderen wandte Hama den Kopf zum Steg. Bos Stimme hatte in der Dunkelheit so tief und rau geklungen, dass sie sie fast nicht erkannt hatte.

Im Halbdunkel war mein Vater nicht gleich zu erkennen. Erst als er über den Steg näher heranschritt, sah sie, dass etwas nicht stimmte.

»Zwei!«, schrie Sechzehn plötzlich.

Ein Raunen ging durch die Höhle. Schließlich trat Bo schweren Schrittes in den Kreis. Auf dem Rücken trug er eine kleine, gebeugte und runzlige Gestalt.

»Ich dachte schon, ich würde es nicht mit ihm durch die Felsspalte schaffen«, sagte mein Vater.

Er kniete sich hin und legte den Körper des alten

Schmieds vor seinen Brüdern und Schwestern auf den Boden.

»Es tut mir leid«, murmelte er. »Es tut mir so leid …«

Seine Augen waren gerötet und sein Gesicht war unter einer Maske des Kummers erstarrt. Er wiederholte noch einmal, wie leid es ihm täte. Er erklärte, er habe in den letzten Tagen sehr hart gearbeitet, so hart, dass er nichts bemerkt habe.

»Als ich Zwei wecken wollte, um zu euch zu gehen …«

Ihm versagte die Stimme und er schaffte es nicht, den Satz zu beenden.

Die Geschwister sahen einander an und konnten nicht glauben, was sie da sahen.

»Nicht am ersten Frühlingstag«, sagte Drei schließlich. »Das ist einfach unmöglich …«

»Ich habe gearbeitet«, entschuldigte sich mein Vater noch einmal. »Ich habe so hart gearbeitet, dass ich nichts mitbekommen habe.«

Langsam näherte sich Zwölf dem Körper seines alten Bruders. Er beugte sich über ihn, legte zwei Finger auf sein linkes Handgelenk und schloss die Augen. Eine Weile blieb er reglos stehen und versuchte einen Puls zu finden, und sei er auch noch so schwach, aber er fühlte nichts. Absolut nichts. Zwei hatte aufgehört zu atmen. Er war in seinem Sessel gestorben, so leise wie eine Fackel, die im Luftzug erlischt.

In diesem Jahr gab es zum ersten Mal seit vier Generationen keine Zeremonie, um die Tagundnachtgleiche und den Frühlingsanfang zu feiern. Stattdessen trugen Zehn und Zwölf den Körper von Zwei quer durch die Ursprungshöhle und hievten ihn von Treppe zu Treppe bis ins erste Untergeschoss.

Vier hüllte seinen alten Bruder in ein weißes Tuch.

Fünf sang ein Lied für ihn, das immer wieder von Schluchzern unterbrochen wurde.

Sechs holte alle Fackeln, die er finden konnte, und verteilte sie rund um Zweis sterbliche Überreste.

Acht sägte die Bretter für den Sarg zurecht, allein und gebeugt vor Traurigkeit.

Vierzehn gerbte ein besonders weiches Stück Leder, um den Sarg damit auszukleiden.

Drei schloss sich in seinem Zimmer ein und schrieb eine Grabrede.

Sieben konnte es einfach nicht glauben. Er hatte den Tod des alten Schmieds weder in den Sternen noch sonst wo gelesen.

Neunzehn hüllte den Leichnam in duftende Kleider und Elf zog ihm schniefend die festesten Schuhe an, die er jemals geschustert hatte, denn die Toten brauchen für ihre letzte Reise stets gutes Schuhwerk.

Die Familienälteste wachte die ganze Nacht bei ihrem Bruder, ohne zu schlafen und ohne zu verstehen. Warum war sie nicht an seiner Stelle gestorben?

»Ich war an der Reihe«, wiederholte Eins immer wieder verstört. »Ich bin die Älteste. Warum hat er meinen Platz eingenommen?«

Am nächsten Morgen holten Fünfzehn und Sechzehn zwei Schaufeln und stiegen die einhundertsiebzehn Treppenstufen empor, die Unten von Oben trennten.

Als sie mit steif gefrorenen Fingern und roten Augen zurückkehrten, verkündeten sie, hinten auf dem Friedhof sei nun das Grab bereit den Sarg aufzunehmen.

So gelangte ich zum ersten Mal in meinem jungen Leben hinaus an die frische Luft.

Dick eingemummelt und an meine Mutter geschmiegt hörte ich nicht den Gesang der Amseln, sondern Dreis düstere Stimme, der die Grabrede hielt.

Ich hatte auch keine Gelegenheit, den Duft der Blumen einzuatmen. Der Frühling hielt sich noch zurück und die wenigen Krokusse, die Fünfzehn fand, wurden gepflückt und auf Zweis Sarg gelegt.

Natürlich erinnere ich mich an nichts von alldem. Weder an den Wind, der beinahe sämtliche Hüte davontrug, noch an das neue, helle Licht, das uns blendete, bis unsere Augen tränten. Aber an diesem Tag, auf dem Friedhof, habe ich vielleicht gespürt, dass Tod und Leben untrennbar miteinander verbunden sind. Und dass nichts und niemand (nicht einmal mein Vater) diese Verbindung zu lösen vermag.

Der Tod des alten Schmieds schwächte die Familie. Solange Zwei auf seinem Sessel gesessen hatte, hatte jemand über das Feuer gewacht, selbst wenn er dort die meiste Zeit nur schlief. Nun aber, ohne Hüter, wurde das Feuer unberechenbar und gefährlich. Es konnte ebenso gut verlöschen wie emporzüngeln und alles zerstören. In beiden Fällen würde die Familie ihre Basis und ihren Halt verlieren.

Angesichts dieser Gefahr hielten die Geschwister einen Familienrat ab.

Nach langem Palaver schien es das Beste zu sein, wenn Bo Zwei ersetzte. Das stellte zwar einen Bruch mit der Tradition dar, aber es war die einzige Möglichkeit, den flüssigen Kern, das schlagende Herz dieses unterirdischen Königreichs zu schützen.

»Hama hat nicht die Absicht hierzubleiben«, warnte Vier. »Und ohne sie wird auch Bo nicht bleiben.«

»Wir werden ihn schon überzeugen«, gab Zwölf zurück. »Wir überzeugen sie alle beide!«

»Was sagen die Sterne?«, erkundigte sich Drei an Sieben gewandt.

»Das weißt du doch.« Sieben seufzte. »Die Sterne warnen uns schon seit Ewigkeiten. Ohne Gäste sind wir dem Untergang geweiht.«

»Ohne ein Kind sind wir verloren«, sagte Eins.

»Tsell ist ein Kind«, bemerkte Acht. »Aber leider … ist sie nicht unser Kind, stimmt's?«

Auf diese Worte folgte ein bedauerndes Schweigen,

während die verrücktesten Ideen durch die Köpfe der Geschwister zuckten. Vor allem Zwölf fühlte sich zu allem bereit, um den Niedergang seiner Familie zu verhindern.

»Wir könnten Tsell einfach behalten«, sagte er.

»Bei allen Heiligen!« Vier versagte die Stimme. »Du meinst … sie stehlen? Sie ihren Eltern wegnehmen?«

»Nein, nein, natürlich nicht … das ist nicht gut«, stammelte Zwölf eilig. »Das können wir nicht machen …«

Woraufhin er prompt bemerkte, dass Fünfzehn, Sechzehn und Neunzehn noch jung seien.

»Jung und hübsch, oder etwa nicht?«

Die drei Schwestern wechselten erstaunte Blicke. Was hatte dieses unverhoffte Kompliment zu bedeuten? Worauf wollte ihr Bruder hinaus?

»Hm … da wir Bos Familie das Leben gerettet haben, ist er uns etwas schuldig«, fuhr Zwölf fort. »Ich finde, er könnte uns ruhig einen kleinen Gefallen tun. Er könnte …«

»Was?«, rief Sechzehn alarmiert. »Du meinst … er könnte uns Babys machen?«

Erneutes Schweigen. Erneute allgemeine Bestürzung.

»Vielleicht sollten wir unser Schicksal endlich akzeptieren«, sagte Vier schließlich, dieser absurden Diskussion müde.

»Du meinst …«, begann Drei.

»Genau«, sagte Vier. »Ich meine, wir werden sterben, einer nach dem anderen, so wie Zwei. Und wenn der

Letzte von uns die Augen schließt, ist es ganz einfach vorbei.«

Das Wort ›vorbei‹ schwebte wie ein eisiger Lufthauch durch den Gemeinschaftsraum, in dem der Familienrat stattfand.

»Entweder das oder wir müssen den Schwur brechen, den wir unseren Eltern gegeben haben«, fügte Vier hinzu. »Die Jüngeren von uns haben noch die Wahl.«

Sie zeigte ebenfalls auf Neunzehn, Sechzehn und Fünfzehn, die auf ihren Stühlen erstarrten. ›Die Wahl zu haben‹ gehörte schon so lange nicht mehr zu ihrem Wortschatz, dass sie fast hintenüberkippten.

»Und selbst du, Zwölf!«, rief Vier. »Du bist doch auch noch nicht so alt! Du könntest von hier fortgehen und dir irgendwo auf der Welt eine Frau suchen … Du könntest uns ein Baby bringen.«

Seit Vier das Wort ergriffen hatte, wurde Drei auf seinem Platz immer ärgerlicher. Als großer Bewahrer des familiären Gedächtnisses fühlte er sich in seiner Ehre angegriffen. Plötzlich sprang er auf, baute sich vor seiner Schwester auf und fuchtelte mit dem Finger in der Luft herum, um sie voller Wut an den besiegelten Schwur zu erinnern.

»Den Schwur zu brechen käme einem Verrat an unseren Toten gleich!«, rief er nachdrücklich.

»Und ihn nicht zu brechen käme einem Verrat am Leben gleich«, antwortete Vier ruhig.

Es war schrecklich, aber sie hatte Recht. Selbst Drei,

der sich seit jeher an seine Funktion klammerte, musste es zugeben: Die Loyalität, die Tradition und das Gewicht des Schwurs würden direkt zum Aussterben der Familie führen.

»Also … was sollen wir tun?«, fragte Eins zaghaft.

»Wenn ich ein paar Jahrzehnte jünger wäre, würde ich meine Siebensachen packen und mit Bo und Hama fortgehen«, behauptete Vier. »Aber ich kann natürlich nicht für euch entscheiden.«

Nachdem sie gesagt hatte, was zu sagen war, stand sie auf und verließ den Rat.

Im Lauf des Winters hatte Vier meine Mutter gut kennengelernt. Sie hatte sich nicht getäuscht, was Hamas Absichten betraf. Eines Morgens packte meine Mutter zusammen, was von unseren Habseligkeiten geblieben war (ihren dunklen Mantel, Bos rote Jacke, das Tragetuch und die Werkzeugkiste), und sagte, es sei Zeit zu gehen.

Mein Vater ärgerte sich und versuchte zunächst, sich ihr zu widersetzen. Nach dem Familienrat war Zwölf heimlich zu ihm gegangen, um ihn davon zu überzeugen, Zweis Platz einzunehmen. Wenigstens für ein paar Monate. Wenigstens bis zum Sommer. Und warum nicht länger?

»Du bist Schmied, nicht wahr?«, hatte Zwölf mit einem Augenzwinkern hinzugefügt.

Ja, Bo war Schmied. Und jetzt, da er in die Geheimnisse des Feuers eingeweiht war, hätte er den Rest seines Lebens allein im Bauch der Erde verbringen können, um jede noch so feine Verwandlung des Metalls zu erforschen. Wenn es nur um ihn gegangen wäre, hätte er Zwölfs Angebot angenommen, aber …

»Wohin willst du denn gehen?«, fragte er Hama. »Hier ist es bequem. Es fehlt uns an nichts.«

»Das stimmt nicht«, erwiderte meine Mutter. »Uns fehlt frische Luft.«

Sie baute sich vor ihm auf, streckte die Arme aus und öffnete ihre Bleihände, deren Finger sich entfalteten wie Blütenkelche.

»Du hattest Recht«, sagte sie. »Sie erscheinen mir von Tag zu Tag leichter und geschmeidiger. Manchmal kommt es mir sogar so vor, als seien sie lebendig.«

Mein Vater nahm die Hände, die er selbst geschmiedet hatte, in seine. Er spürte die rauen Gelenk-Mechanismen, die Unreinheiten und die ganze Unzulänglichkeit seines Werks. Dennoch fühlten sich die Hände beinahe warm an.

»Ich habe getan, was ich konnte«, sagte er. »Aber sie sind nicht aus Gold. Doch ich bin bald so weit. Wenn du mir noch ein paar Wochen oder Monate gibst, werde ich …«

»Nein«, sagte Hama. »Es ist meine Aufgabe, sie zu verwandeln.«

Diese Einsicht war ihr gekommen, während sie die Trommel geschlagen hatte: Wenn sie immer weiter und weiter lernte, konnte sie ihre Hände vielleicht zum Leben erwecken, so wie sie mir das Leben geschenkt hatte. Sie war bereit.

Hama lächelte und Bo, beeindruckt von ihrer Kraft, beugte sich ihrem Willen.

»Ich bin fertig mit dem, was ich für Tsell schmieden wollte«, sagte er. »Willst du es sehen?«

»Ja«, antwortete Hama. »Aber erst schwör mir, dass wir fortgehen.«

Bo liebte Hama. Er schwor es und dann verriet er ihr, was er hergestellt hatte.

Es sah aus wie ein Spinnennetz. Aber das Netz bestand aus einer speziellen Legierung, deren Zusammensetzung Bo nicht verriet. Es war so fein, dass es mit bloßem Auge kaum zu erkennen war. Mein Vater hatte wochenlang verbissen daran gearbeitet, damit es sich perfekt in jede noch so kleine Falte meines Körpers schmiegte.

»Ich habe an alles gedacht«, erklärte er Hama. »Es verändert sich und wächst mit Tsell mit, ohne sie in ihrer Bewegungsfreiheit einzuschränken. Niemand wird es bemerken.«

Dieses Netz, das weder aus Blei, Eisen oder Gold bestand, jedoch härter war als alle Metalle zusammen, sollte meine Rüstung werden. Eine feste Hülle, um meine Schatten in Schach zu halten und jede Verwandlung zu unterbinden. Eine zweite, künstliche Haut, die Bo über meine eigene streifte.

Als sich das Netz um meinen Körper schmiegte, wunderte sich Hama, wie wenig ich mich verändert hatte. Unter ihren Bleifingern spürte sie keinerlei Unterschied. Doch als sie mich vor eine brennende Fackel hielt, sah sie, dass der Schatten an der Wand weder die Form eines Welpen noch die einer Wölfin oder irgendeines anderen Tieres hatte.

»Jetzt ist Tsell sie selbst«, sagte Bo.

»Das Äußere entspricht dem Inneren«, murmelte Hama, ohne zu wissen, ob es so besser war.

»Nun ist sie geschützt«, fügte mein Vater stolz hinzu. »Ihr kann nichts mehr passieren.«

Wie hätte meine Mutter ein solches Geschenk ablehnen können?

Ich entsprach jetzt dem geheimsten und sehnlichsten Wunsch aller Eltern. Ich war ein unverwundbares Kind.

Der Frühling kam mit aller Macht, als Bo und Hama sich von unseren Gastgebern verabschiedeten.

Die Sonne wärmte noch nicht richtig, doch die Erlen trieben bereits Knospen und die Tannen richteten ihre Zweige auf, endlich befreit vom Gewicht des Schnees. In den Wipfeln war erstes Vogelgezwitscher zu hören. Safran und Cachou liefen ungeduldig den Weg entlang und schnüffelten im Farnkraut, während der etwas ängstlichere Ivoire zwischen den Pfoten seiner Mutter herumsprang.

Am oberen Ende der einhundertsiebzehn Stufen versuchten Zwölf und seine Geschwister, in bis übers

Kinn gezogene Schals gehüllt, die Tränen hinunterzuschlucken.

»Die Haustiere werden uns fehlen«, bemerkten Dreizehn und Neun leise.

Zwölf stellte sich auf die Zehenspitzen und drückte Bos Hand.

»Erinnerst du dich noch an die erste Frage, die du mir gestellt hast? An dem Tag, als ich euch in eurem Felsunterschlupf entdeckt habe?«, fragte der kleine Mann aus den Wäldern.

Bo überlegte. Seine Erinnerungen waren in ebenso dichten Nebel gehüllt wie die Lichtung an jenem Tag.

»Du hast mich gefragt, wer ich bin«, erinnerte ihn Zwölf.

»Das stimmt.« Bo lächelte. »Und du hast geantwortet, es würde ein ganzes Leben dauern, auf diese Frage zu antworten.«

»Bevor du fortgehst, möchte ich dir dennoch antworten«, sagte Zwölf. »Obwohl ich so klein bin, bin ich der größte Angsthase, der größte Hasenfuß und der größte Feigling, den du jemals getroffen hast. Genau das bin ich.«

Mein Vater verstand nicht, warum Zwölf so bitter klang und sich selbst in so schlechtes Licht rückte. Er hatte weder am Familienrat teilgenommen noch wusste er, wie sehr sich Zwölf den Kopf zermartert hatte, um eine Lösung für sein Dilemma zu finden.

»Pech für uns«, sagte Zwölf schließlich.

Hinter ihm senkten Sechzehn, Neunzehn und Fünfzehn den Blick. Sie hatten sich genauso wenig wie ihr älterer Bruder dazu durchringen können, ihre Angst vor der großen, weiten Welt zu überwinden. Sie konnten sich einfach nicht vorstellen, dass es außerhalb ihrer familiären Gemeinschaft noch andere Gemeinschaften gab. Ihre Familie zu verlassen überstieg ihre Kräfte.

»Das ist für euch«, sagte Zehn. »Ihr werdet es brauchen.«

Er zog seinen Jagdschlitten zu meinen Eltern hinüber. Das Seehundsfell unter den Kufen hatte er durch mehrere Räder ersetzt und jedes Familienmitglied hatte ein kleines Geschenk als Erinnerung unter die sorgfältig festgezurrte Plane gelegt. Jetzt waren es Bo und Hama, die nur mit Mühe die Tränen zurückhalten konnten.

»Nun gut, also … brecht lieber schnell auf.« Vier umarmte Hama. »Und dreht euch nicht um.«

Meine Mutter hätte der kleinen Schneiderin gerne so viel gesagt, aber sie bekam kein Wort heraus. Wie sollte sie ihr für all das danken, was sie ihr beigebracht hatte? Also verneigte sie sich einfach.

Vier streichelte ein letztes Mal über meinen runden Kopf. Sie wunderte sich, als sie dort etwas Ungewohntes spürte, etwas Hartes, wie eine Barriere zwischen ihr und mir, aber sie war zu aufgewühlt, um etwas zu sagen.

Schließlich nahmen meine Eltern den Schlitten, pfiffen nach den Hunden und machten sich auf den Weg.

Als sie am Friedhof vorbeikamen, deuteten sie ein Nicken an, einen freundlichen Gruß an die unsichtbaren Geister dieses Ortes – vor allem an den Geist des alten Schmieds. Dann schlugen sie den Weg nach Westen ein, ohne sich noch einmal umzudrehen.

Der Horizont war hell und klar. Dorthin gingen sie.

DRITTER TEIL

9

RUHE UND UNRUHE

Nachdem sie den Wald aus Erlen und dichten Tannen hinter sich gelassen hatten, machten sich Bo und Hama auf die Suche nach dem idealen Ort, an dem sie leben, sich lieben und mich gefahrlos aufwachsen sehen konnten.

Ich weiß nicht, welche Schwierigkeiten ihnen unterwegs begegneten, aber später, als ich den Weg in umgekehrter Richtung gegangen bin, wurde mir klar, dass sie lange gelaufen sein mussten, bevor sie das Paradies fanden, nach dem sie gesucht hatten.

Die Halbinsel war eine schmale, vorspringende Landzunge. Sie erhob sich oberhalb eines großen Süßwassersees, der wie durch ein Wunder mitten in der Steppe lag und schließlich zu einer Art Binnenmeer geworden war.

Abgesehen von lärmenden Vogelkolonien gab es an seinen Ufern niedrigen Pflanzenbewuchs und einige Fischerdörfer. Der Wasserspiegel befand sich immer auf derselben Höhe, es gab weder Gezeiten noch Wellengang und die Jahreszeiten unterschieden sich kaum voneinander. Die Temperaturen schwankten nur geringfügig, ab und zu gab es gemäßigte Regenfälle und der Wind hatte keine Launen.

Seit Menschengedenken war noch nie irgendetwas auf dieser Halbinsel passiert. Keine Invasion, kein Konflikt, nicht einmal die Ankunft eines Touristenbusses.

Das Binnenmeer lag geschützt zwischen der großen Wüste mit ihrem trockenen Gras auf der einen Seite und der hohen Steilküste auf der anderen. Es war schon immer da gewesen, flüssig und blau, und die Halbinsel lag wie ein Schal um seinen Hals.

Im Tausch gegen ein paar Kleinigkeiten vom rollenden Schlitten hießen die Fischer der Halbinsel meine Eltern willkommen und überließen ihnen ein Stück Land, auf dem Feigenbäume wuchsen. Auf diesem am Hang liegenden Grundstück, ganz an der Spitze des Felsvorsprungs, sammelten Bo und Hama alle Materialien, die sie finden konnten. Ungehobelte Bretter, Treibholz, Ziegelsteine aus Ton, Muscheln, Blechplatten, Rohre und Schläuche, die sie irgendwo in der Umgebung aufgetrieben hatten.

Bo machte sich an die Arbeit und Hama half ihm. Mit ihren Bleihänden sägte, hämmerte und schweißte sie. Das Ergebnis war schief und krumm und voller Mängel (›der letzte Pfusch‹, dachte mein Vater), aber sie war mit ganzem Herzen und so viel Freude bei der Sache, dass Bo es irgendwann aufgab, die Winkel zu begradigen und die Kanten nachzuarbeiten. Hamas Glück war wichtiger als alle Regeln der Architektur.

Bald erhob sich eine windschiefe Hütte am Ende des Felsvorsprungs.

Bizarr zur Seite geneigt überragte sie kühn die Bucht und sah mit ihrem Schornstein, der sich einer Speerspitze gleich in den Himmel bohrte, wie ein Wachposten aus, der an den Toren eines Traums Wache hielt. Unser ›Zuhause‹, wie Hama zu sagen pflegte.

Ich habe nur wenige Kindheitserinnerungen.

Ich sehe mich vor der Hütte auf den Stufen der Veranda sitzen, mit den im Gras spielenden Hunden und Ivoire, die stets zwischen meinen Beinen herumspringt.

Ich sehe mich auf Bos Schultern, auf Hamas Schoß oder rittlings auf dem Ast eines Feigenbaums, der mir als Pferd diente.

Ich erinnere mich an lange Nachmittage, die ich mit den Füßen im Wasser an einem Strand mit grobkörnigem, braunem Sand verbracht habe, wo mein Vater ein kleines Boot reparierte. Und an mein Entzücken, als er mir zum ersten Mal die Ruder anvertraute und sagte: »Du bist dran, Kapitän Tsell!«

Ich sehe mich später am Rand der wüstenartigen Steppe stehen, dem Reich von Himmel und Wind, dessen endlose Weite mich beeindruckte. Oder wie ich als kleine Akrobatin am Hafen zwischen den Tauen herumhüpfe, zusammen mit den anderen Kindern des Dorfes.

Ich sehe mich träumend am Fenster meines Zimmers, während Hama im Garten vor sich hin singt und Bo in der Werkstatt hinter unserer Hütte herumwerkelt, so dass sich seine Hammerschläge mit der melodiösen Stimme meiner Mutter vermischen.

Meine Kindheit war so ruhig und beständig wie eine Reihe von Schwarz-Weiß-Fotos. Ein Bild folgt auf das nächste und die Jahre vergehen. Ich werde größer und lerne, wie man schnell rudert und weit schwimmt, selbst liest und weite Strecken läuft.

Meine Haare wachsen, mein Gesicht wird schmaler, die Hunde werden älter, aber es passiert nichts Außergewöhnliches, kein einziges besonderes Ereignis.

Bis zu dem Tag, an dem das Frachtschiff in die Bucht einlief und Vigg in mein Leben trat.

Ich war zwölf Jahre alt.

Ich habe nichts vergessen.

An diesem Morgen wurde ich von lauten Stimmen unter meinem Fenster geweckt. Sie gehörten ein oder zwei Fischern aus dem Dorf und einer Tuchverkäuferin. Sie stritten sich über irgendetwas.

»Aber nein, das ist keine Wolke! Das sieht man doch!«

»Was soll es denn sonst sein? Ein riesiger Wal?«

»Vielleicht ein Schwarm Vögel. Manchmal fliegen sie so dicht zusammen, dass man meinen könnte …«

Neugierig sprang ich aus dem Bett und lief barfuß auf die Veranda.

Zwischen den Feigenbäumen hatte sich ein kleiner Menschenauflauf gebildet. Männer, Frauen und Kinder, das ganze Dorf hatte sich vor unserer Hütte versammelt, auf dem Grundstück am Hang, an der Spitze des Felsvorsprungs. Alle wandten mir den Rücken zu, auch Bo und Hama. Sie beobachteten den Horizont und blinzelten in die aufgehende Sonne.

Ich schlüpfte zwischen den Dorfbewohnern hindurch und sah schließlich, was die allgemeine Aufmerksamkeit erregte: ein Punkt in der Ferne, wie ein Loch mitten in der Landschaft, ein zwischen Himmel und Erde schwebender Tintenklecks.

Ich ging zu meinen Eltern und schob meine Hand in Bos.

»Das ist kein Wal«, erklärte er mir.

»Oh«, sagte ich ein wenig enttäuscht.

Mit der anderen Hand beschattete ich meine Augen.

Der Fleck wurde größer.

Unter meinen nackten Füßen spürte ich bald ein heftiges Beben und es kam mir vor, als würde die ganze Halbinsel erzittern. Meine Mutter, die bis dahin den Blick nicht vom Horizont abgewendet hatte, sah endlich zu mir. Sie war blass.

»Ich glaube, es ist ein Schiff«, sagte sie. Es klang, als wäre das eine Katastrophe.

»Ja, es könnte ein Frachtschiff sein«, fügte mein Vater hinzu.

Hinter mir murmelte ein Fischer: »Wenn das stimmt,

muss es ein riesiger Frachter sein. Wie ist er auf unser Meer gekommen?«

Unser Meer war nach allen Seiten hin abgeschlossen, doch ganz oben im Norden wurde es von einem einzigen Fluss gespeist, dessen Mündung so weit weg war, dass niemand jemals dort gewesen war. Die Alten erzählten, es habe früher einmal Pläne für einen Staudamm gegeben. Doch die Ingenieure, die von den Behörden ausgesandt worden waren, um Entwürfe für das Projekt zu zeichnen, waren einer nach dem anderen krank geworden. Es hieß, sie hätten die Einsamkeit der Steppe und die sanftmütige Unendlichkeit unseres Meeres nicht ertragen. Schließlich waren sie wieder abgereist, ohne eine einzige Zeichnung angefertigt oder eine einzige Berechnung angestellt zu haben.

Nachdem das Staudamm-Projekt gescheitert war, hatte sich der Fluss frei seinen Weg gesucht und die Enklave am Meer war wieder eingeschlafen, abseits von der restlichen Welt.

Mit dem Auftauchen des Frachtschiffes war die tausendjährige Ruhe vorbei.

Der Frachter näherte sich langsam, aber unaufhaltbar. Und je näher er kam, desto lauter dröhnten die Motoren. Rund um den Rumpf schäumte das Wasser und die Vibrationen ließen die Zähne in unseren Mündern klappern.

Als der Frachter in unserer Bucht den Anker auswarf, ging gerade die Sonne unter. Meine Hand war in der meines Vaters kalt geworden, Hama hatte kein einziges Wort mehr gesagt und niemand hatte sich vom Felsvorsprung wegbewegt.

Als die Motoren ausgingen, hörte das Beben auf und plötzlich wurde es totenstill auf der Halbinsel.

Das riesige Frachtschiff ragte vor uns auf. Für mich, die ich noch nie ein größeres Gebäude gesehen hatte, war dieses Bauwerk mit nichts zu vergleichen, was ich kannte. Ich schaffte es nicht einmal, seine Stockwerke, die vielen Brücken oder Bullaugen zu zählen. Alles, was ich sah, war ein kompakter Klotz aus grauem Metall, gespickt mit Radar- und Parabolantennen, und einer aus dem Bug ragenden leeren Plattform mit rostiger Maserung.

Die alten Fischer schüttelten angesichts dieses unwirklichen Anblicks die Köpfe.

»Sieht aus wie ein Kreuzfahrtschiff, das zu einem Panzerkreuzer umgebaut wurde«, sagte einer.

»Es könnte auch ein Gastanker sein, der zu einer Art … Fähre umfunktioniert worden ist«, sagte ein anderer.

An ihren ungläubigen Mienen konnte ich ablesen, was sie dachten: Ein solches Schiff hätte niemals existieren dürfen. Geschweige denn auf dem Wasser schwimmen.

Trotzdem war allen bewusst, dass dieses Schauspiel sehr real war, als sich ein kleines Boot vom Frachter löste, wie eine Biene, die ihren Bienenstock verlässt. An Bord befand sich eine seltsame, uniformierte Besatzung.

Weder ich noch eins der anderen Kinder aus dem Dorf hatten jemals einen Menschen in Uniform gesehen. Auf der Halbinsel brauchten wir keine Polizisten oder Soldaten, um Ordnung und Frieden aufrechtzuerhalten. Die Neugier trieb mich an den Rand des Felsvorsprungs und ich sah, wie das Boot an einem verlassenen Kai des kleinen Hafens festmachte. Nur drei Personen stiegen aus, die anderen blieben an Bord.

Da wir keine Anstalten machten, den Felsvorsprung zu verlassen, betrat die kleine Delegation den Weg, der sich den Hügel hinaufschlängelte, um zu uns nach oben zu kommen. Ich beugte mich noch etwas weiter vor, bis ich drei Schirmmützen sehen konnte, die sich zwischen den blühenden Ginsterbüschen hindurchbewegten.

Meine Mutter zog mich zurück. Ihre Bleifinger krallten sich mit solcher Kraft in meinen Arm, dass ich beinahe protestiert hätte, aber ihr strenger Blick ließ mich schweigen.

»Es kommt nicht in Frage, dass diese Kerle ihre schmutzigen Stiefel auf unser Grundstück setzen«, verkündete Hama mit zusammengebissenen Zähnen.

Sie drehte sich auf dem Absatz um und marschierte zum Weg hinüber.

»Sie hat Recht«, sagte mein Vater sofort.

Er folgte ihr, während ich unschlüssig mit den anderen auf der Wiese stehen blieb. Im Gegensatz zu meinen Eltern hatten ich und die restlichen Bewohner der Halbinsel noch nie jemanden auf so spektakuläre und bedrohliche Weise bei uns auftauchen sehen. Im Gegensatz zu Bo und Hama hatten wir noch nie miterleben müssen, wie etwas, das wir hergestellt hatten, mutwillig zerstört wurde.

Doch nach kurzem Zögern erwachte die Tuchverkäuferin zum Leben.

»Aber ja, die beiden haben Recht! Diese Leute dürfen nicht hier heraufkommen!«

Ich löste mich aus meiner Erstarrung, rannte los, um als Erste da zu sein, und schaffte es, meine Mutter einzuholen.

Als die drei Soldaten ein wenig außer Atem am Ende des Weges auftauchten, hatte sich das ganze Dorf wie eine feindliche Mauer ihnen gegenüber aufgebaut.

Ich befand mich in der ersten Reihe und hatte nur Augen für ihn. Vigg.

Er stand in strammer Haltung auf dem Weg, neben einem imposanten Mann, dessen Brust mit zahlreichen Orden geschmückt war und der der Anführer zu sein schien.

Wie die beiden anderen trug auch Vigg eine Uniform. Aber da er jung und ziemlich klein war, wirkte es eher so, als hätte er sich verkleidet – vor allem wegen der viel zu großen Stiefel, in denen seine Füße wie Clownsfüße aussahen.

Während die beiden Erwachsenen kurz geschorene Haare hatten, schaute unter seiner Schirmmütze ein brauner Wuschelkopf hervor (der schon lange keinen Kamm mehr gesehen hatte).

Ich hatte noch nie einen Jungen wie ihn gesehen – einen dreizehnjährigen Soldaten mit Clownsstiefeln – und deshalb bekam ich Lust, ihm zuzulächeln.

Später hat Vigg mir erzählt, mein Lächeln habe ihn direkt ins Herz getroffen. ›Schlimmer, als wenn du aus nächster Nähe auf mich geschossen hättest!‹

Tatsächlich schwankte er kurz und musste sich an der Jacke seines Vorgesetzten festhalten, um nicht rücklings den steilen Abhang hinunterzustürzen, und seine Unbeholfenheit ließ mich noch etwas mehr lächeln.

Allerdings war ich in diesem Augenblick die Einzige, die dieser Begegnung etwas Lustiges abgewinnen konnte. Hinter mir atmete das ganze Dorf im selben Rhythmus und meine Mutter knirschte mit den Zähnen.

Der Vorgesetzte der Soldaten streckte die mit Orden geschmückte Brust heraus, musterte uns einen nach dem anderen, taxierte uns und schätzte uns ein, bis sein Blick an meinem Vater hängenblieb, dessen breite Schultern ihm zu gefallen schienen. Er schlug die Hacken zusammen.

»Admiral Fennimore«, verkündete er. »Ich habe das Kommando über dieses Frachtschiff.«

Er legte eine Hand auf Viggs Schulter, der sich stolz aufrichtete.

»Das ist mein Adjutant. Matrose Vigg.«

Der Admiral zeigte auf den dritten Mann, der sich ein

wenig im Hintergrund hielt und eine lederne Umhängetasche trug.

»Und schließlich Oberleutnant Mendès, mein Sekretär.«

Letzterer grüßte uns mit einem kurzen Kopfnicken, während Admiral Fennimore fortfuhr.

»Wie Sie sehen, kommen wir nicht in feindlicher Absicht. Das Frachtschiff hat den Auftrag, dieses Gebiet zu sichern. Befehl der Behörden.«

Als Beweis öffnete Oberleutnant Mendès eilig seine Tasche, zog eine Mappe hervor, entnahm ihr ein unterschriebenes und abgestempeltes Blatt und schwenkte es durch die Luft.

All dies (die Uniformen, die offizielle Begrüßung, die Befehle, das abgestempelte Blatt) kam so unerwartet, dass es die Dorfbewohner völlig aus der Fassung brachte. Ich spürte, wie die Anspannung in meinem Rücken ein wenig nachließ. Nur meine Mutter war immer noch auf der Hut.

»Sie wollen dieses Gebiet sichern?«, fragte sie.

Sie breitete die Arme aus und umfasste mit dieser Geste die gesamte Halbinsel, die niedrigen Häuser, die sich rund um den Hafen aneinanderdrängten, die Boote, die am Kai aufgewickelten Netze, die Steilwand der Felsküste sowie den Himmel und das Meer, die im Licht der untergehenden Sonne ineinander überzugehen schienen.

»Aber es gibt keinen friedlicheren Ort als diesen!«, rief sie. »Wovor wollen Sie uns beschützen?«

Der Admiral ließ den Blick über die Landschaft schweifen und stieß einen Seufzer aus.

»Natürlich«, sagte er. »Sie wissen es noch gar nicht …«

Er machte eine Pause, bevor er fortfuhr: »Also gut … Ich habe Ihnen etwas mitzuteilen, auch wenn ich es nur schweren Herzens tue: Es herrscht Krieg.«

Der Admiral erklärte uns, der Krieg sei vor einem Jahr an einer weit entfernten Grenze ausgebrochen. Seitdem wütete er in sämtlichen Himmelsrichtungen auf unterschiedlichste Art und Weise, ohne dass wir etwas davon mitbekommen hatten.

»Informationskrieg, Finanzkrieg, Wirtschaftskrieg, chemischer Krieg …«, zählte der Admiral auf (und Oberleutnant Mendès schwenkte als Bestätigung seiner Worte jedes Mal ein abgestempeltes Dokument). »Logistischer Krieg, psychologischer Krieg … Vandalismus und Terrorismus!«

Ratlos lauschten wir der Auflistung der Missetaten, begangen von Feinden, von denen wir noch nie gehört hatten. Dem Admiral zufolge hatte es Tote gegeben. Viele Tote. Verletzte. Unzählige Verletzte. Gefangene, Geiseln, Zerstörungen und alle möglichen Unruhen, die unsere Städte und deren Einrichtungen lähmten.

»Plünderungen, städtische Guerillakriege, Luftangriffe, Strafexpeditionen, Behördenstreiks und Putschversuche, ich erspare Ihnen die Einzelheiten.«

Ein ganzes Jahr lang war das seltsame Kriegsfrachtschiff unter dem Kommando des Admirals den Fluss hinuntergefahren, um auch die entlegensten Grenzen des Landes zu erreichen. Unterwegs hatte er zahlreiche an den Flussufern lebende Menschen für die Arbeit auf dem Frachter angeworben: Soldaten, Bauern, Wartungspersonal, Ingenieure und Patrioten jeden Alters, Frauen, Kinder und Alte.

»An Bord verfügen wir über verschiedene Produktionseinheiten. Wir stellen alles her: Uniformen, Werkzeug, Munition, schweres Artilleriegerät. Wir haben sogar Pferde, Kühe und Schweine«, behauptete der Admiral.

Seine Begeisterung wurde immer überschwänglicher.

»Unser Frachter ist viel mehr als ein Fabrikschiff, viel mehr als ein Kriegsschiff. Es ist eine Arche. Eine schwimmende Kathedrale! Das letzte Bollwerk unserer Zivilisation gegen das Chaos!«

Ich hörte, wie mein Vater mit zitternder Stimme das Wort ›Fabrik‹ wiederholte. Und ich sah, wie meine Mutter ihm einen besorgten Blick zuwarf.

Alles in allem machte Admiral Fennimores Rede großen Eindruck auf die kleine, friedvolle Gemeinschaft der Halbinsel. Hier hatte noch nie jemand so viele kriegerische Worte in so wenigen Sätzen untergebracht.

Ich nahm alles auf, ohne es zu verstehen. Ich war zwölf Jahre alt und hatte nur Augen für Vigg. Vigg mit seinem zerzausten Wuschelkopf. Vigg mit seinen zu großen Stiefeln. Vigg mit seinen braunen Augen. Das Unbekannte war urplötzlich in mein Leben ohne Überraschungen eingedrungen.

»Das Frachtschiff wird seine Fahrt nicht fortsetzen«, verkündete der Admiral schließlich. »Wir haben unser Ziel erreicht. Wir bleiben hier vor Anker, bis wir neue Befehle erhalten.«

Bei diesen Worten zog Oberleutnant Mendès ein letztes Blatt aus seiner Tasche.

»Einer von Ihnen muss unten auf der Seite unterschreiben«, sagte er. »Der Bürgermeister oder irgendein anderer Verantwortlicher.«

Einen Moment stand er mit ausgestrecktem Arm da und das Blatt zitterte in der Abendbrise. Kleine Kieselsteine zerbröckelten unter seinen Stiefeln und er rutschte fast den Abhang hinunter. Zwischen den Zweigen der Feigenbäume verfärbte sich der Himmel rot und in der Mitte der Bucht erhob sich die gewaltige Silhouette des Frachters, in dessen Bullaugen nach und nach die Lichter angingen.

»Soll das etwa heißen, Sie bleiben hier?« Meiner Mutter versagte beinahe die Stimme. »Sie wollen hier vor Anker gehen, direkt vor unserer Nase … mit diesem Monster von einem Schiff?«

»Bis wir neue Befehle erhalten«, bestätigte der Admiral, aufrecht in seiner Uniform.

»Sie müssen dieses Formular unterschreiben«, wiederholte sein Sekretär. »Das ist Vorschrift.«

»Niemand wird Ihr verdammtes Papier unterschreiben«, befahl meine Mutter. »Wir wollen Ihren Krieg nicht. Führen Sie ihn woanders! Unsere Halbinsel ist ein heiliger Ort. Durch Ihr Eindringen entweihen Sie ein Heiligtum!«

Das ganze Dorf bestätigte Hamas Worte, indem es stur schwieg, und Oberleutnant Mendès warf dem Admiral einen betretenen Blick zu. Es war ganz offensichtlich das erste Mal, dass die Bevölkerung sich weigerte sein Papier zu unterschreiben, und er wusste nicht, wie er reagieren sollte.

»Mit oder ohne Unterschrift, es macht keinen Unterschied.« Fennimore seufzte. »Das Frachtschiff wird hierbleiben und seine Aufgabe erfüllen. Ob Sie es wollen oder nicht, wir werden dieses Gebiet sichern.«

Er schlug noch einmal die Hacken zusammen, lüftete mit einer zackigen Bewegung seine Mütze und machte kehrt, um den Weg in Richtung Hafen zurückzumarschieren. Mendès verstaute hastig seine Unterlagen in der Tasche und folgte ihm. Vigg bildete das Schlusslicht.

Ich sah ihm nach, als er davonging. Einen Moment dachte ich, er würde sich zu mir umdrehen, aber dann tat er es doch nicht.

In dieser Nacht saßen Bo, Hama und eine Handvoll Dorfbewohner lange auf der Veranda unserer Hütte und sprachen mit gedämpften Stimmen über ich weiß nicht welche Strategie, um den Admiral und seine Mannschaft zum Rückzug zu zwingen.

Die Luft roch nach Myrte und Fenchel. Es wollte einfach nicht in meinen Kopf, dass Krieg sein sollte. Ich lag in einer Ecke der Veranda, wurde sanft von den leisen Stimmen gewiegt und betrachtete das beleuchtete Schiff.

Ich versuchte die Bullaugen zu zählen. Es waren fast so viele wie Sterne am Himmel.

Ich versuchte nicht zu sehr an Vigg zu denken. Ich dachte trotzdem an ihn.

Meine Eltern flüsterten die ganze Nacht miteinander, aber es half nichts. Am nächsten Morgen war der Frachter immer noch da. Und am übernächsten ebenso.

Die Tage vergingen und das Schiff blieb in der Mitte der Bucht, unerschütterlicher als ein Felsen, mit seinen Gängen, Brücken und Radarschirmen, die wie riesige Ohren in das Blau des Himmels gerichtet waren.

Ich verbrachte Stunden auf dem Zweig meines Feigenbaum-Pferdes und stellte mir das Leben an Bord vor. Mit der Zeit hatte ich es geschafft, die Stockwerke zu zählen (fünfzehn), ebenso wie die Bullaugen, die man von unserem Felsen aus sehen konnte (neunhundertachtundvierzig), und die an der Reling festgemachten Beiboote (siebenundzwanzig).

»Was ist eine Arche?«, fragte ich Hama eines Morgens.

Widerwillig erzählte sie mir die Geschichte von Noah, der Sintflut und dem sagenhaften Schiff, das die Tiere vor dem sicheren Tod gerettet hatte. Aber ihrer Meinung nach war der Vergleich mit dem Frachter nicht angebracht.

»Noah war kein Soldat«, erklärte sie mir. »Seine Arche hatte keinen Radar.«

»Warst du schon mal auf einem Schiff wie diesem?«, fragte ich weiter.

»Nein. Ich fahre lieber mit dem Boot, das dein Vater für uns repariert hat. Das reicht mir völlig.«

Ich fuhr auch gerne mit dem Boot. Bo, der mir das Rudern beigebracht hatte, sagte oft, ich würde mich besser anstellen als alle Jungs aus dem Dorf zusammen. Aber im Vergleich zu der Maßlosigkeit des Frachters wirkte unser Kahn wie ein armseliges Spielzeug.

»Ich würde es gerne einmal von innen sehen«, sagte ich mit glänzenden Augen.

Hama verstand, wovon ich in den letzten Tagen auf meinem Ast sitzend geträumt hatte. Sie griff nach meinem Arm und wieder krallten sich ihre Bleifinger in meine Haut.

»Ich verbiete dir zum Frachter zu rudern! Hast du verstanden?«

»Du tust mir weh«, sagte ich und versuchte mich aus ihrer Umklammerung zu befreien.

Wütend ließ meine Mutter mich los.

»Ich verbiete dir dich diesem Schiff zu nähern, Tsell. Es ist ein gefährlicher Ort.«

Sie runzelte die Stirn und ließ mich nicht aus den Augen, bis ich ihr seufzend versprach dem Schiff fernzubleiben.

»Schwörst du es?«

»Ich schwöre es«, sagte ich widerwillig.

Trotzdem wurde die Laune meiner Mutter in den nächsten Wochen so unstet und wankelmütig wie unsere Hütte. Jedes Mal, wenn sie einen Fuß vor die Tür setzte, zuckte sie zusammen, überrascht vom Anblick des Frachters, der sich wie eine Mauer am Ende unseres Gartens erhob. Sie, die immer so gerne die Bucht betrachtet hatte, zwang sich nun ihr den Rücken zuzudrehen, und schimpfte den lieben langen Tag über alles und nichts. Sie arbeitete nicht mehr im Garten und hatte aufgehört zu singen. Stattdessen verbrachte sie ihre Zeit damit, uns zu beobachten, wie jemand, der fürchtet, die Milch im Topf könnte überkochen.

»Woran denkst du?«, fragte sie Bo zehnmal am Tag.

»An nichts«, antwortete mein Vater.

»Natürlich denkst du an etwas. Du denkst an den Frachter. Ich habe gehört, wie du das Wort ›Fabrik‹ wiederholt hast.«

»Na und? Ist das verboten?«

Im Gegensatz zu uns wehrte sich Hama mit aller Kraft gegen den Zauber, der von diesem seltsamen Schiff ausging. Wenn sie mich dabei erwischte, wie ich auf meinem Ast vor mich hin träumte, sah sie mich böse an.

»Hast du nichts Besseres zu tun?«, schimpfte sie.

Ich fand sie hart und ungerecht.

»Ich darf es doch wohl wenigstens anschauen, oder?«

Also versuchte sie mich unter einem Vorwand von meiner Faszination abzulenken, indem sie mich etwas aufräumen, abwaschen oder reparieren ließ – egal was, Hauptsache, es fand drinnen statt.

»Husch, husch!«

Mit der Zeit begann mein Vater den Gemüsegarten zu vernachlässigen und sogar seine Werkstatt, in der er sonst immer stundenlang in irgendwelche Basteleien versunken gewesen war. Keine Hammerschläge mehr, kein Hobel, keine Säge. Er ging jetzt lieber ins Dorf hinunter und traf sich in der Kneipe am Hafen mit den Fischern. Dort sprachen sie stundenlang von dem unsichtbaren Krieg, der an unseren Grenzen tobte, und leerten dabei ein Glas Branntwein nach dem anderen. Es lag Spannung in der Luft und der Reiz der Gefahr weckte in einigen den ungestillten Wunsch nach Abenteuern.

Meine Mutter hingegen trug zu Hause schwer an ihrer schlechten Laune. Sie vegetierte vor sich hin und wurde immer dünner. Bald machte sie sich nicht einmal mehr die Mühe, sich anzuziehen oder die Haare zu kämmen. Von morgens bis abends saß sie in einem alten Morgenrock in ihrem Sessel auf der Veranda und wartete auf Bos Rückkehr, die Hände auf den Knien wie zwei nutzlose Fremdkörper.

Wenn mein Vater endlich aus der Kneipe kam, lief er

den steilen Weg im Zickzack hinauf. Er torkelte bis zum letzten Feigenbaum an der Kante des Felsvorsprungs, pinkelte in den Abgrund und lachte dabei vor sich hin. Meine Mutter wurde jedes Mal fuchsteufelswild.

»Du fängst wieder damit an, Bo! Du fängst wieder genauso an wie damals im *Biber* mit Ness und Malakie!«, schimpfte sie. »Weißt du nicht mehr, was das für Folgen hatte?«

Sie fuchtelte mit den Händen vor seiner Nase herum und mein Vater knallte rasend vor Wut die Tür hinter sich zu, ohne sich darum zu kümmern, dass dabei die ganze Hütte einstürzen könnte.

Wieso löste die Erwähnung dieses geheimnisvollen Bibers eine solche Wut aus? Und wer waren Ness und Malakie? Ich hatte keine Ahnung.

Ich hatte meine Eltern immer nur in tiefer Liebe vereint erlebt, weshalb mir die kleinste Unstimmigkeit wie ein furchtbares Unglück erschien. Was sollte ich von diesen heftigen Wutausbrüchen halten? Etwas ging unweigerlich kaputt in unserem Paradies und ich verstand nicht, was mit uns geschah.

Um den immer häufigeren Streitereien meiner Eltern zu entgehen, begann ich lange Spaziergänge zu machen. Hama hatte nichts dagegen, solange ich die Hunde mitnahm. Sie wusste, dass sie das Wasser nicht mochten, vor allem Ivoire. Außerdem war Charbon inzwischen zu alt für größere Ausflüge, weshalb meine Mutter davon ausging, dass ich in der Nähe bleiben musste, um sie nicht zu überanstrengen.

Anfangs wanderte ich einfach ein bisschen um das Dorf herum oder stieg die Hügel hinauf. Ich fand immer einen Platz, an dem ich vor fremden Blicken geschützt stehen bleiben und den Frachter so lange betrachten konnte, wie es mir gefiel. Mit der Zeit bemerkte ich bestimmte Manöver, die von der Mannschaft stets zu denselben Zeiten ausgeführt wurden: die Wachablösungen, die zum Fischfang auslaufenden Boote, die Wetteraufzeichnungen und vor allem die regelmäßigen Fahrten mit einem Motorboot ans gegenüberliegende Ufer. Ich rechnete nach, dass diese Expeditionen jeden dritten Tag stattfanden.

Von meinem Beobachtungsposten aus sahen die Soldaten alle gleich aus. Trotzdem meinte ich manchmal Vigg zu erkennen. Ich hielt die Hände wie ein Fernrohr vor die Augen und glaubte, ihn vorn im Boot von den anderen unterscheiden zu können.

Mein Herz klopfte dann jedes Mal wie verrückt und ich verspürte den Drang, seinen Namen laut auszusprechen.

»Vigg.«

Im Lauf der Tage zog ich immer engere Kreise um den Hafen und die am Anleger vertäuten Fischkutter und Boote. Unser Kahn schaukelte sanft zwischen den anderen. Als ich schließlich darauf zuging, warf ich verstohlene Blicke zur Kneipe hinüber.

Unser Boot rief glückliche Erinnerungen an tagelange Ausflüge in die umliegenden Buchten in mir wach. Ein bisschen wehmütig dachte ich an den Tag, als Bo mit Pinseln bewaffnet beschlossen hatte es neu anzumalen.

»Meine Goldschätze, ich habe genug von diesem tristen Grau!«, hatte er mit einer heiseren Stimme gerufen, die ganz anders als seine eigene klang.

Damals spielte Bo oft den Clown. Ich liebte das.

»Wir malen es goldgelb und stahlblau an«, hatte er hinzugefügt und seltsam die Hüften geschwungen.

Meine Mutter hatte Tränen in den Augen gehabt, als sie ihn ansah, aber sie hatte trotzdem herzhaft gelacht. Es war ihre Idee gewesen, dem frisch gestrichenen Boot einen Namen zu geben. Die Fischer tauften ihre Boote schließlich auch, warum sollten wir es also nicht tun?

»Hast du einen Vorschlag?«, hatte mein Vater gefragt.

Er reichte ihr einen Pinsel und Hama hatte mit ihren noch etwas steifen Bleihänden die Buchstaben vorne auf den Rumpf gepinselt. *Die Zarin*.

»Was soll das heißen?«, wollte ich wissen.

Aber ich bekam keine Antwort.

Inzwischen war das Goldgelb verblasst und das Stahlblau abgeblättert. Die Zeit der Picknickausflüge in die Buchten war vorbei und mit ihr ein Abschnitt unseres Lebens.

Wenn mein Vater nicht wie festgewachsen am Tresen der Kneipe gesessen hätte, wäre er vielleicht auf die Idee gekommen, *Die Zarin* wieder flottzumachen, aber im Moment kam es mir sehr gelegen, dass er sich nicht um das Boot kümmerte.

Die Ruder lagen quer über den Sitzbänken. Ich betrachtete die Hunde, die Bucht und den Frachter. Vom Hafen aus wirkte er noch größer, noch majestätischer. Wie viele Ruderschläge würde ich brauchen, um ihn zu erreichen? Hundert? Zweihundert?

Ein angenehmes Kribbeln breitete sich in meinem Magen aus. Bisher hatte ich Hama immer gehorcht. Ich hatte weder das Verlangen noch das Bedürfnis gehabt, es nicht zu tun.

An diesem Tag unternahm ich nur einen kleinen Versuch.

Ich ließ die Hunde am Hafen zurück (»Rührt euch nicht vom Fleck, ich bin gleich wieder da!«), stieg ins Boot, machte das Seil los und ruderte bis zur Hafeneinfahrt. Von dort konnte ich die Entfernung zum Frachter besser einschätzen.

Bevor ich umdrehte und *Die Zarin* wieder am Steg festmachte, sah ich einen Moment zum gegenüberliegenden Ufer. Unterhalb der Steilküste befand sich eine Landzunge aus hellem Sand. Dort legten die Motorboote immer an. Ich hatte Hama zwar geschworen mich dem Frachter nicht zu nähern, aber sonst hatte ich ihr nichts versprochen, oder?

Zwei Tage später war ich bereit. Ohne dass meine Eltern etwas merkten, hatte ich ein wenig Proviant und eine Wasserflasche in eine Tasche gepackt sowie ein langes Seil und mehrere Lederriemen aus der Werkstatt geholt, in der mein Vater all seinen Plunder aufbewahrte.

Es war noch früh, als ich mich wie üblich mit den vier Hunden auf den Weg machte. Bo war schon ins Dorf gegangen und Hama, die immer länger im Bett blieb, war noch nicht aufgestanden, als ich den Felsvorsprung verließ.

Ich kehrte dem Meer den Rücken und wandte mich in Richtung Steppe. Das Wetter war mild und angenehm. In der Ferne malten runde Wolken Kreise an den durchsichtigen Himmel.

Ich hatte nicht vor die Steppe zu betreten. Diese wilde Gegend war das Reich von Himmel und Wind und mir hatte die weitläufige Wüste nichts zu bieten (dachte ich). Also bog ich nach rechts ab und schlug mich in ein Gestrüpp aus Wacholderbüschen und weißem Heidekraut.

Ich trieb die Hunde an und zwängte mich, so gut es ging, zwischen den Büschen hindurch.

Ich machte einen langen Umweg, bevor ich den Ort erreichte, den ich gesucht hatte: eine versteckte Schlucht, gesäumt von Olivenbäumen mit kräftigen Stämmen, an denen ich mein Seil festbinden konnte.

Ich entrollte das Seil und machte mehrere Knoten hinein. Dann legte ich Charbon, Safran, Ivoire und Cachou jeweils einen Lederriemen um den Hals.

»Ich weiß, ihr seid es gewohnt, frei herumzulaufen, aber es ist ja nur für ein paar Stunden«, sagte ich.

Um sie zu trösten, zeigte ich ihnen das Seil. Es war lang genug, damit sie hin und her laufen konnten, und ich versprach ihnen sie sofort nach meinem heimlichen Ausflug wieder loszubinden.

Bevor ich die Schlucht verließ, gab ich ihnen etwas von dem Proviant aus meiner Tasche. Ivoire stieß ein klagendes Kläffen aus. Ich musste mir die Ohren zuhalten, um nicht umzukehren.

Am Hafen versteckte ich mich hinter der Trafostation und wartete, bis der Weg bis zum Anleger frei war.

Auf der Terrasse der Kneipe saßen die Fischer und ich erkannte die breiten Schultern meines Vaters. Er stand etwas abseits unter dem Vordach und starrte wie hypnotisiert zum Frachter.

Als ich ganz sicher war, dass mich niemand beobachtete, rannte ich zur *Zarin*. Ich warf meine Tasche ins Boot, löste das Seil und sprang auf die Sitzbank. »Jetzt bist du dran, Kapitän Tsell!«, murmelte ich.

Mit einigen Ruderschlägen entfernte ich mich vom Anleger, fuhr am Deich entlang und verließ den Hafen. Auf direktem Weg wäre die Strecke kürzer, aber auch viel riskanter gewesen. Ich beschloss von einer Bucht zur nächsten zu rudern.

Als ich den weißen Strand, den ich während meiner ausführlichen Beobachtungen entdeckt hatte, endlich erreichte, waren meine Hände voller Blasen. In Wirklichkeit war es eine glatte, felsige Landzunge, an der sich kleine Wellen brachen.

Ich krempelte meine Hose bis zu den Knien hoch, zog das Boot aus dem Wasser und vertäute es an einem im Schlick steckenden Baumstumpf.

Ich war an der Küste entlanggefahren, ohne ein einziges Mal aufzuschauen. Ich hatte nur daran gedacht, so schnell wie möglich zu rudern. Als ich jetzt endlich den Kopf hob, erblickte ich die bisher verborgene Rückseite des Frachters. Nach Backbord hin, im Schatten, zeichnete sich sein Spiegelbild wie ein riesiger silberner Fleck auf dem Meer ab. Es sah aus wie flüssiges Quecksilber. Ganz oben befanden sich statt der vielen Bullaugen Dutzende Kanonen, deren Mündungen bedrohlich auf die Felsen gerichtet waren.

Ich fühlte mich plötzlich zu klein, zu allein und zu weit weg von zu Hause. Trotz meiner brennenden Handflächen wäre ich am liebsten sofort zurückgerudert.

Als ich den Kahn gerade wieder losmachen wollte, hörte ich das schrille Aufheulen von Motoren. Zwei Beiboote verließen den Frachter und hielten direkt auf mich zu. Vorn im ersten Boot erkannte ich Viggs Gestalt.

Die Leine fiel mir aus den Händen.

Ich wartete reglos und mit klopfendem Herzen.

Die Sonne verschwand hinter dem Frachter und es wurde so kalt an diesem Ende des Strandes, dass ich eine Gänsehaut bekam.

Ich dachte an Hama, die sich dort oben auf dem Felsen vielleicht Sorgen machte, weil ich so lange wegblieb. Ich dachte an die in der Schlucht angebundenen Hunde und an Bo, der heute wieder torkelnd aus der Kneipe zurückkommen würde. Ich dachte an das Geschrei, die Tränen und die Vorwürfe meiner Mutter, an diesen merkwürdigen Biber, der in ihren Streitereien immer wieder vorkam, und an das Gewicht in meiner Brust, das mich keinen Schlaf finden ließ, seit der Frachter vor unserem ›Zuhause‹ vor Anker gegangen war.

Ich dachte daran, dass ich ausgerissen und ungehorsam gewesen war.

Um mir Mut zu machen, sagte ich mir, dass ich Hama nicht wirklich angelogen hatte. Es gab keine Regel, die mir verbot dort zu sein, wo ich gerade war. Und die auf die Felsen gerichteten Kanonenmündungen mussten nicht unbedingt auf eine sich nähernde Gefahr hindeuten … Während die Boote die silbernen Wellen durchschnitten, versuchte ich mir immer noch einzureden, dass nichts, nicht einmal der Krieg oder die Liebe, mein friedliches Universum erschüttern konnten.

Einige Meter von der Böschung entfernt verstummten die Motoren. Die Soldaten in den beiden Booten betrachteten mich misstrauisch. Alle außer Vigg.

»Ich kenne sie«, sagte er. »Das ist ein Mädchen aus dem Dorf.«

»Was macht sie hier?«, fragte einer der Männer.

»Ich habe sie herbestellt«, antwortete Vigg mit bewundernswerter Unverfrorenheit.

Die Soldaten starrten mich argwöhnisch an. Wahrscheinlich bot ich einen ziemlich traurigen Anblick mit meiner bis zu den Knien hochgekrempelten Hose und dem ängstlichen Gesichtsausdruck.

»Befehl des Admirals«, fügte Vigg hinzu und streckte die Brust heraus, so wie es sein Vorgesetzter immer tat.

Dann sah er mich an und lächelte mir verschwörerisch zu.

Sein Lächeln durchfuhr mich wie ein Blitz. Schlimmer, als wenn er aus nächster Nähe auf mich geschossen hätte.

10

SICHTBARES UND UNSICHTBARES

Niemand bemerkte meinen ersten heimlichen Ausflug. Ich schaffte es, vor Sonnenuntergang wieder im Hafen zu sein, vertäute *Die Zarin* unbemerkt zwischen den anderen Booten, rannte zur Schlucht, um die Hunde loszubinden, und kehrte erschöpft und mit brennenden Händen zu unserer Hütte zurück.

Hama saß in ihrem Sessel auf der Veranda, immer noch im Morgenrock. »Hast du deinen Vater gesehen?«, fragte sie mit abwesendem Blick.

»Nein«, antwortete ich.

Sie hob die Hände und streckte sie aus. Sie betrachtete sie so lange, als wollte sie hindurchsehen.

»Man kann die verlorenen Dinge nicht wiederfinden«, murmelte sie. »Und man kann das Irreparable nicht reparieren. Das ist unmöglich.«

Ihre Stimme kam von weit her und ihr Gesicht sah so traurig aus, dass ich am liebsten gleich wieder umgekehrt und davongeflogen wäre, weit weg. Doch in Wirklichkeit war es Hama, die vor einiger Zeit davongeflogen war. Zumindest ihre Seele.

Mit einem mulmigen Gefühl wandte ich mich zur Bucht.

Im letzten Tageslicht zeigte mir der Frachter seine freundliche Seite, die fünfzehn Etagen und siebenundzwanzig Beiboote, die rostige Plattform und die neunhundertachtundvierzig Bullaugen.

»Das Fenster meiner Kabine ist genau unter dem des Admirals«, hatte Vigg mir erklärt, bevor wir uns trennten. »Im vierzehnten Stock, von dir aus gesehen das vorletzte Bullauge auf der linken Seite.«

Ich musste an seinen amüsierten Blick denken, als ich ihm unser Zuhause und das Fenster meines Zimmers gezeigt hatte. Vom anderen Ufer aus war mir unsere Hütte noch schiefer und seltsamer als sonst erschienen. Sie sah fast so aus, als würde sie jeden Moment vom Felsen stürzen. Aber Vigg hatte sie lustig gefunden mit ihrem Schornstein, der wie ein Periskop in die Wolken ragte.

»Ich würde sie gerne einmal von innen sehen«, hatte er gesagt.

Wir hatten beschlossen uns nach Einbruch der Dunkelheit Lichtzeichen von Zimmer zu Zimmer zu schicken.

»Wir können uns aus der Ferne unterhalten«, sagte Vigg begeistert. »Kennst du das Morsealphabet?«

Ich kannte es nicht, aber Vigg hatte versprochen es mir bei unserem nächsten Treffen beizubringen. Dieses Versprechen war wie die Sonne. Es erhellte alles. Ich wollte nicht, dass die Traurigkeit meiner Mutter es zum Verlöschen brachte.

»Die Hunde haben Hunger«, sagte ich und verließ eilig die Veranda.

Ich war ebenfalls hungrig. Trotzdem bekam ich keinen Bissen hinunter.

Sobald es dunkel wurde, schloss ich mich in meinem Zimmer ein. Ich rollte das Kabel der Lampe ab, setzte mich auf die Fensterbank und hielt die Lampe in Richtung Frachter. Aus. An. Wieder aus und irgendwann wieder an.

In der vierzehnten Etage, hinter dem vorletzten Bullauge, antworteten mir Lichtzeichen. Sie waren mal lang, mal kurz und abgehackt. Ich konnte ihre Bedeutung zwar nicht entschlüsseln, aber ich verstand das Wesentliche: Vigg dachte an mich.

Drei Tage später riss ich zum zweiten Mal aus.

Bo und Hama hatten sich am Tag zuvor so heftig gestritten, dass sie nicht in einem Bett geschlafen hatten. Als ich aufstand, fand ich meinen Vater schnarchend im Sessel auf der Veranda vor, eine zur Hälfte geleerte Flasche zwischen den Knien. Er zuckte kaum, als ich sie ihm wegnahm, und murmelte mit schwerer Zunge einige Worte – »Nicht mit Ambossen jonglieren … Du hattest Recht, Malakie … ein Arbeiter wie alle anderen …« Dann schlief er mit einer Träne im Augenwinkel wieder ein.

Genau wie die Wutausbrüche meiner Mutter waren mir die Träume meines Vaters ein Rätsel und ich fühlte mich ausgeschlossen. Wozu sollte es gut sein, weiterhin die brave Tochter zu spielen, wenn sowieso niemand von mir Notiz nahm?

Dieses Mal machte ich mir nicht einmal mehr die Mühe, die Hunde mitzunehmen. Ich stattete ihnen nur einen kurzen Besuch hinten im Garten ab, um sie zu füttern und zu streicheln, bevor ich direkt zum Hafen marschierte, ohne weitere Vorsichtsmaßnahmen zu treffen. Das Einzige, was mir Sorgen machte, war der Zustand meiner Handflächen. Die Blasen waren noch nicht ganz verheilt und ich war mir nicht sicher, ob ich es schaffen würde, zu der felsigen Landzunge zu rudern, um Vigg ein zweites Mal zu treffen.

Die Zarin erschien mir schwerer als sonst, das Wasser dickflüssig und die Überfahrt zum anderen Ufer endlos, doch kaum hatte ich mich etwas weiter oben auf einen Felsen gesetzt, ließen die Soldaten schon die Motoren ihrer Boote an, pünktlich wie immer.

Als ich Vigg vorn im ersten Boot stehen und mir mit beiden Armen zuwinken sah, verschwand meine Müdigkeit augenblicklich.

Während die Soldaten die Motoren ausstellten und die Boote ans Ufer zogen, sprang Vigg mit seinen Stiefeln ins Wasser und watete an den Strand.

»Hallo, Tsell!«, rief er fröhlich.

Aus seinem Mund klang mein Name fremd und schön.

»Hallo, Vigg!«

Außer Atem setzte er sich neben mich. Er zog die Stiefel aus und kippte das hineingeschwappte Wasser aus.

»Sie sind mir zu groß«, sagte er.

»Das ist mir auch schon aufgefallen. In den Stiefeln sehen deine Füße wie Clownsfüße aus.«

»Findest du?« Er klang gekränkt.

»Als ich klein war, hat mein Vater oft den Clown gespielt«, sagte ich, um ihn zu trösten. »Ich habe das geliebt.«

»Dein Vater ist doch dieser Kleiderschrank, der uns neulich oben auf dem Felsen den Weg versperrt hat, oder?«

»Das ist er.«

»Er sah nicht wirklich lustig aus«, bemerkte Vigg.

Ich zuckte mit den Schultern und dachte an das Geschrei und die bitteren Worte, die aus Bos Mund schossen, seit der Frachter aufgetaucht war. Gestern hatte er Hama mit unverständlichen Vorwürfen bombardiert, voller Zahlen, die keinen Sinn ergaben (Zwölf, Zwei, Vier …). Er hatte etwas von einem Feuer gerufen und von einem Ort, an dem er besser für immer geblieben wäre – eine Schmiede, wenn ich das richtig verstanden hatte. Die Zeiten, in denen er gerne den Clown spielte, schienen tatsächlich lange her zu sein.

»Was ist mit deinem Vater?«, fragte ich Vigg, um das Thema zu wechseln. »Ist es Fennimore?«

Meine Frage entlockte Vigg ein aufrichtiges Lachen.

»Der Admiral ist einfach nur der Admiral«, erklärte er. »Er hat mich in seine Dienste genommen und die Arbeit gefällt mir besser als die eines Mechanikers. Adjutant zu sein ist weniger anstrengend.«

Er breitete die Arme aus und reckte sich wie eine Katze.

»Ich habe keinen Vater«, fügte er hinzu. »Genauso wenig wie eine Mutter. Und das ist auch gut so. Ich bin so frei wie der Wind.«

Ich betrachtete meinen neuen Freund mit einer Mischung aus Überraschung und Bewunderung. Er war nur ein Jahr älter als ich, aber er schien das Leben besser zu kennen als die Erwachsenen, die mich umgaben.

»Hast du den Krieg gesehen?«, fragte ich.

»Natürlich. Und auch viele Tote. Du nicht?«

»Nein«, sagte ich. »Ich habe noch nie einen Leichnam gesehen.«

Das stimmte. Auf der Halbinsel war das Leben so heiter und ruhig, dass selbst die alten Fischer unsterblich zu sein schienen. Dieses Mal war es Vigg, der mich überrascht ansah.

»Willst du mal einen Toten sehen?«, fragte er mich mit ernster Miene.

Während ich noch nach einer Antwort suchte, beendeten die Soldaten unsere Unterhaltung, indem sie Vigg an seine Aufgaben erinnerten. Er war schließlich nicht zum Vergnügen hier.

»Die Pflicht ruft«, sagte er und zog seine Clownsstiefel wieder an. »Tut mir leid, aber du kannst nicht mitkommen. Geheimoperation. Befehl vom Admiral.«

Wir erhoben uns gleichzeitig vom Felsen. Hinter uns zogen die Soldaten mit Hilfe von kleinen Fahrzeugen auf Panzerketten schwere Ausrüstung durch den Schlick. Vor drei Tagen hatten sie dasselbe getan, bevor sie sich in die Büsche am Fuß der Felswand geschlagen hatten.

»Wo geht es dort hin?«, fragte ich und zeigte zu dem unsichtbaren Weg.

Vigg legte einen Finger an die Lippen. Mit glänzenden Augen beugte er sich zu mir.

»Willst du das wirklich wissen?«

Ich nickte.

»Wenn du morgen Abend herkommst, zeige ich es dir«, sagte Vigg. »Willst du?«

»Morgen Abend?«, fragte ich ein wenig ängstlich.

»Es muss dunkel sein«, flüsterte Vigg. »Sonst werden wir vielleicht geschnappt. Schaffst du das?«

Mein Magen schnürte sich zusammen und ein Schaudern erfasste mich von Kopf bis Fuß.

»Natürlich«, antwortete ich kühn. »Ich bin auch so frei wie der Wind.«

»Sehr gut.« Vigg lächelte mir zu. »Dann bis morgen!«

Er wollte gehen, aber plötzlich überlegte er es sich anders und kam noch einmal zurück. Aus der Innentasche seiner Uniformjacke zog er ein etwas zerknittertes Blatt Papier.

»Das hätte ich fast vergessen«, sagte er. »Das Morsealphabet!«

Ich nahm das Blatt und faltete es auseinander. In spitzer Schrift hatte Vigg die Zeichen und ihre Bedeutung aufgeschrieben: ein Alphabet aus Strichen und Punkten, denen Buchstaben und Zahlen entsprachen.

»Danke«, sagte ich.

Als ich den Kopf hob, war Vigg bereits hinter den anderen Soldaten im Gebüsch verschwunden.

Auf dem Rückweg hatten meine Arme fast keine Kraft mehr zum Rudern. Auf halber Strecke machte ich eine Pause und ließ *Die Zarin* eine Weile in den Wellen treiben.

Ich streckte mich auf der Sitzbank aus und legte mich quer ins Boot, den Kopf nach hinten und den Blick gen Himmel. Alles war so blau und klar, dass ich mir nur schwer vorstellen konnte, wie der Himmel anderswo eine andere Farbe haben konnte. Von Stürmen, Gewittern und Toten hatte ich bisher nur in Büchern gelesen. Ich hatte noch nie etwas Gefährliches erlebt. Vigg schon. Und er würde mir zeigen, was sich hinter den Büschen verbarg …

Natürlich hatte ich Angst, aber ich wollte nicht an die Hindernisse denken. Die Aussicht, meinen neuen Freund schon morgen wiederzusehen, gab mir die Kraft zum Weiterrudern.

Zum ersten Mal in meinem Leben hatte ich Geheimnisse. Es war herrlich.

In dieser Nacht bekam ich Bauchschmerzen. Es fühlte sich an, als würden unsichtbare Zangen in meinem Inneren auf- und zugehen. An Schlaf war nicht zu denken.

Ich machte die Lampe an, faltete das Blatt von Vigg auseinander und versuchte das Morsealphabet auswendig zu lernen. Striche, Punkte, Striche, Punkte. Die Zeichen tanzten vor meinen Augen und schließlich gab ich es auf.

Durch die wackeligen Wände hörte ich Bo und Hama wieder einmal streiten.

Ihr Geschrei drang bis in mein Zimmer, und selbst wenn ich den Kopf unter das Kissen steckte, konnte ich sie noch hören.

»Was willst du denn noch?«, schimpfte Hama. »Dies ist unser Zuhause. Es fehlt uns an nichts!«

»Doch«, antwortete mein Vater. »Mir fehlt frische Luft!«

Er redete von Langeweile, einem erloschenen Feuer, einer Arbeit, einer Rolle, die er spielen wollte – ich verstand nicht, welche –, während meine Mutter etwas von einem Versprechen rief. Sie sprach von Verrat, Feigheit, vom Verlassenwerden und (seltsamerweise) von einer Feder.

Wie jede Nacht knallten Türen und die Hütte erbebte in ihren Grundfesten.

Wie sollte ich verstehen, was meine Eltern so heftig entzweite? Ich kannte die dunkle Seite der Liebe nicht (wer kennt sie schon?), aber offensichtlich gehörte das Wort ›Krieg‹ nun endgültig zu meinem Wortschatz.

Ich schlief im Morgengrauen ein, von einer Sekunde auf die andere, als würde ich das Bewusstsein verlieren.

Am nächsten Tag saß ich auf dem Ast meines Feigenbaum-Pferdes und wartete mit einer Mischung aus Ungeduld und Angst auf den Sonnenuntergang. Mein Bauch tat immer noch weh, und jedes Mal, wenn ich mir vorstellte, wie ich im Dunkeln allein an Bord der *Zarin* saß, erstarrten meine Muskeln. Meine Hände, Arme und Beine wurden steif und so hart wie Metall.

›Ein Körper aus Blei‹, dachte ich plötzlich. ›Wie die Hände meiner Mutter.‹

Plötzlich durchzuckte mich die Erkenntnis, dass ich gar nicht wusste, woher Hamas Prothesen kamen. Sie waren schon immer da gewesen, als Verlängerung ihrer Handgelenke. So geschickt und vertraut, dass mir ihre Fremdartigkeit nicht weiter auffiel.

Auf diesen Gedanken folgte ein anderer: Ich wusste nichts über das Leben, das Bo und Hama vor meiner Geburt geführt hatten. Ich wusste nichts von ihrer Kindheit und Jugend, auch nicht, wie sie sich kennengelernt hatten. Ich kannte nicht einmal die Namen ihrer Eltern, die niemals erwähnt wurden. Wie hatte ich zwölf Jahre lang keinerlei Fragen stellen können?

Von meinem Ast aus begann ich meine Mutter unauffällig zu beobachten.

Trotz des heftigen nächtlichen Streits wirkte sie nicht so traurig und müde wie sonst. Ausnahmsweise trug sie nicht ihren alten Morgenrock, sondern ein hübsches Kleid aus leichtem, geblümtem Stoff, das mich an unsere Picknickausflüge in die kleinen Buchten erinnerte.

Statt den ganzen Tag auf der Veranda zu sitzen, machte sie sich mit einer erstaunlichen Betriebsamkeit überall in der Hütte zu schaffen. Sie verrückte Möbel, Teppiche und andere Dinge. Als würde sie eine Überraschung vorbereiten, ein Fest oder etwas in der Art.

Hin und wieder tauchte sie im Garten auf und marschierte leise vor sich hin murmelnd direkt in die Werkstatt meines Vaters.

In meinem Bauch nahmen die Zangen ihre unangenehme Arbeit wieder auf und der Schmerz durchzuckte mich so heftig, dass es mir den Atem raubte. Ich kletterte schnell vom Baum, um nicht herunterzufallen, und legte mich auf dem Rücken ins Gras.

Hoch oben über unserem Felsen hingen träge Schönwetterwolken in der reglosen Luft. Ich betrachtete sie, bis der Schmerz allmählich nachließ.

Hama war so mit ihren seltsamen Vorbereitungen beschäftigt, dass sie meine drohende Ohnmacht gar nicht bemerkt hatte.

Trotz allem fühlte ich mich eine Stunde später in Hochform. Meine Kräfte waren zurückgekehrt, mein Kopf war klar und ich hatte keine Angst mehr. Ich war wieder Tsell, die Unverwundbare.

Hama hatte sich in der Küche verbarrikadiert und ich nutzte die Gelegenheit, um mich in Bos Werkstatt zu schleichen. Dort stibitzte ich ein altes Paar Handschuhe, das an einem Nagel verstaubte, weil Bo es nie benutzte.

Die Handschuhe waren zu groß für meine Hände, aber das Leder war dick und robust. ›Damit könnte ich die ganze Nacht rudern‹, dachte ich in Hinblick auf die bevorstehende Überfahrt. ›Du bist dran, Kapitän Tsell!‹

Dann machte ich mich, ohne zu zögern, auf den Weg.

Als ich den Hafen erreichte, sammelten sich die Vogelschwärme oben auf den Klippen und die goldene Abendsonne hüllte die Bucht in mildes Licht. Ich war ruhig, selbstsicher und beinahe glücklich.

Ich versteckte mich hinter der Trafostation und wartete, bis in den Bullaugen des Frachters nacheinander das Licht anging. Viggs Fenster in der vierzehnten Etage blieb dunkel.

Plötzlich hörte ich Geschrei von der Kneipe her. Von weitem erkannte ich einander anrempelnde Gestalten und unter ihnen, unverkennbar, Bo. Ich hatte das unangenehme Gefühl, dass er sich mitten in einer Schlägerei befand (eine Schlägerei auf unserer Halbinsel!), aber ich wollte mir deswegen keine Sorgen machen. Die Prügelei bot genau die Ablenkung, auf die ich gewartet hatte. Ich zog die Handschuhe über und rannte zum Anleger, um *Die Zarin* loszumachen.

Zusammen mit einer schmalen Mondsichel erhob sich ein lauwarmer, geisterhafter Nebel über dem Wasser des Hafenbeckens. Er hüllte mich und das Boot ein und erstickte die aus der Kneipe dringenden Schreie. Bevor ich den Deich hinter mir ließ, lösten sich die Bootsmasten, die Dächer der Häuser und die Umrisse der Halbinsel vor meinen Augen auf. Dann sah ich nichts mehr.

Ich war allein mitten auf dem Meer.

Geschützt durch die nächtliche Dunkelheit ruderte ich direkt auf den Frachter zu. Die Bullaugen leuchteten durch die Nebelschwaden und bildeten seltsame Muster. Je näher ich ihnen kam, desto mehr fühlte ich mich, als würde ich nicht auf dem Wasser, sondern durch Zeit und Raum treiben.

Wie magnetisch von einer unbezwingbaren Kraft angezogen entglitt *Die Zarin* meiner Kontrolle und ich fürchtete, sie würde an der Seite des Frachters zerschellen. Ich brauchte all meine Kräfte, um den riesigen Bug zu umschiffen und den Einflussbereich dieses Ungetüms endlich zu verlassen. Als ich die andere Seite des Schiffes erreicht hatte, sah ich etwas am gegenüberliegenden Ufer aufleuchten. Den Schein einer Taschenlampe, die abwechselnd lange und kurze Zeichen aussandte.

Ich lächelte erleichtert. Vigg wartete schon auf mich.

Der Rumpf meines Bootes schrappte über den Felsen und Vigg bekam wieder nasse Füße, als er *Die Zarin* zum Stumpf des toten Baumes zog.

»Es war mutig von dir zu kommen, Tsell«, flüsterte er.

»Halb so wild. Ich bin daran gewöhnt«, log ich.

Ich sprang an Land und erkannte nichts rund um mich herum. Weder die Umrisse noch die Geräusche oder die Gerüche. In Wirklichkeit war mir das nächtliche Leben der Halbinsel völlig unbekannt, und wenn ich allein gewesen wäre, hätte ich mich verloren gefühlt.

Als Vigg meine Hand nahm, traf er auf das dicke Leder der Handschuhe.

»Ich habe sie von meinem Vater ausgeliehen«, erklärte ich und streifte sie ab.

»In ihnen hast du Clownshände«, witzelte Vigg.

Er strahlte die Handschuhe mit dem Lichtkegel seiner Taschenlampe an.

»Ist dein Vater Schmied?«, fragte er.

Seine Frage verunsicherte mich. Während eines Streits hatte Bo tatsächlich von einer Schmiede gesprochen. Aber ich hielt mich lieber an meinen Gewissheiten fest: Mein Vater war Fischer, Gärtner und Heimwerker. Er konnte viele Dinge herstellen und Boote wieder flottmachen, aber ich hatte ihn nie irgendetwas schmieden sehen.

»Diese Handschuhe sind aber benutzt worden. Sieh mal, hier sind Brandspuren.«

Vigg zeigte auf lange, dunkle Striemen, die sich über das Leder zogen. Er kannte solche Striemen, denn er hatte selbst mehrere Jahre in einer Gemeinschaft von Schmieden gelebt. Deshalb war er sich hundertprozentig sicher.

»Und hier!«, fügte er hinzu und hielt seine Taschenlampe noch näher heran.

Ich bemerkte winzige funkelnde Staubkörner, die sich im Leder des Handschuhs festgesetzt hatten.

»Sieht aus wie Goldstaub«, murmelte Vigg.

Er warf mir einen bewundernden Blick zu.

»Dein Vater kennt die Geheimnisse der Schmiedekunst?«

»Jedenfalls sind ihm die Geheimnisse von Besen und Staubtuch nicht bekannt.« Ich musste lachen. »Wenn du seine Werkstatt sehen würdest, wüsstest du sofort, woher dieser Staub kommt.«

Aber Vigg schüttelte stur den Kopf. Er war sich seiner Sache sicher.

»Glaub mir, das ist etwas anderes. Etwas Magisches.«

Er sprach diese Worte mit so großer Ernsthaftigkeit aus, dass ich aufhörte zu lachen.

»Glaubst du wirklich, es gibt echte Magie?«, fragte ich ehrlich erstaunt.

»Es gibt alles«, sagte er. »Man muss nur hinter die Oberfläche der Dinge blicken.«

Plötzlich richtete er seine Taschenlampe auf die Büsche. Sie waren in denselben warmen Nebel gehüllt, der mich seit dem Hafen begleitete.

»Bist du bereit für das, was sich auf der anderen Seite befindet?«

Als Antwort legte ich meine Hand in seine.

»Gut«, sagte er. »Komm mit.«

Vigg machte drei Schritte, schob die Zweige der Büsche auseinander und zog mich in Richtung des Unsichtbaren.

Hinter den Büschen befand sich der Eingang zu einer engen Schlucht, die die Felswand in zwei Teile spaltete. Als wir hindurchgingen, schienen die Wände zurückzuweichen und einen gewundenen Gang freizugeben. Weit oben über unseren Köpfen konnte man ein schmales Stück Himmel zwischen den Klippen sehen, an dem die Sterne leuchteten.

»Früher floss hier ein Fluss entlang«, sagte Vigg. »Etwas weiter vorne habe ich Muschelfossilien gefunden.«

Der Strahl seiner Taschenlampe erleuchtete den unebenen Boden vor uns. Die Ketten der Militärfahrzeuge hatten schlammige Abdrücke hinterlassen und ich knickte mehrmals in den Löchern um.

»Geht's?«, fragte Vigg.

»Solange du bei mir bist, geht es.«

»Ich bin da«, sagte er und drückte meine Hand noch etwas fester.

Wir mussten ziemlich lange laufen. Manchmal schlängelte sich der Weg durch die dunkle Schlucht bergauf, manchmal bergab, aber ich hatte keine Angst.

Plötzlich spürte ich einen kalten, unangenehmen Lufthauch auf meinem Gesicht und Vigg blieb stehen.

Er leuchtete mit der Taschenlampe nach rechts und ich erblickte eine etwas tiefere Einbuchtung, wie eine Art Alkoven. Ganz hinten, unter wasserdichten Planen, hatten die Soldaten jede Menge Material gelagert.

»Ab jetzt muss alles, was du siehst, streng geheim bleiben«, warnte mich Vigg. »Niemand darf wissen, dass du hier warst, in Ordnung?«

»In Ordnung.«

Er ging zu den Planen hinüber und hob eine an. Im Schein der Lampe schimmerten lange, schmale Gegenstände aus Metall und ich entdeckte kistenweise Munition.

»Mit dem Zeug, was hier lagert, könnte man eine ganze Armee auslöschen«, sagte Vigg ohne besondere Gefühlsregung. »Aber das ist es nicht, was ich dir zeigen will. Komm mit.«

Er ließ die Plane los und zog mich weiter, in die Richtung, aus der der Luftzug kam.

»Traust du dir zu in absoluter Dunkelheit zu laufen?«, fragte er.

Ich nickte und er knipste die Taschenlampe aus.

»Geh langsam und heb die Füße an. Wir sind fast da.«

Der Luftzug kam von draußen. Er wehte in Böen in die Schlucht, brachte einen unbekannten Geruch mit sich und wirbelte lästigen Staub auf, der in Augen, Nase und Mund drang. Ich hielt mir die freie Hand vors Gesicht, während ich mich mit der anderen Hand an Vigg klammerte, immer weiter ging und hoffte nirgendwo gegenzustoßen und in keine Felsspalte zu fallen.

Plötzlich ließ der Luftzug nach.

»Wir sind da«, sagte Vigg.

Bevor ich irgendetwas sehen konnte, legte er die Hände über meine Augen.

»Warte«, murmelte er.

Ich spürte seinen Atem in meinem Nacken, warm und schnell.

»Noch können wir umdrehen, Tsell. Du musst nicht …«

»Nimm die Hände weg«, sagte ich.

Langsam zog er die Hände von meinem Gesicht und ich öffnete endlich die Augen.

Wir waren am Ende der Schlucht angelangt, auf der anderen Seite der Felswand, auf der anderen Seite der steinernen Barriere, die unsere Halbinsel schützte. Wir standen auf einem Plateau, das uns einen freien Blick auf die unendliche Weite bot. Zum ersten Mal erblickte ich den Rest der Welt, der gleich hier zu meinen Füßen begann.

Überall in der nächtlichen Landschaft, die sich bis zum etwas helleren Horizont erstreckte, brannte es. Die vielen Feuer verströmten diesen unbekannten Geruch, der im Hals kratzte und uns den Atem raubte.

»Wonach riecht es hier?«, fragte ich.

»Nach Krieg«, antwortete Vigg schlicht.

Im Schein der Flammen konnte man die Ruinen erahnen. So weit das Auge reichte, reihten sich Trümmer verkohlter Häuser, ausgeweidete Gebäude, Überreste von Brücken und Fahrzeugen und undefinierbare Haufen aneinander, von denen bleiche Rauchsäulen aufstiegen. In der stinkenden Luft voller Asche bewegte sich nichts, abgesehen von den Flammen.

»Von hier aus kann man die Toten nicht sehen«, sagte

Vigg. »Aber sie sind dort draußen, in der Dunkelheit, überall um uns herum.«

Lange stand ich reglos da und konnte den Blick nicht von den formlosen Gegenständen abwenden, die von den Flammen verzehrt wurden. Ab und zu zuckte ein Blitz geräuschlos durch die Nacht und sein Einschlag verursachte ein fernes Beben. Hier und dort loderten neue Feuer auf, als würde eine unsichtbare Macht mit Streichhölzern spielen. Für mich, die ich noch nie etwas anderes gesehen hatte als die friedliche und sanfte Landschaft unseres Binnenmeers, war dieser Anblick beängstigend und faszinierend zugleich.

»Der Admiral sagt, wir seien bereit unsere letzte Grenze zu verteidigen«, erklärte Vigg.

»Unsere letzte Grenze?«

»Die letzte Grenze vor der Steppe«, stellte Vigg klar. »Danach gibt es nichts mehr zu verteidigen.«

Ich beugte mich über den Rand des Plateaus, wo die Felswand steil abfiel. Unten schwelte die Glut zwischen den Büschen und mir wurde klar, dass sich der Krieg wie eine brennende Flüssigkeit bis zum Fuß unserer Felsen ausgebreitet hatte. Er war hier, direkt vor der Tür zu unserem Paradies.

»Wer sind unsere Feinde?«, fragte ich Vigg.

»Ich weiß es nicht, Tsell. Niemand weiß das.«

»Nicht einmal der Admiral?«

»Der Admiral gehorcht nur den Befehlen, er hinterfragt sie nicht.«

»Willst du damit sagen, wir führen einen Krieg, ohne zu wissen, warum?«

»Nein«, sagte Vigg. »Wir verteidigen uns gegen all dies.«

»Gegen all dies?«

»Gegen das Feuer.« Er öffnete die Arme, als wollte er die Nacht umfassen. »Die Zerstörung, die Vernichtung!«

Ich folgte seiner Bewegung und ließ meinen Blick über die Brände schweifen. Die Gefahr schien gleichzeitig nah und fern zu sein. Ich konnte mir einfach nicht vorstellen, dass sie eines Tages die Felsen überwinden und unser Paradies erreichen könnte.

»Die Kanonen auf dem Frachter sind bereit jederzeit die Ebene zu bombardieren«, fuhr Vigg fort. »Auf diesem Plateau wird dann die Artillerie postiert. Alles ist geplant, aber wenn du mich fragst, wird es nichts nützen.«

»Du meinst …«

Angst überkam mich und ich schaffte es nicht, den Satz zu beenden.

»Ich hätte dich nicht herbringen sollen«, sagte Vigg bedauernd.

Plötzlich wollte er gehen und griff wieder nach meiner Hand. Sie war kochend heiß.

Er fragte, ob ich laufen könne, und ich sagte Ja. Aber als er mich nach hinten zog, um durch die Schlucht zurückzugehen, merkte ich, dass meine Knie ganz weich waren. Die Bauchschmerzen kehrten zurück, mir war schlecht, alles tat weh. Ich fühlte mich, als wäre ich verprügelt worden.

Vigg trug mich halb zum Versteck der Soldaten. Dort blieb er keuchend stehen und ließ mich zu Boden gleiten. Ich klapperte mit den Zähnen. Mir war gleichzeitig heiß und kalt und ich fühlte mich völlig kraftlos.

Vigg legte seine Taschenlampe neben mich, wühlte in seiner Tasche und reichte mir eine Wasserflasche.

»Ich glaube, du hast Fieber. Du solltest …«

Er hielt mitten in der Bewegung inne und verstummte. Mit vor Überraschung weit aufgerissenen Augen starrte er auf einen Punkt irgendwo hinter mir.

Ich glaubte, jemand hätte uns entdeckt, und wandte mühsam den Kopf. In diesem Moment verstand ich, warum Vigg nicht weitergesprochen hatte. Im Schein der Taschenlampe zeichnete sich klar und deutlich ein Schatten hinter mir an der Felswand ab. Eigentlich hätte es mein Schatten sein müssen, aber es waren nicht die Umrisse eines Menschen.

»Ein Tier«, murmelte Vigg. »Könnte ein Wolf sein … ein Wolf mit den Beinen eines Pumas. Ein Puma-Wolf …«

Mir blieb keine Zeit, um zu verstehen, was mit mir geschah. In meinen Ohren summte es, mein Blick trübte sich und ich stürzte ins Leere.

Während ich fiel, hatte ich einen Traum.

Ich stand allein am Waldrand und vor mir begann ein Weg.

Die gewölbten Zweige bildeten einen Tunnel, dessen Ende nicht zu sehen war. Hinter mir hatte der Wind eine unsichtbare Mauer errichtet, die es unmöglich machte umzukehren. Ich kämpfte, um das Gleichgewicht zu halten, voller Angst bei dem Gedanken, dieses grüne Dickicht zu betreten, aber der Wind blies so stark, dass ich keine andere Wahl hatte.

Plötzlich saugte mich der Tunnel ein.

Ich wurde fortgetragen, als wäre ich nicht schwerer als ein Insekt, die Windböen bliesen mich nach Lust und Laune hin und her und ich streifte die Zweige. Während ich flog, begannen meine Haare in großen Büscheln auszufallen. Dann verlor ich, stumm vor Entsetzen, meine Zähne, Füße und Hände.

Als sich der Wind legte, fiel mein Körper schwer zu Boden und rollte gegen einen Baumstamm.

Unter dem Stamm befand sich ein Gang in der Erde. Er war groß genug, um Kopf, Schultern und Arme hineinzustecken. Ich wand mich wie ein Wurm und glitt nach und nach ganz hinein.

Während ich durch die Dunkelheit des unterirdischen Ganges kroch, hörte ich eine Frauenstimme tief aus dem Inneren der Erde emporsteigen. Eine verführerische Stimme, die immer wieder meinen Namen rief: *Tsell, Tsell*.

Wer war diese Frau? Und warum rief sie nach mir?

Mit einem Ruck tauchte ich aus meinem Traum auf, nach Luft schnappend, wie aus einem See.

Ich atmete tief ein, musste husten und öffnete die Augen. Vigg beugte sich mit bleichem Gesicht über mich.

»Ich dachte, du stirbst«, sagte er.

Ich wartete, bis sich mein Herzschlag beruhigt hatte und ich wieder einigermaßen klar denken konnte.

»Ich hatte einen schrecklichen Traum«, erzählte ich. »Ich bin durch einen Wald geflogen und …«

»Und du hast deine Haare, Zähne und Hände verloren«, beendete Vigg meinen Satz.

Verblüfft stützte ich mich auf einen Ellbogen.

»Woher weißt du das?«

Er zeigte auf die Felswand hinter mir.

»Das war kein Traum. Ich habe alles auf dem Felsen gesehen. Erst den Schatten des Puma-Wolfs, dann einen großen Wald und deinen eigenen Schatten, der zwischen den Bäumen hindurchgeflogen ist. Es war wie ein Theaterstück, Tsell.«

In seinem Blick lag grenzenloses Erstaunen.

»Wie machst du das?«

Ich hatte nicht die geringste Ahnung.

Genau genommen hatte ich gar nichts gemacht. Der Schatten war ohne mein Zutun aufgetaucht, der Traum hatte sich ganz von selbst abgespielt und ich wusste nicht, durch welche Art von Magie er auf die Felswand projiziert worden war … Das Einzige, was ich mit Sicherheit wusste, war, dass mein Schatten jetzt wieder seine menschliche Form angenommen hatte. Mein Schwächeanfall war vorüber.

Ich hielt Vigg die Hand hin und er half mir hoch. Als ich neben ihm stand, fühlte ich mich stark und bereit weiterzugehen. Ich lächelte ihm zu.

»Siehst du, ich bin nicht tot!«

Viggs Gesicht hatte wieder etwas Farbe bekommen. Er lächelte zurück.

»Nein, du bist überhaupt nicht tot«, sagte er fröhlich. »Im Gegenteil! Du siehst sogar noch lebendiger aus. Genau genommen bist du …«

Er suchte nach den richtigen Worten, ohne seinen Blick von meinem zu lösen.

»Du bist sogar noch schöner als vorher«, stieß er schließlich hervor.

Es war das erste Mal, dass mir ein Junge solch ein Kompliment machte. Mein Herz schoss aus meiner Brust, vollführte einen doppelten Salto und ich fürchtete fast, es würde vor meinen Füßen am Boden zerschellen.

Da mir keine bessere Antwort einfiel, sagte ich: »Du bist auch schön, Vigg.«

Er begann zu lachen und sein Lachen flog davon. Es stieg zwischen den Felswänden zum Himmel empor, bevor es wie eine Seifenblase hoch oben in der Luft zerplatzte. Ich hob den Kopf. Über uns, zwischen den gezackten Felsspitzen, verblassten die Sterne. Wir hatten die Nacht miteinander verbracht, ohne es zu merken. Unsere erste Nacht.

»Wir sollten jetzt wirklich zurück«, sagte ich und dachte an die Überfahrt und daran, welche Katastrophe mich wohl zu Hause erwarten würde.

»Du hast Recht.« Vigg hängte sich seine Tasche um.

Er griff nach meiner Hand. Doch bevor wir losgingen, zog er mich an sich.

»Glaubst du jetzt an Magie?«, fragte er.

Ich spürte sein Herz an meiner Brust schlagen. In diesem Augenblick hätte ich alles geglaubt.

»Als ich dich zum ersten Mal gesehen habe, hat dein Lächeln mich direkt ins Herz getroffen«, murmelte er. »Schlimmer, als wenn du aus nächster Nähe auf mich geschossen hättest.«

Er nahm mich in die Arme und legte ganz selbstverständlich seine Lippen auf meine.

Es fühlte sich sanft und leicht an, als würde einen der Wind liebkosen.

Leuchtend wie der Sonnenaufgang über dem Meer.

Als ich an diesem Morgen in den Hafen zurückkehrte, war ich nicht mehr dieselbe.

Ich hatte das Feuer des Krieges und den Schatten des Puma-Wolfs gesehen, ich hatte die Stimme in meinem Traum gehört und ich war verliebt. All dies veränderte die Welt um mich herum für immer.

Doch als ich die Handschuhe meines Vaters auszog, um *Die Zarin* am Anleger festzumachen, wusste ich noch nicht, in welchem Maße.

11

VERLUST UND GEWINN

Zu meiner Überraschung fand ich die Hunde nicht hinten im Garten vor. Sie lagen alle vier auf der Veranda und warteten auf mich. Als sie mich kommen hörten, stellten sie die Ohren auf, sprangen kläffend auf mich zu und begrüßten mich freudig. Besonders Ivoire, die immer am anhänglichsten gewesen war.

Ich streichelte die Hunde und blieb einen Moment im Gras sitzen, um mit ihnen zu spielen. Die Sonne ging über der Halbinsel auf und ergoss ihr sanftes Licht über die Feigenbäume, die weißen Fassaden der Fischerhäuser und die windschiefen Mauern unserer Hütte.

Am liebsten wäre ich einfach in diesem Licht sitzen geblieben, mit klopfendem Herzen, Viggs Lippen immer noch auf meinen spürend. Ich wollte springen, tanzen, rennen und verspürte wenig Lust, unsere Hütte zu betreten, als wäre sie nicht mehr wirklich mein ›Zuhause‹.

Der Sessel auf der Veranda war leer. Ausnahmsweise schienen weder Bo noch Hama darin geschlafen zu haben. Vielleicht hatten sie sich ja versöhnt?

»Habt ihr Hunger?«, fragte ich die Hunde.

Ich stand auf und ging zum Haus, dicht gefolgt von Charbon.

Drinnen herrschte ein furchtbares Durcheinander. Die Möbel waren verrückt, Stühle umgeworfen und Teppiche auf links gedreht worden. Überall lagen Werkzeuge meines Vaters herum und die Bücher, mit denen ich lesen gelernt hatte, lagen am Fuß des Bücherregals.

Ich warf den Hunden einen ärgerlichen Blick zu, obwohl ich nicht wirklich an ihre Schuld glaubte.

»Wart ihr das?«

Während ich die Stühle wieder hinstellte, fiel mir ein, wie ungewöhnlich sich meine Mutter am Vortag verhalten hatte, und die Sorge schnürte mir die Kehle zusammen. Was war nur geschehen, dass sie das Haus so auf den Kopf gestellt hatte?

In der Küche sah es noch schlimmer aus. Die Zuckervorräte, Mehlsäcke, eingemachtes Gemüse, Marmeladengläser und fünf oder sechs Flaschen mit abgeschlagenen Hälsen waren auf dem Boden verstreut. Die Hunde waren überall durchgelaufen, hatten an allem geleckt und die Lebensmittel noch mehr verteilt. Die Abdrücke ihrer Pfoten führten kreuz und quer durch die Küche. Aber vor allem lag ein seltsamer Geruch in der Luft, metallisch und ekelerregend, doch ich konnte nicht ausmachen, woher er kam.

Ich erinnerte mich an die flüchtige Szene, die ich am Hafen zu sehen geglaubt hatte: mein Vater mitten in einer Kneipen-Schlägerei. War er anschließend völlig betrunken nach Hause getorkelt? Hatte er sich auch … mit Hama geschlagen?

Verstört machte ich mich daran, das Durcheinander aufzuräumen, unter den fragenden Blicken der Hunde, die ganz offensichtlich keinen Hunger mehr hatten.

»Ihr habt ein ganz schönes Chaos angerichtet«, sagte ich. »Glaubt bloß nicht, dass ich euch dafür auch noch lobe!«

Es beruhigte mich, mit den Hunden zu schimpfen und so zu tun, als seien sie für das Schlamassel verantwortlich. Aber die Illusion hielt nicht lange an. Zwischen den Glassplittern und den verstreuten Lebensmitteln entdeckte ich einen schmutzigen Zettel. Er war zerrissen, aber ich erkannte Bos Schrift. Es war der Anfang eines Briefes, der mit folgenden Worten begann: ›Mein trauriger Liebling, ich …‹

Eine schreckliche Vorahnung raubte mir den Atem und ich hatte nicht den Mut weiterzulesen. Also beschloss ich, erst nach den fehlenden Teilen zu suchen.

Tastend machte ich mich an die Arbeit.

Ich hob die Scherben auf, stellte die Mehlsäcke wieder hin, warf die Flaschen weg und sammelte schließlich die restlichen Teile des Briefes ein. Nachdem der Tisch leer geräumt war, breitete ich die Papierstücke darauf aus wie ein Puzzle.

Es war gleichzeitig ein Liebesbrief und ein Abschiedsbrief.

In wenigen Zeilen teilte Bo Hama mit, er könne nicht länger hierbleiben, in unserem ›Zuhause‹, und er habe sich dazu entschlossen, an Bord des Frachters anzuheuern, auf dem Fabrikschiff.

›Da ich niemals ein Zauberer sein werde, kann ich wenigstens wieder ein Arbeiter werden und mich nützlich machen‹, hatte er geschrieben. ›Ich habe auf das Gold der Schmiede verzichtet, um bei dir zu bleiben und mein Versprechen zu halten. Jetzt bin ich zur Hälfte tot. Wenn ich so weitermache, werde ich bald für immer erloschen sein.‹

Zwischen diesen Zeilen voller Bitterkeit schien er meiner Mutter vorzuwerfen ihn daran gehindert zu haben, er selbst zu werden. Die dunkle und schmerzhafte Seite der Liebe hatte die Oberhand gewonnen und ich spürte, dass dieser Bruch nicht mehr zu reparieren war.

Der Brief endete mit folgenden rätselhaften Sätzen: ›Sprich mit Tsell und erzähl ihr von meinem Theater und den verlorenen Dingen. Erzähl ihr von ihren Schatten und der Rüstung. Sie ist jetzt alt genug, um zu wissen, was sie zu tun hat.‹

Ich weiß nicht, wie viel Zeit verging, bis ich es schaffte, mich aus meiner Erstarrung zu lösen, die Küche zu verlassen und meine Mutter zu suchen.

Während ich von einem Zimmer zum anderen ging, wirbelten die Worte aus dem Brief in meinem Kopf herum. *Mein Theater … die Schmiede … das Versprechen … Sprich mit Tsell … die verlorenen Dinge, die Rüstung, die Schatten* … Es war, als wäre ich am Rand des dichten Waldes aus meinem Traum angekommen, an der Schwelle zu einem unbekannten, schrecklichen Ort.

»Mama!«

Meine Schritte hallten in den verlassenen Zimmern wider. Es fühlte sich an, als sei nun alles zu Ende.

Ich musste an den Schatten des Puma-Wolfes denken. Hatte ich schon früher unmenschliche Schatten an die Wände geworfen? Ich dachte auch daran, wie Vigg mich gefragt hatte, ob Bo Schmied sei. Meine Antwort voller Gewissheit erschien mir jetzt so dumm! Ich wusste gar nichts und mein Magen zog sich wieder zusammen.

»Mama?«

Die Hunde folgten mir. Hama war nirgendwo und der metallische Geruch war überall. Er wurde sogar immer stärker. Stärker und wärmer, als würde irgendwo etwas verbrennen, aber wo?

Ich kehrte in die Küche zurück. Als ich mich dort noch einmal gründlich umsah, bemerkte ich endlich, dass der Geruch aus dem Holzofen kam.

»Zurück!«, befahl ich den Hunden.

Ich öffnete die Ofenklappe und ein widerlicher Qualm stieg mir ins Gesicht.

Ich wartete, bis er sich verzogen hatte, dann stocherte ich mit einer Zange in der Glut.

In der Asche lagen zwei halb geschmolzene Bleihände.

Ich rannte aus dem Haus und übergab mich.

Später suchte ich die ganze Umgebung nach Hama ab.

Wie ein tollwütiges Tier rannte ich den Weg hinunter und wieder hinauf, rief ihren Namen und traktierte die Ginsterbüsche mit Fußtritten. Dann bog ich nach rechts ab und lief in die andere Richtung, zur Steppe.

Weiter nach ihr rufend irrte ich durch das Gestrüpp aus Wacholderbüschen und weißem Heidekraut. Jeden Moment fürchtete ich den Körper meiner Mutter zu entdecken, im Gebüsch zusammengesunken, ihren verstümmelten Körper, ihre Arme ohne Hände.

»Warum?«, brüllte ich. »Warum?«

Als ich die von Olivenbäumen gesäumte Schlucht erreichte, wurde mir klar, dass mein Rufen nichts nützen würde. Statt sich das Herz herauszureißen, hatte Hama ihre Hände zurückgelassen. Sie war jetzt in einer anderen Welt, in einer Dimension, in der sie niemand erreichen konnte.

Die Einsamkeit und die Stille ließen mich wie erstarrt stehen bleiben.

Noch etwas später betrat ich wie in Trance Bos Werkstatt und legte die beiden erkalteten Metallstücke, die ich aus dem Ofen gezogen hatte, auf die Werkbank zwischen die anderen Werkzeuge meines Vaters. Ich wusste nicht, was ich mit ihnen tun sollte – vielleicht hatte ich die unbestimmte Absicht, sie trotz allem zu reparieren?

Als ich mich umdrehte, um mich hinzusetzen, entdeckte ich die letzten Spuren, die meine Mutter hinterlassen hatte.

Auf einer Holzkiste lag zusammengeknüllt das hübsche Kleid, das sie gestern getragen hatte.

Ich griff danach und es entfaltete sich. Die Blumen auf dem Stoff waren voller Blut und ein Blatt Papier schaute aus einer der Taschen hervor.

Auf dieses Blatt hatte meine Mutter in krakeliger Schrift einen Satz geschrieben: ›Man muss immer einen Teil von sich verlieren, damit das Leben weitergeht.‹

Ich las den Satz einmal, zweimal, hundertmal und weinte dabei.

Ich wusste, dies waren die einzigen Worte der Liebe und des Abschieds, zu denen meine Mutter fähig gewesen war, bevor sie verschwand.

Der restliche Tag verging, ohne dass ich es richtig bemerkte.

Ich war verstört und wie betäubt und konnte an nichts anderes denken als an diese quälenden Worte: ›einen Teil von sich verlieren‹.

Ich saß rittlings auf dem Ast meines Feigenbaum-Pferdes, drückte das Kleid meiner Mutter an meine Brust und wartete auf ich weiß nicht was.

Mein einziger Trost waren die Hunde und die Silhouette des Frachters. Vigg war an Bord und mein Vater von heute an ebenfalls. Ich hätte nur zum Hafen gehen und *Die Zarin* losmachen müssen, um zu ihnen zu fahren.

Aber ich tat es nicht.

Über den blauen Himmel schwebten Herden von Wolken.

Als die Nacht hereinbrach, war es, als würde mir jemand einen Eimer kaltes Wasser ins Gesicht schütten. Ich tauchte aus meiner Benommenheit auf, sprang vom Ast und lief in mein Zimmer. Ich hatte an nichts gedacht, aber die Dinge waren wie von selbst klar geworden. Ich wusste, was (oder besser gesagt wen) ich jetzt brauchte.

Ich zog am Kabel meiner Lampe, trug sie zum Fenster, griff nach dem Zettel mit dem Morsealphabet und schickte eine zögernde Nachricht in die Nacht. Striche, Punkte, Punkte, Striche, Punkte.

Ich wiederholte die Zeichen so lange, bis ich endlich eine Antwort bekam. Vigg hatte verstanden.

Ich wartete auf der Veranda auf ihn und spitzte die Ohren, um das schrille Motorengeräusch seines Bootes schon von weitem zu hören. Die Stunden vergingen. Die Hunde hielten zu meinen Füßen Wache und die Sterne verwandelten den Himmel in ein Sieb.

Beim Gedanken an die unvorstellbare Weite der Welt außerhalb unserer Halbinsel wurde mir schwindelig. Dennoch spürte ich, dass ich in die Welt hinausziehen musste.

»Damit das Leben weitergeht«, murmelte ich.

Ich würde diesen Felsen verlassen müssen, die Illusionen meiner Kindheit und diese Hütte, die jederzeit zusammenbrechen konnte. Fortgehen, aber wohin? Um was zu suchen? Einen Biber? Eine Schmiede? Ein Theater? Eine Feder? Die Stimme aus meinem Traum oder die Rüstung, die Bo am Ende seines Briefes erwähnt hatte?

Später drang der Lichtschein einer Taschenlampe durch die Dunkelheit am Ende des Weges.

»Vigg!«

Ich sprang die Stufen der Veranda hinab und lief ihm entgegen.

»Deine Nachricht hat mich beunruhigt«, sagte er, als er mich umarmte. »Ich habe deinen Vater an Bord des Frachters gesehen. Er trug eine Uniform. Was ist passiert?«

Ich versuchte ihm mit einigen wirren Worten zu erklären, was geschehen war. Als ich mich reden hörte, erschien mir die Situation so absurd, dass ich zu zittern begann und in nervöses Lachen ausbrach. Ich lief im Garten umher und rief: »Ich habe niemanden mehr! Nur die Hunde sind mir geblieben. Ich bin jetzt wie du, Vigg, so frei wie der Wind!«

Er versuchte mit mir zu lachen, aber es gelang ihm nicht recht. Vigg wusste, dass hinter meiner Euphorie etwas anderes lauerte, Kummer, Wut und Angst. Er hatte das selbst oft erlebt.

»Komm!«, sagte ich plötzlich zu ihm. »Du wolltest doch unsere Hütte von innen sehen, oder?«

Er ließ sich von mir zur Veranda ziehen, auf der die Hunde vor sich hin dösten.

»Charbon ist die Älteste«, erklärte ich hastig. »Und das sind Safran, Ivoire und Cachou. Sie sind genauso alt wie ich.«

Vigg streichelte die Hunde und folgte mir ins Haus. Aufgeregt schaltete ich nacheinander alle Lichter an und breitete die Arme aus wie eine vornehme Dame, die eine große Gesellschaft empfängt.

»Der Salon!«, rief ich. »Achte nicht auf die Unordnung. Das war meine Mutter. Sie ist völlig …«

Das Wort, das ich hatte sagen wollen, blieb mir im Hals stecken und meine Erregung legte sich genauso schnell, wie sie gekommen war.

»Völlig was?«, murmelte Vigg.

Ich drehte mich zu ihm um und musste mich der Realität stellen, die mir im Licht der Lampen ihr ungeschminktes Gesicht zeigte: Wir waren zwei Kinder, allein, verloren und in zu großen Kleidern. Vigg in seiner Uniform und seinen Clownsstiefeln. Ich in meinem windschiefen Haus und mit dem Wahnsinn meiner Eltern.

Mein Lächeln erlosch.

»Möchtest du bei mir bleiben?«, fragte ich. »Denn eigentlich … habe ich nur noch dich.«

Er kam auf mich zu und nahm seine Mütze ab. Seine Augen funkelten und seine zerzausten Haare sahen aus, als würde er eine Prinzenkrone tragen. Ich wünschte mir, er würde mich küssen, mich an sich drücken, festhalten und mitnehmen.

»Ja, ich möchte bei dir bleiben«, sagte er. »Aber wo willst du hingehen? Auf den Frachter?«

Ich dachte einen Moment über diese Möglichkeit nach. Ich konnte auch auf dem Schiff anheuern, wie Vigg und mein Vater, und an Bord der Arche Zuflucht suchen. Ich konnte an die Geschichte von Noah glauben, an die pathetischen Worte des Admirals, an das letzte Bollwerk gegen das Chaos.

»Nein«, sagte ich und dachte daran, was sich hinter den Felsen befand. »Nicht auf den Frachter.«

Vigg verstand und nickte.

»Dann werde ich wohl den Dienst quittieren müssen.«

»Fennimore wird es dir übel nehmen.« Ich verzog das Gesicht.

»Darauf kannst du wetten!« Vigg lächelte. »Wir sollten sehr weit fortgehen.«

»Einverstanden. Wann?«

Vigg sah sich um, ließ den Blick über die umgeworfenen Möbel und auf links gedrehten Teppiche schweifen, über das Durcheinander all der Dinge, die wir erst angesammelt und dann zerstört hatten. Er hatte Erfahrung mit diesen Momenten der Entscheidung, in denen das Leben eine neue Wendung nimmt. Er wusste, dass man, bevor man etwas gewinnen kann, erst den Verlust von etwas anderem akzeptieren muss.

»Wie wär's jetzt gleich?«, fragte er.

Ein paar Stunden später war alles bereit und entschieden: was wir mitnehmen würden (Wasserflaschen, die restlichen Nahrungsvorräte, die Werkzeugkiste und die Handschuhe meines Vaters, ein alter dunkler Mantel, Streichhölzer, Viggs Taschenlampe und das Kleid meiner Mutter) und welche Richtung wir einschlagen würden. Wenn wir dem Feuer der Zerstörung entgehen wollten, gab es nur eine Möglichkeit: den völlig unbekannten Weg durch die Steppe.

Vigg behielt seine Stiefel, ließ aber die Uniform zurück. Er hängte sie über einen Stuhl wie eine alte Haut. Dafür gab ich ihm eine Hose, ein Hemd und einen großen roten Anorak aus dem Schrank meines Vaters. Er musste Hosenbeine und Hemdsärmel mehrmals umkrempeln.

»Wie sehe ich aus?«, fragte er.

»Immer noch wie ein Clown«, antwortete ich kichernd. »Aber jetzt wie ein Clown in Zivil.«

Er betrachtete unschlüssig sein Spiegelbild in einer Fensterscheibe.

»Vor allem sehe ich aus wie ein Deserteur. Wir müssen aufpassen, dass wir nicht überfallen werden.«

»In der Steppe ist niemand«, sagte ich, um ihn zu beruhigen. »Dort ist das Reich von Himmel und Wind.«

Ich ging ein letztes Mal durch den Garten, blieb vor meinem Feigenbaum stehen und bedauerte, dass er kein echtes Pferd war.

»Du hättest uns weit getragen«, sagte ich und streichelte meinen Lieblingsast. »Schade …«

Die magischen Zeiten, in denen Bäume galoppieren konnten, waren vorbei, und Wehmut erfüllte meine Brust, aber ich hatte keine Tränen mehr.

Vigg stand vor den Stufen der Veranda und rief nach mir. Es begann bereits zu dämmern und wir mussten verschwinden, bevor seine Abwesenheit auf dem Frachter bemerkt wurde.

Ich lief zu ihm, warf mir eine der Taschen über die Schulter und pfiff nach den Hunden. Eigentlich waren sie zu alt für eine solche Reise, vor allem Charbon. Aber ich wäre um nichts in der Welt ohne sie fortgegangen.

Vigg griff nach meiner Hand und ich drückte die seine, so fest ich konnte. Wohin würde uns diese Reise führen? Ich konnte es nur erahnen. Vermutlich zu uns selbst, wie alle Reisen.

»Traust du dir zu in absoluter Dunkelheit zu laufen?«, fragte Vigg.

Ich nickte.

Vor uns erstreckte sich die wilde, unerforschte Steppe. Aber wir waren zwei Kinder, so frei wie der Wind, zwei verletzte und verliebte Kinder. Nichts konnte uns aufhalten.

12

AUFBRUCH UND HEIMKEHR

So begann meine Reise, auf dem Weg zurück, den Bo und Hama einst genommen hatten.

In der Steppe gab es nichts und niemanden. Keinen Baum, keinen Felsen, kein Dorf, kein Haus. Der Wind des Himmels und das Gras der Erde teilten sich den Platz. Nacht und Tag teilten sich die Zeit.

Vigg und ich waren in die Umklammerung der Wüste eingetreten, ohne zu wissen, wie oder wann wir sie wieder verlassen würden. Uns blieb nichts anderes übrig, als zu laufen, immer weiter zu laufen, unermüdlich zu laufen.

Wenn es mir zu anstrengend wurde und die Mutlosigkeit mich übermannte, zog Vigg mich weiter.

»Los, Tsell! Beiß die Zähne zusammen und halt durch!«

Das war seine magische Formel, sein Wahlspruch, und schließlich verstand ich, dass er seit seiner Geburt nichts anderes getan hatte, als die Zähne zusammenzubeißen und durchzuhalten.

Vigg wusste nicht genau, wo er geboren worden war. Vielleicht hier, vielleicht dort.

Noch bevor seine Mutter ihm einen Namen gegeben hatte, gab sie ihn bei einer alten Frau in Pflege und versprach ihn bald wieder abzuholen. Aber sie war nie zurückgekommen.

Laut Vigg war die Alte eine böse Hexe gewesen, eine Schlange mit dem Maul voller Gift. Während der ganzen Zeit, die er bei ihr gewesen war, hatte sie ihn immer nur beschimpft: Bastard, Hund. Sie schlug und verfluchte alles, was in ihre Nähe kam, und unglücklicherweise kam Vigg oft in ihre Nähe.

Beiß die Zähne zusammen und halt durch.

Er war sechs oder sieben Jahre alt, als Wanderarbeiter, die mit ihren Wagen von Dorf zu Dorf zogen und Dienste aller Art anboten, bei der Alten hielten. Sie warf mit Steinen nach ihnen, um sie fortzujagen, aber Vigg ergriff die Chance und schlüpfte heimlich in einen der Wagen.

Als die Arbeiter ihn entdeckten, war es zu spät, um umzukehren. Sie nahmen den blinden Passagier bei sich auf, unter der Bedingung, dass er sich nützlich machte.

Vigg half ihnen bei allen möglichen Arbeiten. Er putzte Fenster, jagte Ratten, kehrte Kamine, leerte Jauchegruben und hob sogar Gräber aus.

Da er klein und oft sehr schmutzig war, bekam er einen neuen Spitznamen: Laus.

Beiß die Zähne zusammen und halt durch.

An Bord der Wagen sah er eine Menge von der Welt,

fuhr durch wimmelnde Städte und kleine, verschlafene Dörfer, über Eisenbahngleise und Hängebrücken, durch Gebirge und wilde Wälder. Bis zu dem Tag, an dem er es leid war, die einen Löcher zu leeren und die anderen zu füllen, und die Wanderarbeiter verließ. Er blieb dort, wo die Wagen gerade Halt machten: in einem Dorf am Nordufer des Flusses, in dem eine Gemeinschaft von Schmieden lebte.

Trotz ihrer Not nahmen die Dorfbewohner ihn auf und er wurde Schmiedelehrling.

In der Schmiede, in der er dafür zuständig war, das Feuer zu schüren, bekam er einen neuen Spitznamen: Blasebalg. Das war besser als Hund oder Laus, aber genauso anstrengend.

Von morgens bis abends schleppte er Holzscheite, Säcke voller Kohle oder Torfbriketts, die er in den Ofen warf. Dann betätigte er in der lähmenden Hitze die Seilrolle des riesigen Blasebalgs.

Beiß die Zähne zusammen und halt durch.

Damals schlief Vigg in einer Ecke des Speichers über der Schmiede. Abends versammelten sich unter ihm die Alten und er spitzte die Ohren, um ihren Geschichten zu lauschen. Geschichten von magischen Verwandlungen, bei denen normales Metall zu purem Gold wurde. Wenn er einschlief, träumte Vigg von Gold und Verwandlungen. Er nahm sich vor, irgendwann kein Hund und keine Laus mehr zu sein, sondern es zu etwas zu bringen.

Eines Tages brachten fliegende Händler und Reisende

Gerüchte über den Krieg ins Dorf. Sie hatten Soldaten und aus den Kriegsgebieten flüchtende Zivilisten vorbeiziehen sehen. Wenig später tauchte der Kriegsfrachter auf dem Fluss auf, majestätisch und riesengroß.

Admiral Fennimore stellte sich der Bevölkerung vor, mit seinem Sekretär an der Seite, der jede Menge Formulare verteilte. »Verpflichtet euch! Verpflichtet euch!«

Fasziniert von den Orden auf der Brust des Admirals ging Vigg näher heran.

Als Mendès ihn nach seinem Namen fragte, überlegte Vigg kurz. Blasebalg passte nicht zu der glorreichen Zukunft, die er sich erträumte. Also taufte er sich dieses Mal kurzerhand selbst, bevor es jemand anderes tat. Er gab sich den Namen Vigg. Das bedeutete ›Krieg‹ und klang so klar wie ein Hammerschlag auf einem Amboss.

So kam es, dass Vigg mit seinen gerade mal dreizehn Jahren die Uniform und Stiefel anzog, die man ihm gab.

Eines Tages würde er vielleicht endlich Kleider und Schuhe in seiner Größe finden, aber bis dahin gab er sich mit dem zufrieden, was er hatte.

»Beiß die Zähne zusammen und halt durch.«

Ich übernahm seinen Wahlspruch, so gut ich konnte, und nach und nach beraubte mich die Steppe meiner Gewohnheiten, meines Glaubens und meiner Vergangenheit.

Sie gebar mich wie eine zweite Mutter.

Ich lernte mit schwarzem Torf aus der Erde Feuer zu machen. Ein feuchtes Feuer, das dichten Qualm und einen Gestank nach Verwesung verströmte.

Ich lernte mich von Samen, Wurzeln, kleinen Nagetieren und Insekten zu ernähren und Wasser aus versteckten Quellen zu trinken.

Ich lernte den Tanz der Raubvögel zu beobachten, die hoch über unseren Köpfen ihre Kreise zogen.

Ich lernte, in den Armen der Erde vor Kälte und Gewitterregen Schutz zu suchen. Bisher hatte ich nur das immerwährende Blau über der Halbinsel gekannt. Nun entdeckte ich endlich die anderen Farben des Himmels.

Unterwegs starben die Hunde, einer nach dem anderen, an Hunger, Erschöpfung oder Altersschwäche.

Sie waren meine ersten Toten und jede neue Beerdigung machte mich trauriger.

Vigg tat alles, um mich in meinem Kummer zu begleiten. Er schichtete flache Steine aufeinander, um die Gräber zu kennzeichnen. Er sprach seine eigenen Gebete, sang und verbrannte duftende Kräuter.

Er zeigte mir auch, wie ich meine Tränen in Nussschalen auffangen und diese anschließend wie Opfergaben neben den toten Hunden begraben konnte. Er lehrte mich, die Zeit des Schmerzes und der Trauer zu akzeptieren und anschließend beides hinter mir zu lassen.

»Lass deinen Kummer hinter dir, Tsell. Wenn du

ihn mit dir herumschleppst, kommst du nicht mehr vorwärts.«

So ging die Reise weiter. Ohne die Hunde und mit dem einzigen Ziel, am Leben zu bleiben.

Viggs Hand in meiner wies mir den Weg.

An manchen Tagen klebte die Müdigkeit hartnäckiger als Schlamm an meinen Füßen.

An anderen Tagen war ich von der Leichtigkeit der Luft und der weiten Landschaft wie benebelt. Wenn ich die Arme ausgebreitet hätte, wäre ich glatt davongeflogen.

Eines Nachts träumte ich wieder vom Wald.

Die unterirdische Stimme rief nach mir. *Tsell!*, sagte sie. *Wo ist die Feder? Finde die Feder!* Als ich mit einem Ruck erwachte, merkte ich, dass ich Blut verloren hatte. Es war nicht das normale Blut einer normalen Verletzung. Es floss wie von selbst zwischen meinen Schenkeln hervor und ich verstand, dass es von nun an jeden Monat so sein würde. Verborgen in meinem Bauch hatten die unsichtbaren Zangen lange an dieser Verwandlung gearbeitet. Ich war nicht mehr das kleine Mädchen von früher. Ich war dabei, eine junge Frau zu werden. Aber Hama war nicht da, um mir zur Seite zu stehen.

Ich vermisste sie so sehr, dass ich bis zum Morgengrauen weinte.

Als die Morgensonne die Steppe in helles Licht tauchte,

sah ich meinen Schatten im Gras. Er hatte die Form einer Wölfin mit gefletschten Zähnen, stark und Furcht einflößend.

Von diesem Tag an schaffte es die magische Rüstung, die mein Vater geschmiedet hatte, nicht mehr, meine Schatten zurückzuhalten. Sie bahnten sich immer öfter ihren Weg. Ihre wechselnden Formen tauchten überraschend auf, tagsüber beim Wandern oder nach Einbruch der Dunkelheit im Schein des Torffeuers – Bär, Krokodil, Eule, Jaguar.

Jeder neue Schatten löste bei Vigg dasselbe Staunen, dieselbe Bewunderung aus.

»Wie machst du das, Tsell?«

Ich zuckte mit den Schultern, weil ich immer noch keine Ahnung hatte, und Vigg betrachtete nachdenklich den seltsamen Zoo, den meine Schatten auf das Gras der Steppe warfen.

»Elefant!«, rief er plötzlich und zeigte mit dem Finger auf mich, als wäre er ein Zauberstab.

Ich zuckte zusammen und der nächste Schatten sah aus wie eine Hirschkuh oder ein verängstigtes Kaninchen.

»Verflixt«, sagte Vigg. »Es scheint nicht nach Belieben zu funktionieren.«

Er dachte nach.

»Wenn du deine Schatten bändigen könntest, wäre das ein tolles Schauspiel«, sagte er.

Ich lachte, halb stolz darauf, halb entsetzt darüber, diese seltsame Gabe zu besitzen, die vielleicht gar keine Gabe war, sondern ein Fluch.

Ich dachte oft an den Brief, den mein Vater meiner Mutter geschrieben hatte. *Sprich mit Tsell …*

Wenn sie von meinen sich verwandelnden Schatten gewusst hatten, warum hatte mir weder mein Vater noch meine Mutter davon erzählt? Wovor hatten sie Angst gehabt?

Jetzt war ich allein mit meinen Geheimnissen. Mir blieb nichts anderes übrig, als die Zähne zusammenzubeißen und durchzuhalten.

Je weiter wir gingen, desto mehr veränderte sich die Steppe. Schritt für Schritt wurde die Gegend zerklüfteter und die Hügelrücken runder. Die tiefen Wunden in der Landschaft zwangen uns bald zu langen Umwegen.

Das Gras wurde fetter, Moos spross aus der Erde, hier und dort wuchsen kleine Bäume mit krummen Stämmen und wir entdeckten neue Insekten- und Vogelarten.

Nach Einbruch der Nacht flüchteten unbekannte Säugetiere, wenn wir näher kamen, und im Morgengrauen, in der taufeuchten Luft, roch die Erde anders. Nach und nach verließen wir die Umklammerung der Wüste.

Eines Nachmittags endlich, als wir gerade einen Hügel hinaufgestiegen waren, der höher war als die anderen, wurde der Horizont plötzlich weiter und öffnete sich in der Ferne zu einer Gebirgskette hin.

»Sieh nur!«, rief Vigg.

Ich kniff die Augen zusammen und erblickte die scharfen Kanten der Gipfel und die Gebirgskämme, die von einem weißen Puder bedeckt waren, den ich noch nie zuvor gesehen hatte.

»Schnee«, sagte Vigg.

Lange stand ich so da, reglos vor dieser Landschaft, die mir gleichzeitig fremd und vertraut vorkam. Hatte ich sie vielleicht in einem Traum schon einmal gesehen?

Zwischen Steppe und Gebirge jagten die Raubvögel, die normalerweise hoch am Himmel kreisten, näher am Boden. Und unter ihren Flügeln erstreckte sich ein dunkler Wald aus Erlen und dichten Tannen.

Wir brauchten zwei ganze Tage, um den Waldrand zu erreichen.

Nach zwei weiteren Tagen stießen wir auf einen winzigen Friedhof, der versteckt zwischen den Bäumen lag.

Zwischen den Gräbern, über den Griff eines Spatens gebeugt, zupfte eine winzige Gestalt Unkraut. Die Krempe eines Schlapphuts verdeckte ihr Gesicht. Man konnte unmöglich erkennen, ob es sich um einen Mann, eine Frau oder ein Kind handelte. Aber es war mit Sicherheit ein menschliches Wesen. Der erste Mensch, den wir trafen, seit wir die Halbinsel verlassen hatten.

Während Vigg vorsichtshalber im Hintergrund blieb, ging ich näher heran.

»Guten Tag!«

Die winzige Gestalt zuckte zusammen.

»Entschuldigen Sie«, sagte ich schnell. »Ich wollte Sie nicht erschrecken. Ich …«

Die Gestalt drehte sich um und nahm ihren großen Hut ab, so dass ich das darunter verborgene Gesicht sehen konnte. Es war das Gesicht eines alten, sehr dünnen Mannes, das so weiß wie Chicorée war.

»Guten Tag«, wiederholte ich. »Ähm … Mein Freund und ich haben die Steppe durchquert. Wir sind lange gelaufen und …«

»Bei allen Heiligen!«, rief der kleine Mann. »*Gäste!* Wer seid ihr?«

»Das ist Vigg«, sagte ich und zeigte hinter mich. »Ich heiße Tsell.«

Das Gesicht des Mannes, das ohnehin schon sehr blass war, wurde nun beinahe durchsichtig. Er war so aufgewühlt, dass seine Schultern bebten und er sich auf den Griff seines Spatens stützen musste, um nicht umzufallen.

»Tsell?«, murmelte er. »Aber … oh …«

Er suchte vergeblich nach Worten. In der darauffolgenden Stille betrachtete er mich so aufmerksam, dass ihm beinahe die Augen aus dem Kopf fielen.

»Sieben hat es also richtig vorhergesehen … Ich muss … Ich sollte … Ich muss den anderen Bescheid sagen«, murmelte er schließlich.

Ich verstand kein Wort. Er setzte seinen Hut wieder auf, warf den Spaten ins Unkraut und eilte zum Ausgang des Friedhofs. Dort schien ihm plötzlich etwas einzufallen und er wandte sich wieder an mich.

»Bist du wirklich allein zurückgekommen?«, fragte er.

Ich glaubte, es mit einem etwas verwirrten Alten zu tun zu haben.

»Nein, ich bin nicht allein«, sagte ich so deutlich wie möglich. »Ich habe Ihnen meinen Freund ja schon vorgestellt. Vigg.«

»Ja, ja, das habe ich verstanden«, erwiderte der Alte ungeduldig. »Aber was ist mit Bo und Hama? Und mit den Hunden?«

Ich spürte, wie das Blut aus meinem Gesicht wich und durch meinen Körper rauschte. Dieses Mal war ich diejenige, die beinahe das Gleichgewicht verlor. Schließlich stieß ich atemlos hervor: »Sie kennen meine Eltern? Sie kennen Bo und Hama?«

»Natürlich«, antwortete der Alte. »Und dich kenne ich auch. Schließlich habe ich dich auf die Welt geholt!«

Es war, als hätte ich einen Schlag in den Magen bekommen. Als Vigg sah, wie ich schwankte, eilte er zu mir und fing mich in dem Moment auf, als mich sämtliche Kräfte verließen. Bevor das Rauschen in meinen Ohren überhandnahm, hörte ich Zwölf verwundert fragen: »Wollt ihr mir etwa sagen, ihr seid zufällig hierhergekommen?«

Und Vigg antwortete: »So ist es.«

In Wirklichkeit war meine Ankunft im Wald keineswegs Zufall gewesen. Das behauptete Zwölf zumindest, als ich wieder zu mir kam.

»Das Schicksal hat dich zu uns geführt«, sagte er. »Sieben hat es in den Sternen gelesen. Wir haben dich erwartet!«

Wie ich erfuhr, war Sieben eine Art Astrologe. Mit Hilfe undurchschaubarer Berechnungen hatte er meine Rückkehr vorhergesehen, ebenso wie das Fehlen von Bo und Hama. Allerdings war es ihm nicht gelungen, das genaue Datum zu errechnen.

»Sieben ist bedauerlicherweise nicht mehr so hellsichtig wie früher«, sagte Zwölf betrübt. »Seine astrologische Uhr wird immer unzuverlässiger und einige von uns hatten nicht die Kraft, sich bis zu deiner Rückkehr zu gedulden. Sieh selbst …«

Er zeigte auf die Gräber, die er gerade noch von Unkraut befreit hatte.

»Acht, Elf und Fünf wurden vor vielen Jahren von einer Fieberepidemie dahingerafft. Was für ein Unglück! Dort hinten liegt unser armer Bruder Drei. Letzten Winter ist unser tapferer Zehn von uns gegangen … eine Jagdverletzung. Sie sind alle einfach so gestorben, zack, ohne die richtige Reihenfolge einzuhalten. Seit dem Tod von Zwei ist alles aus dem Ruder gelaufen, weißt du? Der Beweis: Eins steht immer noch fest auf ihren beiden Beinen!«

Mit offenen Mündern lauschten Vigg und ich dem

kleinen Mann, der all diese Zahlen und Trauerfälle herunterratterte wie eine Maschinenpistole. Nach dem wochenlangen Marsch durch die Stille der Steppe wurde uns von Zwölfs Redefluss ganz schwindelig.

»Wir haben kein Feuer mehr und keine Tischlerei, keine neuen Schuhe, keine Musik, kein Gedächtnis und neuerdings auch kein Wild«, zählte er an den Fingern ab. »Jetzt, während des Sommers, kommen wir schon irgendwie zurecht. Aber man braucht kein Astrologe zu sein, um vorherzusagen, dass der nächste Winter hart wird …«

Als wir weiterhin stumm vor ihm standen, ohne zu reagieren, biss er sich plötzlich auf die Lippe.

»Was bin ich doch für ein Dummkopf!«, schimpfte er. »Ich rede und rede, dabei seid ihr bestimmt hungrig und durstig. Ich sage Dreizehn und Neun Bescheid, damit sie euch etwas zu essen machen. Herrje, Vier wird überglücklich sein!«

Daraufhin ließ er uns einfach zwischen den Gräbern zurück.

Kurze Zeit später strömten die verbliebenen Familienmitglieder auf den Friedhof und drängten sich zwischen den Grabsteinen. Sie waren von derselben Größe wie Zwölf (so klein wie Zwerge) und ihre Gesichter hatten dieselbe Farbe (weiß wie gekochter Chicorée). Sie trugen dieselben Schlapphüte, dieselben seltsamen Kleider und grinsten von einem Ohr zum anderen. Der Reihe nach drückten sie mich an sich, küssten mich wie ein gutes Brot und schüttelten begeistert Viggs Hand.

»Bei allen Heiligen!«, rief Vier mit Tränen in den Augen. »Wie gut, dass ich noch nicht gestorben bin! Herzlich willkommen hier Oben, meine Kinder!«

»Die Sterne haben nicht gelogen«, freute sich Sieben. »Ich bin also doch noch zu etwas nütze!«

»Wie groß du geworden bist«, wunderte sich Neunzehn und fuhr mir durch die Haare. »Du bist jetzt genauso schön wie deine Mutter.«

»Dein Freund ist allerdings nicht so kräftig wie dein Vater.« Eins runzelte die Stirn. »Seht nur, er versinkt ja fast in seinen Kleidern! Wir werden diesen jungen Mann etwas aufpäppeln müssen.«

»Ganz genau, kommt mit!«, drängte Vierzehn. »Der Tisch steht dort drüben im Schatten der Erlen.«

»Es gibt Blaubeersirup und Haselnusslikör«, sagte Sechzehn. »Das wird uns bei dieser Hitze erfrischen.«

»Nachher grillen wir eine Yak-Keule«, schlugen Dreizehn und Neun vor.

»Und mein in Folie gebratenes Gemüse«, fügte Fünfzehn hinzu.

»Ich hole die Lampions!«, rief Sechs.

Ganz benommen von all dem Gerede folgte ich den Geschwistern zum Tisch, während Vigg mit Dreizehn Kleinholz für den Grill suchen ging.

Rund um das Vordach, unter dem sich die offene Küche befand, standen zahlreiche Holzhütten. Auf einer zwischen zwei Baumstämmen gespannten Leine trocknete Wäsche. Weiter hinten begrenzte eine Einfriedung den Gemüsegarten, in dem Fünfzehn wilde Erbsen, Chicorée, aromatische Kräuter und seltsame Knollensorten zog. Etwas abseits diente eine Reihe leerer Kaninchenställe als Vorratslager. Dort hausten schon lange keine Kaninchen mehr.

Unter fröhlichem Stimmengewirr wurden Stühle hingestellt und der Tisch gedeckt. Als alle Platz genommen hatten und die Yak-Keule ihren Duft zwischen den Zweigen der Bäume verströmte, schlug Vier gegen ihr Likörglas und bat um ein wenig Ruhe, um die Begrüßungsrede zu halten, die sie im Vertrauen auf Siebens Vorhersagen schon vor langer Zeit vorbereitet hatte.

Es wurde eine lange und schöne Rede.

Zwischen den Sätzen hörte man den Gesang der Amseln und das in der Sommerbrise raschelnde Laub hoch oben in den Bäumen.

Als die kleine Schneiderin verstummte, Applaus aufbrandete und Zwölf seine Tränen mit dem Zipfel seiner Serviette abtupfte, fühlte ich mich schwer auf meinem Stuhl und mir wurde klar, dass Vigg und ich nicht so bald weiterziehen würden.

Durch die Gunst des Zufalls (oder des Schicksals) hatten wir eine zweite Familie gefunden.

VIERTER TEIL

13

ANWESENHEIT UND ABWESENHEIT

Vigg und ich verbrachten die nächsten fünf Jahre in der abgeschiedenen Einsiedelei mitten im Wald aus Erlen und dichten Tannen.

Fünfmal Sommer und Frühling Oben, fünfmal Herbst und Winter Unten.

Ich brauchte diese Zeit, um den Verlauf meiner Geschichte zurückzuverfolgen und mit Viers Hilfe einige ihrer Fäden wieder zusammenzuknüpfen.

Ich brauchte diese Zeit, um (ein wenig) zu verstehen, wer Bo und Hama waren, und um den Verlust zu akzeptieren, den ihr Verschwinden hinterlassen hatte.

Ich brauchte diese Zeit, damit sich der Kummer allmählich legte.

Es war die nicht zu verkürzende Zeit der aufrichtigen Trauer um meine Kindheit.

Während dieser fünf Jahre hat mich Zwölf oft zu dem Unterschlupf unter dem Felsen begleitet, in dem Hama mich zur Welt brachte.

Dort bombardierte ich den kleinen Hebammen-Mann

mit Fragen und ließ ihn jedes Wort wiederholen, das er am Tag meiner Geburt gehört hatte. Zwölf erzählte mir bereitwillig alles, was ich wissen wollte.

»Es gibt keinen Baum ohne Wurzeln«, sagte er. »Es ist für uns alle wichtig, unsere Ursprünge zu kennen.«

Dank Zwölf konnte ich mir den Nebel vorstellen, der die Lichtung einhüllte, die Hunde, die sich auf das abgehängte Steak stürzten, das erstaunte Gesicht meines Vaters, als er die kleine Gestalt mit dem feuchten Hut erblickte, und das Lager aus Gräsern, auf dem meine Mutter im Fieberdelirium dieselben Träume träumte wie ich.

Während dieser fünf Jahre habe ich Unten das Labyrinth aus Gängen erforscht, die Werkstätten und Nischen, in denen die Familie Winter für Winter gleichzeitig überlebte und verkümmerte.

Ich habe mir alles angesehen, vom Observatorium, in dem Sieben mein metamorphisches Problem diagnostizierte, bis zur Werkstatt von Fünf, wo Hama das Vibrieren ihrer Bleihände beim Trommeln spürte. Natürlich bin ich auch durch die Falltür ins letzte Untergeschoss hinabgestiegen.

Ich habe die Felszacken an der Decke der Ursprungshöhle und die Stalagmiten in Form von Totempfählen gesehen und ich habe mich auf meinen eigenen Beinen durch die schmale Felsspalte in die Schmiede gezwängt.

Eins hat mir die Werkzeuge gezeigt, mit denen Bo die Hände meiner Mutter geschmiedet hat.

Ich habe mit den Fingerspitzen den leeren Sessel gestreichelt, in dem Zwei so gerne seinen Mittagsschlaf hielt.

Ich habe mich über die Feuerquelle gebeugt, die die Höhle früher heller als die Sonne erleuchtete und auf deren Grund jetzt nur noch winzige Flammen loderten, die laut Eins kaum ausreichten, um eine Suppe zu kochen.

In der Mine habe ich nach der Ader gesucht, aus der mein Vater das Rohmaterial geholt hat, um daraus Gold zu machen. Was fehlte ihm, um sein Ziel zu erreichen? Und wenn meine Mutter ihm mehr Zeit gelassen hätte, hätte ihm diese Zeit gereicht?

»Wer weiß?«, antwortete Eins, als ich die Fragen laut stellte. »Oft sind wir selbst für unser Scheitern verantwortlich, ohne es zu wissen.«

Als sie mir die Wand zeigte, auf der mein Schatten zum ersten Mal die Form eines Hundewelpen angenommen hatte, fügte sie hinzu: »Wahrscheinlich hatte dein Vater Angst vor deinen Schatten, weil er seine eigenen nicht sehen wollte. Doch du weißt ja, die Schatten kommen immer zurück.«

Während dieser fünf Jahre hat mir Vier mit der unendlichen Geduld einer Schneiderin alles erzählt, was sie von meiner Mutter und meinem Vater wusste.

Sie hat mir von ihrer Liebe erzählt, von ihrem Mut und dem verrückten Versprechen, einander niemals zu verlassen.

Sie hat mir von einer Stadt erzählt, vermutlich irgendwo weit im Osten, aus der sie geflohen waren, mit den Hunden und einem alten Handkarren, der ständig ein Rad verlor.

Sie hat mir von einer ehemaligen Trapezkünstlerin erzählt, deren mechanische Beine Bo dazu inspirierten, die Prothesen meiner Mutter zu entwerfen. Sie hat mir von dem Tag erzählt, an dem Hama die Bleihände über ihre verstümmelten Handgelenke streifte, und von dem anderen Tag, an dem Vier die kalte Barriere der Rüstung auf meinem Babykörper spürte.

Sie hat mir von den tiefen Verletzungen erzählt, die meine Eltern schweigend in ihrem Inneren einschlossen, von ihren Schwächen und ihren gegensätzlichen Wünschen, die sie manchmal voneinander entfernten.

»Doch alles, was sie sind, und alles, was sie dir gegeben haben, trägst du weiterhin in dir«, sagte sie, um mich über ihre Abwesenheit hinwegzutrösten.

Aber natürlich tröstete mich das kein bisschen.

Ich rief »Du hast gut reden!«, und rannte hinaus, lief allein über den moosigen Waldboden unter den Tannen und stampfte mit den Füßen auf. Wenn die Sonne schien, wurden meine Schatten sichtbar und nahmen Angst einflößende Formen an: Grizzlybär, Hyäne, Tiger! Am liebsten hätte ich die Meute losgelassen und auf die ganze Welt gehetzt.

Sie sollten beißen! Sie sollten töten!

So verstand ich mit der Zeit, warum Bo die unsichtbare Rüstung geschmiedet und mir angelegt hatte. Er hatte geahnt, wie stark meine Schatten sein konnten, er hatte ihre zerstörerische Kraft gespürt. Und natürlich hatte er gefürchtet, sie könnten sich gegen ihn wenden!

»Vielleicht hatte er Angst, deine Schatten könnten sich gegen dich selbst wenden?«, gab Vier zu bedenken. »Denn genau das würde passieren, falls du versuchen solltest sie zu ignorieren. Aber wenn du lernst sie zu verstehen und zu zähmen, besteht keine Gefahr.«

»Lernen, lernen, immer nur lernen!« Seufzend verdrehte ich die Augen.

Vier lachte auf, als sie mein Gesicht sah. Ihrer Meinung nach war ich Hama furchtbar ähnlich, wenn ich wütend wurde.

Schließlich beruhigte ich mich und stimmte in ihr Lachen ein.

Viers Lachen hatte die Macht, allen Kummer zu lindern. Manchmal glaubte ich, in ihr mehr als eine Mutter gefunden zu haben.

Während dieser fünf Jahre lernte ich mit Viers Hilfe also mehr oder weniger widerwillig, meine Schatten zu bändigen. Es war eine anstrengende, zermürbende, endlose Arbeit, aber meine Rüstung war zerbrochen und ich durfte meine wilde Schattenmeute nicht unbewacht lassen. Ich hatte zu große Angst, sie könnte mich verschlingen und das zerstören, was mir noch blieb.

Während dieser fünf Jahre machte sich Vigg, der an harte Arbeit gewöhnt war, in der kleinen Gemeinschaft nützlich. Mal nahm er Zehns Platz als Jäger ein, mal den von Acht als Holzfäller und Schreiner, aber meistens arbeitete er an Zweis Stelle in der Schmiede.

»Genau wie Bo«, bemerkte Eins oft. »Bist du sicher, dass du dich auf diesem Gebiet mit Tsells Vater messen willst?«

»Warum nicht?«, fragte Vigg.

»Weil du diesen Kampf von vorneherein verloren hast.« Eins seufzte. »Mädchen ziehen immer ihren Vater vor.«

»Das stimmt nicht!«, widersprach ich, voller Groll gegenüber Bo.

»Bo ist nicht mehr da«, sagte Vigg. »Und irgendjemand muss das Feuer schließlich anfachen, oder?«

»Nur ein wahrer Meister kann die Schmiede wieder zum Leben erwecken«, provozierte ihn die Älteste. »Nicht ein einfacher Lehrling und schon gar kein … Blasebalg!«

Vigg war gekränkt und bedauerte ihr seinen alten Spitznamen verraten zu haben.

»Wenn der Lehrling nichts wagt, wird er niemals Meister«, erwiderte er.

Eins schüttelte zweifelnd den Kopf, überließ Vigg aber dennoch Schaufel, Hacke und die alte Lore, deren Räder klemmten und die er mehr schlecht als recht mit groben Steinen und unförmigen Klumpen voller Unreinheiten füllte, um sie anschließend in den Schlund des Hochofens zu werfen.

»Sieh nur!«, sagte er zu mir, während er mit aller Kraft den Blasebalg betätigte. »Sieh nur, wie es brennt!«

Luft wurde durch die verrußten Lüftungsrohre gepustet, Flammen züngelten empor und die Schmiede atmete wieder in tiefen Zügen.

Im rötlichen Schein der Glut spielten wir mit meinen Schatten.

»Pferd!«, rief Vigg.

Ich konzentrierte mich und kurze Zeit später zeichnete sich die Mähne eines Pferdes an der Wand ab.

»Kamel!«

Die Mähne verschwand und mein Schatten bekam zwei Höcker.

»Maus! Frosch! Stier!«

Die Umrisse erschienen in schnellem Wechsel immer klarer und deutlicher auf der Wand der Schmiede.

»Puma-Wolf!«, rief Vigg schließlich als letzte Herausforderung.

Ich schloss die Augen, aber die Erinnerung an unseren ersten Kuss störte meine Konzentration. Ohne dass ich es wollte, nahm mein Schatten die Form eines Herzens an. Ein Herz, das wie verrückt klopfte.

»Gewonnen!«, prahlte Vigg.

Ich lachte mit ihm. Ich liebte ihn. Und ich fürchtete mich immer weniger vor mir selbst.

Während dieser fünf Jahre lebten Vigg und ich im Wechsel der Jahreszeiten als Einsiedler unter Einsiedlern und wir vergaßen die unbestimmte Bedrohung, die über dem Rest der Welt schwebte.

Die Zerstörungen, die auf die Felsen gerichteten Kanonen des Frachters, die Reden des Admirals, die nächtliche Unendlichkeit, in der Dinge und Menschen brannten, all dies existierte nicht mehr. Unten wie Oben hatten unsere Feinde konkrete Namen. Sie hießen Frost, Schneesturm, Trockenheit, Lebensmittelknappheit, Parasiten oder Krankheit.

Unten wie Oben war das Feuer kein zerstörerisches Element. Im Gegenteil, es wärmte, garte das Yak-Fleisch, erhellte unsere Nächte und verwandelte Metall. Vigg zähmte es, so wie ich meine Schatten zähmte. Wir spürten, dass dies der Preis war, den wir zahlen mussten, um uns weiterhin lieben zu können.

Während dieser fünf Jahre wurden wir kräftiger und größer. Eines Tages konnte Vigg seine unverwüstlichen Soldatenstiefel nicht mehr anziehen, weil sie ihm zu klein geworden waren. Er musste in der Werkstatt von Elf nach einem neuen Paar in seiner Größe suchen.

Auch ich wuchs, so dass Vier die Säume meiner Kleider auslassen musste. »Wenn du so weiterwächst, passt du bald nicht mehr durch die Türen!«, schimpfte sie.

Um sie zu necken, erwiderte ich: »Und wenn du so weitermachst, passt du bald unter den Türen hindurch.«

Denn Zwölf und seine Geschwister, die sowieso schon winzig klein waren, schienen gegenläufig zu unserem Wachstum Monat für Monat zu schrumpfen.

Eines Nachts im Winter starb Eins sanft im Schlaf, obwohl Sieben nichts in den Sternen gelesen hatte. Der Sarg, den Vigg für sie baute, war kaum größer als ein Schuhkarton.

Dann hörte das Herz von Neun auf zu schlagen, ohne Vorwarnung, als er gerade einen Eintopf kochte. Daraufhin verfiel Dreizehn der Melancholie und folgte seinem Bruder nur wenige Wochen später.

Wieder hatte Sieben nichts in den Sternen gelesen.

In unserem letzten Jahr, kurz nach der Feier zur Tagundnachtgleiche, fiel Sechs beim Abnehmen der Fackeln in der Ursprungsgrotte von der Leiter. Sobald Sieben klar wurde, dass sein älterer Bruder nicht mehr aufstehen würde, schloss er sich in seinem Observatorium ein.

Als er am nächsten Tag nicht wieder auftauchte, machte sich Zwölf Sorgen und bat Vigg ihm beim Aufbrechen der Tür zu helfen. Sie fanden Sieben, den Kopf auf sein Lexikon der Wahrsagekunst gebettet.

Das Buch war bei dem Kapitel mit der Überschrift ›Verlust der hellseherischen Fähigkeiten‹ aufgeschlagen.

Am Tag, als wir den alten Astrologen auf dem kleinen Friedhof begruben, nahm Vier meine Hand. Es waren nicht mehr viele, die sich um das Grab von Sieben versammelt hatten. Selbst Neunzehn, die Jüngste, wirkte inzwischen so müde wie ihre Geschwister.

»Das ist das Ende«, murmelte Vier, während Vigg flache Steine am Fuß des frischen Grabes aufstapelte. »Ich werde die Nächste sein.«

»Aber nein!«, rief ich.

»Doch«, sagte Vier. »Unsere Familie stirbt unweigerlich aus. Du weißt doch: Das Leben ist eine Aneinanderreihung von …«

Sie wartete darauf, dass ich den Satz beendete, aber ich schüttelte nur stumm den Kopf. Ein Schluchzen schnürte mir die Luft ab. Zum ersten Mal seit langer Zeit dachte ich wieder an den Satz, den Hama mir hinterlassen hatte, bevor sie verschwand. Eine unbändige Wut stieg in mir auf.

»Das Leben ist eine Aneinanderreihung von Trennungen«, sagte Vier.

Sie hob den Blick zum wolkigen Himmel, bevor sie mich anschaute. Inzwischen war ich zwei Köpfe größer als sie.

»Warte bitte nicht bis zum letzten Moment, bevor du fortgehst«, bat sie mich.

»Fortgehen? Aber wohin sollte ich denn gehen?«

Während dieser fünf Jahre hatte ich nicht an die Fortsetzung unserer Reise denken wollen. Ich hatte an diesem geschützten Ort einfach in den Tag hineingelebt, sanft von der Illusion gewiegt, es würde immer so weitergehen. Der Gedanke an einen erneuten Aufbruch weckte zu schmerzhafte Erinnerungen.

»Du bist bei uns erwachsen geworden«, fuhr Vier fort. »Wir waren glücklich, dir und Vigg diese Möglichkeit bieten zu können. Aber nun seid ihr keine Kinder mehr.«

Ich wusste, wie dickköpfig und stur Vier sein konnte, deshalb versuchte ich gar nicht erst, ihr zu widersprechen.

»Was einen schützt, schwächt einen irgendwann«, sagte sie. »Wenn du noch länger bleibst, wagst du es bald nicht mehr, deinen Weg fortzusetzen.«

»Welcher ist mein Weg?«, fragte ich mit erstickter Stimme.

Vier ließ meine Hand los und mir wurde plötzlich sehr kalt.

»Du musst wieder zu den Menschen zurückkehren«, sagte sie. »Das hätte auch ich schon vor langer Zeit tun sollen. Du bist jetzt stark genug, um deinen Platz in der Welt einzunehmen.«

Sie erzählte mir noch einmal von der Stadt, aus der Bo und Hama geflohen waren. Sie wusste nicht viel über diese Stadt, nur, dass es dort eine Fabrik und eine Trapezkünstlerin mit mechanischen Beinen gegeben hatte.

»Wenn du nicht weißt, wohin du gehen sollst, dann kehre dorthin zurück, wo du herkommst«, fügte sie hinzu.

In diesem Moment brach die Sonne durch die Wolken

und mein Schatten tauchte vor mir auf. Es war kein Bär, kein Tiger und keine Hyäne, sondern ein Vogel mit ausgebreiteten Flügeln.

»Adler!«, rief Vigg.

Die anderen beugten sich vor und betrachteten ihn ebenfalls.

»Hm …«, machte Zwölf. »Wenn du mich fragst, ist das nicht wirklich ein Adler.«

»Sieht eher aus wie ein Falke«, überlegte Vierzehn.

Vigg ging um das Grab herum und stellte sich neben mich. Er runzelte die Stirn, musterte den Schatten ausgiebig und gab Vierzehn schließlich Recht.

»Das ist ein Schwarzkopffalke«, erklärte Zwölf. »Sie kreisen manchmal dort drüben in Richtung der Berge am Himmel.«

»Ein Schwarzkopffalke?«, wiederholte ich leise.

Auf einmal war mir, als würde meine Brust weiter werden. Es war ein seltsames, aber nicht unangenehmes Gefühl. Ich konnte freier atmen, als wäre ein schweres Gewicht von meiner Brust genommen worden.

Von der plötzlichen Sauerstoffzufuhr wurde mir schwindelig, meine Beine gaben nach und ich sank auf die weiche Erde.

Während ich fiel, träumte ich.

In dem Traum war ich der Falke.

Ich flog mühelos, getragen von aufsteigenden Luftströmungen, weit weg vom Friedhof, weit weg vom Wald. Je höher ich flog, desto weiter öffnete sich der Horizont und desto leichter fühlte es sich an, durch die Luft zu gleiten.

Mit ausgebreiteten Flügeln spielte ich mit dem Wind. Ich flog so hoch, dass ich das ganze Land überblicken konnte: die schneebedeckten Berge, die riesige Steppe, die Halbinsel, das von Felsen eingerahmte Binnenmeer, die brennende Ebene und weiter im Osten eine Stadt mit Fabrikanlagen, die sich an die Ufer eines Flusses schmiegte.

Allmählich verlor ich an Höhe.

Ich flog über eine schwarze Graslandschaft, durch die unzählige Bäche flossen, und gelangte schließlich zu einem anderen Wald. Ich klappte die Flügel ein und landete sanft auf einem großen, flachen Felsen mitten auf einer Kreuzung, an der sich mehrere Wege gabelten.

Am Fuß des Felsens lag ein kleiner, erschöpfter Junge und schlief.

Fest in seiner Faust hielt er eine Feder und diese Feder gehörte mir.

Ich erwachte auf Viggs Schoß.

»Ich habe die Feder gefunden«, sagte ich.

»Welche Feder?«, fragte er.

»Die Feder, die mir gefehlt hat«, antwortete ich mit einem breiten Lächeln.

Vigg verstand, dass wir bald fortgehen würden, und lächelte zurück.

Zu Beginn des Sommers nahmen wir Abschied von unserer zweiten Familie.

Die Sonne schien hell, die Erlen breiteten ihre Zweige aus und die hohen, dichten Tannen schienen rund um die Holzhütten zusammenzurücken, um die Einsiedelei noch besser vor dem Rest der Welt zu schützen. In den Baumwipfeln sangen die Amseln und etwas weiter weg plätscherte der Fluss über sein Bett aus Kieselsteinen.

Vier und Zwölf, in bis übers Kinn gezogene Schals gehüllt, starrten lange auf ihre Füße.

»Man braucht kein Astrologe zu sein, um zu wissen, dass wir euch niemals wiedersehen werden«, sagte Zwölf schließlich und seufzte schwer.

»Bei allen Heiligen, sei still!«, schimpfte Vier und verpasste ihm einen Stoß mit dem Ellbogen. »Du weißt genau, dass ich Gejammer nicht ausstehen kann.«

Sie stellte sich auf die Zehenspitzen, um uns zu küssen, und ihr kleines, bleiches Gesicht wirkte verschwommen und unscharf.

»Geht jetzt schnell fort«, bat sie uns. »Und dreht euch nicht um!«

Ich suchte nach Worten, um ihr alles zu sagen, was ich ihr noch hatte sagen wollen, aber ich fand keine. Wie sollte ich ihr für all das danken, was sie mir beigebracht hatte? Meine Dankbarkeit ließ sich nur durch Schweigen ausdrücken.

Ich machte eine tiefe Verbeugung, dann zog Vigg an meiner Hand.

Ihm waren Abschiede noch nie schwergefallen.

Als wir an dem kleinen Friedhof vorbeikamen, deuteten wir ein Nicken an, einen letzten, freundlichen Gruß an die Toten und die unsichtbaren Geister dieses Ortes: die Geister von Sieben, Sechs, Eins und all der anderen, die vor ihnen auf diesem von Unkraut überwucherten Stückchen Erde ihre letzte Ruhe gefunden hatten.

Dann gingen wir weiter, mit roten Augen, aber frei wie der Wind.

Wir schlugen den Weg nach Osten ein, ohne uns noch einmal umzudrehen.

14

VERGANGENHEIT UND ZUKUNFT

Wochenlang setzten Vigg und ich unermüdlich einen Fuß vor den anderen.

Wir durchquerten andere Wälder, bis sich die Bäume allmählich lichteten. Wir kamen an brachliegenden Feldern vorbei, auf denen nichts mehr wuchs, passierten steinige Täler, graues Grasland und Sümpfe voller Blutegel.

Nach und nach färbten Sonne und Staub unsere Gesichter schwarz. Die Gewitterregen ließen helle Rinnsale auf unseren Wangen zurück, die wie unauslöschliche Ölspuren aussahen.

Um unseren Hunger zu stillen, pflückten wir Beeren und kauten Samenkörner, die uns krank machten. Um unseren Durst zu stillen, lutschten wir Kieselsteine, bis unsere Lippen rissig wurden und zu bluten begannen.

Wir überquerten Gebirgspässe und stiegen auf kahle Hügel.

Wenn wir in den Bergen auf eine Ziegenherde stießen, schmeckte die wenige Milch, die wir aus ihren Eutern pressten, nach Eisen.

Vierzigmal ging die Sonne unter.

Vierzigmal schliefen wir eng aneinandergeschmiegt ein, in der Senke eines Grabens oder unter dem Stamm eines vertrockneten Baums.

Vierzigmal wurden wir von der aufgehenden Sonne geweckt und blinzelten in ihr helles Licht.

Obwohl die Schuhe von Elf feste Nähte hatten, verloren sie irgendwann ihre Sohlen.

Um meine schmerzenden Füße zu vergessen, sang ich die Lieder, die meine Mutter früher zwischen den Feigenbäumen auf unserem Felsvorsprung gesungen hatte. Ich dachte, ich hätte sie vergessen, aber die Wörter flossen wie von selbst aus meinem Mund und brachten die Erinnerungen an die Jahre meiner Kindheit zurück.

Ich dachte an Hama und ich dachte an Bo.

Waren sie vor meiner Geburt auch über diese unsicheren Pfade geirrt? Hatten sie sich, wie Vigg und ich, am Wegesrand geliebt?

Als die Tage kürzer und die Nächte kühler wurden, erreichten wir ein weitläufiges Felsplateau. Dort drehte sich der Wind und brachte einen fürchterlichen Gestank mit sich.

»Wonach riecht es hier?«, fragte ich Vigg und hielt mir ein Tuch vor den Mund.

Er machte sich nicht die Mühe zu antworten. Ich hatte diesen Geruch schon einmal eingeatmet, in der Nacht, als wir auf die andere Seite der Felsen gegangen waren. Ich wusste so gut wie er, dass es der Geruch des Krieges war.

Genau wie auf der nächtlichen Ebene hatte der Krieg auf dem Plateau Dörfer in Schutt und Asche gelegt, Bauernhöfe dem Erdboden gleichgemacht, Brücken zerstört und Fahrzeuge zu kleinen, unförmigen und nutzlosen Klumpen eingeschmolzen.

Der Krieg hatte die Lebenden vertrieben und die Toten ohne Grabstätte zurückgelassen. Daher kam der Gestank. Es roch nach verwesendem Fleisch, verbranntem Gummi und Fliegen.

Ich fragte mich, wozu wir den weiten Weg zurückgelegt hatten, wenn wir auch hier auf so viel Unglück trafen? Aber neben mir lief Vigg unbeirrbar weiter, wie jemand, der weiß, wohin er geht. Also sagte ich nichts. Ich biss die Zähne zusammen. Ich hielt durch.

Es regnete Bindfäden an dem Tag, als wir endlich die Windungen des Flusses erblickten. Die Stadt und ihre Häuser schmiegten sich an seine Ufer wie Eisenspäne an einen Magneten.

Wir ließen das Plateau hinter uns und stiegen über aufgeweichte Pfade ins Tal hinab. Viggs rote Jacke und mein dunkler Mantel waren mit Wasser vollgesogen wie Schwämme und boten keinerlei Schutz mehr vor dem Regen. Durchgefroren, schmutzig und mit leeren Mägen erreichten wir die Vorstädte in der Hoffnung, dort einen Unterschlupf zu finden.

Aber der Krieg war auch über diese Stadt hinweggefegt und hatte ihr, wie überall, seinen Stempel aufgedrückt: Die ersten Häuser in der ersten Straße hatten keine Dächer mehr, zerrissene Vorhänge tanzten in den Fenstern, während der Regen die Kanister füllte, die neben den Türen aufgereiht waren. Wir liefen von einem verlassenen Viertel zum nächsten und überall waren die gleichen baufälligen Häuser, die gleichen verbeulten Kanister, die gleichen leeren Fenster und verlausten Katzen, die hinter den Mauern miauten.

War dies die Stadt, aus der meine Eltern vor so vielen Jahren geflohen waren? Ich wusste es nicht.

»Jede Stadt hat ein Zentrum«, sagte Vigg.

»Dann lass uns dorthin gehen«, sagte ich mit klappernden Zähnen.

Ich war so durchgefroren, dass ich überall hingegangen wäre, und wir liefen durch den strömenden Regen weiter bis zum Fluss.

Am anderen Ufer wirkte die Stadt kaum weniger trostlos. Ein Kirchturm überragte die rechts und links der Gassen liegenden Häuser, die von alten Gebäuden eingerahmt wurden. Trauerweiden und Pappeln spiegelten sich im braunen Wasser des Flusses und zeichneten den Verlauf einer Promenade nach. Im Schlamm zwischen verfallenen Anlegestegen konnte man die Überreste von Bootsverleihen erahnen.

Es dauerte eine Weile, bis wir die einzige noch heile Brücke gefunden hatten. Der Zugang wurde von großen Sandsäcken versperrt.

Vigg stieg zuerst hinüber und ich folgte ihm. Am anderen Ende der Brücke war noch eine Sperre errichtet worden. Davor standen zwei Männer, deren Gesichter unter wasserdichten Kapuzen verborgen waren. Sie hielten vor einer Baracke Wache und hatten ihre Gewehre auf uns gerichtet.

Instinktiv hoben wir die Arme.

»Wir sind unbewaffnet!«, rief Vigg.

Die beiden Wachposten bedeuteten uns näher zu kommen. Mit angehaltenem Atem gingen wir auf sie zu und beteten, dass sie nicht auf uns schossen.

Kurz vor der Baracke befahlen uns die Soldaten stehen zu bleiben. Sie machten einen Schritt nach vorn und zogen trotz des heftigen Regens ihre Kapuzen zurück.

Vigg und ich wandten gleichzeitig die Köpfe ab und ich unterdrückte einen Ausruf des Ekels.

Die Gesichter der beiden Wachen hatten nichts Menschliches mehr. Es sah aus, als würden sie Masken aus geschmolzenem Plastik tragen oder als wäre ein Lavastrom über ihre Wangen, Stirn und Hals gelaufen, bevor er zu starrem Magma ausgekühlt war. An Stelle von Augen und Mund waren nur zwei kleine Löcher und ein größeres ohne Lippen geblieben.

Wenn ich die Kraft gehabt hätte, wäre ich weggerannt.

Die Soldaten schwiegen eine Weile. Dann sagte einer

von ihnen mit einer überraschend menschlichen Stimme: »Unsere Stadt misstraut durchreisenden Fremden.«

Und der andere fragte: »Was wollt ihr hier? Arbeit?«

Vigg und ich waren wie gelähmt, unfähig ihren Blicken standzuhalten und ihre Fragen zu beantworten.

»Verflixt noch mal, Ness!«, sagte der eine. »Du machst diesen zwei Turteltäubchen solche Angst, dass es ihnen glatt die Sprache verschlagen hat.«

»Das ist deine Schuld, Malakie«, erwiderte der Zweite gut gelaunt. »Du ziehst mal wieder ein Gesicht wie sieben Tage Regenwetter.«

Sie lachten, während ich einen heftigen Brechreiz unterdrückte. Doch noch während sie lachten und trotz meiner Übelkeit erinnerte ich mich an ihre Namen. Ich hatte sie vor Jahren während der Streitereien meiner Eltern gehört. Mein Vater hatte sie sogar im Schlaf gemurmelt, bevor er eines Morgens auf der Veranda erwacht war.

Ich atmete tief ein.

»Ness und Malakie?«, fragte ich vorsichtig. »Wie … zur Zeit des Bibers?«

Die beiden Männer mit den geschmolzenen Gesichtern wechselten einen Blick. Unter der Lava, die ihre Gesichtszüge lähmte, erahnte ich einen Ausdruck der Überraschung.

»Du kennst den *Biber*?«, fragte der eine.

»Unmöglich!«, erklärte der andere. »Sie ist zu jung. Wahrscheinlich war sie noch nicht einmal geboren, als die Zarin den *Biber* geschlossen hat.«

Die Zarin! Mein Herz schlug bis zum Hals. Ich griff nach Viggs Hand, und ohne zu wissen, welches Risiko ich einging, sagte ich: »Ich bin Tsell, die Tochter von Bo und Hama.«

Ness und Malakie senkten ihre Gewehre.

Ich spürte die verwirrten Blicke, die sie durch die unförmigen Löcher ihrer Augen abwechselnd auf mich und Vigg richteten.

Der Regen prasselte immer noch auf den Asphalt der Brücke. Er lief über unsere Köpfe und drang durch unsere Kleider, aber das war jetzt nicht mehr wichtig. Als Ness und Malakie uns so vor sich stehen sahen, ich in meinem dunklen Mantel und Vigg in der roten Jacke, die meinem Vater gehört hatte, wurden sie plötzlich zwanzig Jahre in die Vergangenheit zurückkatapultiert. In eine Zeit, als der chemische Hauch der Fabrik die Haut ihrer Gesichter noch nicht verbrannt hatte. In eine Zeit, als meine Eltern, frei und mit unbedeckten Köpfen, über den Großen Platz liefen und Bo auf den Schultern des steinernen Generals stehend seine Liebe zu Hama in den Wind schrie.

»Verflucht noch mal! Melkior, dieser verrückte Alte, hatte Recht!«, rief Ness.

Und Malakie murmelte: »Vergangenheit und Zukunft. Das eine entsteht aus dem anderen …«

Die Männer verstummten gerührt und gaben uns den Weg frei. So betrat ich die Stadt, aus der man meine Eltern kurz vor meiner Geburt davongejagt hatte.

Ness und Malakie führten uns schweigend durch die engen Gassen. Überall waren Barrikaden aus aufeinandergeschichteten Reifen, Bauschutt, alten Möbeln, aus der Verankerung gerissenen Bidets und umgedrehten Badewannen errichtet. Das Regenwasser lief durch schmutzige Rinnsteine an den Bürgersteigen entlang und in den Häuserfassaden erhoben sich die geschlossenen Augen der Fenster über den zerschlagenen Scheiben der früheren Geschäfte. Abgesehen von dem General auf seinem Pferd sah niemand, wie wir den Großen Platz überquerten.

Wir gingen über einen von Platanen gesäumten Boulevard und bogen in eine gepflasterte Straße ein. Dort blieben unsere beiden Führer vor einer Tür stehen. Sie war mit Brettern vernagelt und mit schweren Ketten gesichert.

Ich sah nach oben. Über der Tür erblickte ich mehrere Spitzbogen-Fenster und ein Ladenschild, auf dem stand: *Zum lustigen Biber, Varieté*. Daneben war auf einem kleineren Schild in verblassten Buchstaben zu lesen: *Geöffnet jeden Abend von 19.00 Uhr bis zum Morgengrauen – Sonntagnachmittags Tanztee*.

Das Haus schien seit Jahren leer zu stehen.

»He! Hallo!«, rief Ness und hämmerte gegen die Bretter.

»Titine!«, rief Malakie, die Hände trichterförmig vor dem Mund. »Wir sind es! Mach auf!«

Sie riefen und klopften eine Weile, ohne dass etwas passierte.

Endlich, als ich die Hoffnung schon aufgegeben hatte, hörten wir ein Geräusch hinter den Brettern. Die schweren Ketten wurden gelöst und fielen auf den Bürgersteig, und eins der Bretter, die die Tür versperrten, wurde plötzlich abgenommen, damit wir eintreten konnten.

Zwischen den hinter der Tür hängenden rauen Stoffbahnen eines Vorhangs tauchten die Hände eines alten Mannes auf und ließen das abgenommene Brett in der Dunkelheit verschwinden.

»Kommt«, sagte Ness. »Hier seid ihr in Sicherheit.«

Unter seiner Maske aus geschmolzenem Wachs verzog er das Gesicht zu etwas, das so ähnlich wie ein Lächeln aussah.

Die Zarin lag ganz hinten im Saal auf einem Sofa, das genauso altersschwach wirkte wie sie selbst.

Sie blinzelte wie eine Königin in das flackernde Licht eines Generators, während ein Heer magerer Katzen um ihre Beinprothesen strich und dabei jede Menge Haare verlor.

Als sie Vigg und mich erblickte, setzte sie sich mit einem Ruck auf. Das Regenwasser tropfte von unseren Kleidern auf den Boden der Tanzfläche, meine Haare klebten an meiner schmutzigen Stirn, aber ich hatte (so scheint es) denselben direkten Blick wie meine Mutter und denselben lässigen Gang wie mein Vater. Ich brauchte meinen Namen nicht zu nennen, denn die Zarin wusste sofort, wer ich war.

»Oh, meine Goldschätze …«, rief sie mit Tränen in den Augen. »Seid herzlich willkommen und fühlt euch wie zu Hause!«

Vigg und ich wickelten uns in Decken und nahmen neben ihr auf den fadenscheinigen Kissen Platz.

Ness und Malakie setzten sich zu uns, während der alte Melkior heißen Tee brachte.

»Vergangenheit und Zukunft …« Die Zarin betrachtete uns lächelnd.

Während wir unsere kalten Hände an den Teetassen wärmten, warf sie einen Blick an die bröckelige Decke.

»Früher hing dort ein wunderschöner Kronleuchter«, begann sie. »Er ist an dem Tag heruntergefallen, als die Fabrik explodiert ist. Seitdem hat niemand daran gedacht, ihn zu ersetzen.«

Schon lange war kein Gast mehr am Sonntagnachmittag über das verzogene Parkett des *Bibers* getanzt. Keine Ukulelenklänge mehr, keine Kartentricks und kein Schlangenmensch, der auf der Bühne mit Kristallgläsern jonglierte. Trotzdem hatte es das Varieté irgendwie geschafft, sich der Zerstörung zu widersetzen.

Seit das Krankenhaus bombardiert worden war, hatte man hier die Verletzten mit einfachen Mitteln gepflegt. Es wurden warme Kleidung, Decken und geschmuggelte Benzinkanister verteilt. Es wurden seltsame Suppen aus Knollensellerie und ich-weiß-nicht-was gekocht, die einen den ganzen Tag lang sättigten. Es wurden Aktionen organisiert, illegale Zeitschriften gedruckt und sogar verschlüsselte Nachrichten mit einer hinter der Theke versteckten selbst gebastelten Amateurfunkanlage verbreitet.

»Wenn mir früher jemand gesagt hätte, dass der *Biber* eines Tages zu einem Militärstützpunkt werden würde …« Die Zarin seufzte. »Eine gelähmte Trapezkünstlerin als Kriegsherrin … Was für eine seltsame Idee!«

Trotzdem war sie genau das geworden.

Nach dem schrecklichen Abend, an dem die Miliz das Theater meines Vaters zerstört hatte, hatte sich die Bevölkerung ein für alle Mal in zwei feindliche Lager gespalten. Diejenigen, die sich früher in den Cafés am Großen Platz herumgezankt und bei einer harmlosen Partie Pfeilwerfen miteinander gemessen hatten, traten einander nun mit Fäusten, Brechstangen und Feuerwaffen gegenüber.

Später, als die Gefahr eines Konflikts an den Landesgrenzen konkrete Formen annahm, hatte der Kriegsminister befohlen eine neue Rüstungsfabrik am Standort der ersten zu errichten.

»Diese Mistkerle!«, schimpfte Malakie. »Sie wollten auf unseren Toten herumtrampeln! Sie wollten unsere Erinnerungen zunichtemachen!«

Er versuchte durch das Loch seines lippenlosen Mundes zu spucken.

»Das haben wir nicht mit uns machen lassen«, erzählte Ness weiter. »Deshalb haben wir die Brücke und das ganze Viertel abgesperrt. Damit die Betonmischer nicht durchkommen.«

»Es war ein Krieg im Krieg«, fasste Malakie zusammen.

»Deine Eltern haben gut daran getan, von hier zu verschwinden«, fügte Ness hinzu. »Wenn sie geblieben wären, wären sie jetzt wahrscheinlich tot.«

»Vielleicht sind sie es«, sagte ich tonlos und schlief auf den Kissen ein.

Doch in dem Traum, den ich an diesem Abend träumte, zusammengerollt an Vigg geschmiegt, sah ich Bo und Hama. Gesund und munter.

Ich sah sie auf der Uferpromenade am Fluss, dort, wo man früher Boote hatte leihen können.

Sie liefen Hand in Hand unter einem vom Regen reingewaschenen Himmel entlang und Hamas zarte Gestalt lehnte an Bos Schulter.

Ein streunender Hund mit kohlrabenschwarzem Fell hatte sich an ihre Fersen geheftet. Sie lachten.

Ihre Gesten verrieten, dass sie die Nacht im selben Bett verbracht hatten, und ihre Augen, dass sie nicht viel zum Schlafen gekommen waren.

Der Krieg hatte sich in den Norden zurückgezogen wie eine ablaufende Welle und ein Trümmerfeld hinterlassen, aus dem nach und nach die verstörten Überlebenden auftauchten.

Tag für Tag kamen sie an der Brücke von Ness und Malakie an und wurden immer zahlreicher. Nach einer genauen Befragung durften diejenigen, die beim Anblick der beiden geschmolzenen Gesichter nicht die Flucht ergriffen hatten, die Absperrungen passieren und die Reihen unserer wieder zum Leben erwachenden Gemeinschaft verstärken. Sie brachten Neuigkeiten aus dem Rest der Welt mit. Ich wartete auf den Tag, an dem einer von ihnen von einem Frachter, von Bo oder Hama erzählen würde.

Der Regen wurde in den kommenden Wochen nicht müde, auf den Asphalt unserer Straßen zu prasseln.

Vigg und ich blieben die ganze Zeit im Trockenen, im Militärstützpunkt des *Bibers*, und dort lernte ich schließlich, was ich noch zu lernen hatte.

»Ich muss dir etwas zeigen«, sagte der alte Melkior eines Abends zu mir.

Er führte mich hinter die Bühne in die Kulissen.

In dem Durcheinander aus schlummernden Requisiten (Bälle, Jonglierkeulen, die Kostüme von Pan und Vlan, die auf Kleiderbügeln vor sich hin schimmelten) hatte er, ordentlich in einen Überseekoffer geräumt, die Reste des Schattentheaters aufgehoben. Es war nicht viel geblieben von dem Wunderwerk, an dem Bo so geduldig gefeilt hatte: ein paar Stücke vom Rahmen und etwas verbogenes Blech, Rohre, Nägel in Form von Blumen, zu Schilf gewordene Stangen und in Schneeflocken verwandelter Stahlkies.

»Bitte schön«, sagte Melkior. »Es gehört dir.«

Ich betrachtete die Bruchstücke im Koffer. Was sollte ich damit anfangen?

»Das wirst du schon noch herausfinden«, versicherte der Alte.

Er ließ mich mit den zerbrochenen Träumen meines Vaters allein.

Ich stand immer noch reglos in den Kulissen, als Vigg nach mir rief.

»Komm her, Tsell, und sieh dir das an! Ich habe den Kronleuchter repariert!«

Ich schob den Vorhang beiseite und trat auf die Bühne.

Vigg stand mitten auf der Tanzfläche auf einer Trittleiter und hielt mit einiger Mühe eine seltsame Konstruktion fest, die er aus den Resten des alten Kronleuchters zusammengebastelt hatte. Er hatte einige Fundstücke und ein Kabel hinzugefügt, das er gerade an den Generator anschließen wollte.

»Bereit?«, fragte er mich.

»Bereit!«

Als das Licht aufleuchtete, erhellte es den ganzen Saal und gab dem *Biber* mit einem Schlag seinen früheren Glanz zurück – in Goldgelb und Stahlblau.

Die Zarin applaudierte von ihrem altersschwachen Sofa aus und Vigg verbeugte sich oben auf der Trittleiter.

Als er den Kopf hob, erstarrten seine Gesichtszüge.

»Seht mal!«, rief er und zeigte auf die Wand hinter mir.

Ich drehte mich um.

Mein Schatten warf ein unglaubliches Bühnenbild auf die Rückseite der Bühne. Man sah die Dächer verwinkelter Häuser samt Giebeln und Fensteröffnungen, enge Gassen, durch die zarte Figuren irrten, und im Hintergrund die Schornsteine der Fabrik, die sich unversehrt in den Himmel reckten und Rauchspiralen ausstießen.

»Na, so was … das ist ja Bos Schattentheater«, murmelte die Zarin. »Wie machst du das, Tsell?«

»Ich weiß es nicht«, antwortete ich. »Das ist meine Gabe.«

Fast hätte ich hinzugefügt, diese Gabe sei gleichzeitig ein Fluch, aber ich hielt mich zurück.

Ich konzentrierte mich, um die fünfzehn Bühnenbilder des ›handwerklichen und mechanischen Dramas‹, das mein Vater vor langer Zeit entworfen hatte, eins nach dem anderen nachzubilden.

Hinter mir erwachte eine Negativ-Welt zum Leben: die Werkshalle mit den Reihen von Schleifmaschinen und Walzwerken, das kleine Zimmer, in dem meine Eltern sonntagsmorgens eng umschlungen schliefen, die Uferpromenade am Fluss, die Cafés rund um den Großen Platz, das Krankenhaus, die von der Explosion zerstörte Fabrik … All dies befand sich in mir, als würde in meinem Inneren ein Theaterstück ablaufen, in dem sich die Geschichte meiner Herkunft mit der unserer Gemeinschaft vermischte.

»Das ist sogar noch viel besser als Bos Theater«, stellte

die Zarin mit einem strahlenden Lächeln fest. »Dein Theater besteht nur aus Schatten und Träumen, niemand kann es zerstören.«

In diesem Moment wurde mir klar, wer ich war. Ich war ein Kind der Liebe und des Hasses, das verfluchte Kind des Schmieds und der Frau ohne Hände, aber auch die verlorene Tochter, auf deren Rückkehr die Gemeinschaft gewartet hatte. Ich war ein lebendiger Teil ihrer Erinnerung. Und nun war ich zurückgekommen und wusste endlich, was ich mit meinem Leben anfangen wollte.

EPILOG

Es kommt immer der Moment, in dem unsere Kriege enden, genau wie unsere Geschichten.

An dem Tag, als der Regen endlich aufhörte, verließ ich mit Vigg den *Biber*.

Der Herbst hatte begonnen, aber der Wind war mild und wir liefen ohne bestimmtes Ziel durch die Pfützen und das Gewirr der Gassen.

Unsere Stadt glich einem gestrandeten Schiff. Sie trocknete wie nach einem Sturm unter den Strahlen einer zaghaften Sonne.

Die Bewohner nutzten das schöne Wetter, um ihre Keller zu verlassen, in die sie sich während der langen Kriegsjahre verkrochen hatten. Einige begannen die Balken und Trümmer vor ihren Häusern wegzuräumen, andere öffneten in den mehrgeschossigen Gebäuden die Fensterläden. Sie blinzelten in das zurückgekehrte Licht und ihre bleichen Gesichter erinnerten mich an die Gesichter von Vier und Zwölf.

Als wir den Großen Platz erreichten, wurden gerade die Eisengitter vor den alten Cafés hochgezogen. In

Hemdsärmeln und mit Scheuertüchern bewaffnet putzten frühere Fabrikarbeiter die Hinterzimmer und spülten den Schmutz von den Böden. Sie lachten.

Ich ging zur Statue des Generals.

Fest auf ihrem Sockel verankert hatte sie diese stürmischen Jahre überstanden, ohne größeren Schaden zu nehmen. Der General hatte zwar einen Unterarm verloren, saß aber immer noch fest in seinem Steinsattel und reckte seinen Phantom-Arm in den Himmel, was etwas lächerlich aussah.

»Soll ich?«, fragte Vigg.

Ich nickte.

Behände kletterte er auf die Statue. Oben angekommen richtete er sich auf den Schultern des Generals auf und ich warf ihm zu, was ich mitgenommen hatte: Hamas dunklen Mantel und Bos rote Jacke.

»Ist es so richtig?«, fragte Vigg, während er die Kleider über den amputierten Arm des Soldaten hängte.

Ich ging ein paar Schritte zurück und kniff die Augen zusammen, um zu überprüfen, wie es aussah. Man hätte meinen können, zwei Tränen würden aus der Verletzung quellen: eine Träne aus Tinte und eine aus Blut. So war es gut.

Dann hielt Vigg die Hände trichterförmig vor den Mund und schrie aus voller Kehle: »Meine Damen und Herren! Das Varieté *Zum lustigen Biber* feiert heute Abend seine Wiedereröffnung! Ein außergewöhnliches Schattenschauspiel erwartet Sie! Kommen Sie zahlreich!«

Die Männer, die die Hinterzimmer der Cafés putzten, ließen ihre Scheuertücher vorübergehend im Stich und traten auf die Türschwellen, um Vigg zuzuhören, als er seine Ankündigung wiederholte.

»Meine Damen und Herren! Sie alle sind im *Lustigen Biber* herzlich willkommen! Heute Abend geht es los! Freuen Sie sich auf unser Schattentheater!«

Ich stand lange am Fuß der Statue und sah ihn an, während sich eine immer größere Menschenmenge auf dem Großen Platz versammelte: abgemagerte Männer, Frauen mit schwerem Blick und Kinder mit so weisen Augen, dass sie keine Kinder mehr zu sein schienen. Sie und ich, wir hatten dunkle Zeiten durchgemacht. Wir hatten miterlebt, wie das, was wir uns aufgebaut hatten, zusammenbrach, und wir hatten die verloren, die wir liebten. Aber wir hatten überlebt und jetzt waren wir hier, bereit unsere Häuser Stein für Stein wieder aufzubauen.

Ich hatte immer noch nichts von meinen Eltern gehört. Schmiedete Bo irgendwo neue Wunderwerke? Hatte Hama sich weit weg von uns leichtere Hände geschaffen? Hände aus Gras? Oder aus Wind?

Vielleicht würde ich es niemals erfahren.

Doch in diesem Augenblick, in unserer zerstörten Stadt, leuchtete Viggs junges Lächeln. Wir lebten und wir waren zusammen.

Ein neues Zeitalter begann.

Die Toten sind nicht fort
Sie sind in den hellen Schatten
Und in den dunklen Schatten,
Die Toten sind nicht unter der Erde
Sie sind im bebenden Baum,
Sie sind im zitternden Wald,
Sie sind im fließenden Wasser,
Sie sind im ruhenden Wasser,
Sie sind in der Hütte und in der Menge,
Die Toten sind nicht tot.

Die Toten sind nicht fort,
Sie sind in der Brust der Frau,
Sie sind im schreienden Kind,
Sie sind in der lodernden Glut,
Die Toten sind nicht unter der Erde,
Sie sind im erlöschenden Feuer,
Sie sind im weinenden Gras,
Sie sind im stöhnenden Felsen,
Sie sind im Wald und im Haus,
Die Toten sind nicht tot.

Birago Diop
Souffles (Auszug)
Aus *Leurres et lueurs*

In Erinnerung an Lise Dunoyer de Segonzac

INHALT